Mar de piedra

Aura García-Junco

Mar de piedra

Diseño de portada: Planeta Arte & Diseño / Eduardo Ramón Trejo
Fotografía de Aura García-Junco: © Víctor Benítez
Ilustraciones de interiores:
Mapa de la p. 7: Sebastián Estremo
Ilustración de la p. 145: Antique engraving of a delonix regia (also known as royal poinciana or flamboyant). Illustration by Berthe Hoola van Nooten from the book Fleurs, Fruits et Feuillages Choisis de l'ille de Java: peints d'apres nature (Brussels, 1880). iStock / NSA Digital Archive.

Bajo el sello editorial SEIX BARRAL M.R.
Avenida Presidente Masarik núm. 111,
Piso 2, Polanco V Sección, Miguel Hidalgo
C.P. 11560, Ciudad de México
www.planetadelibros.com.mx

Primera edición en formato epub: agosto de 2022
ISBN: 978-607-07-9067-6

Primera edición impresa en México: agosto de 2022
ISBN: 978-607-07-9066-9

Este libro fue escrito con el apoyo del Fondo Nacional para la Cultura y las Artes y de la Fundación para las Letras Mexicanas.

Impreso en los talleres de Litográfica Ingramex, S.A. de C.V.
Centeno núm. 162-1, colonia Granjas Esmeralda, Ciudad de México
Impreso y hecho en México - *Printed and made in Mexico*

Para Mariano, Oli, Danush,
Diego, Emanuel y Elisa

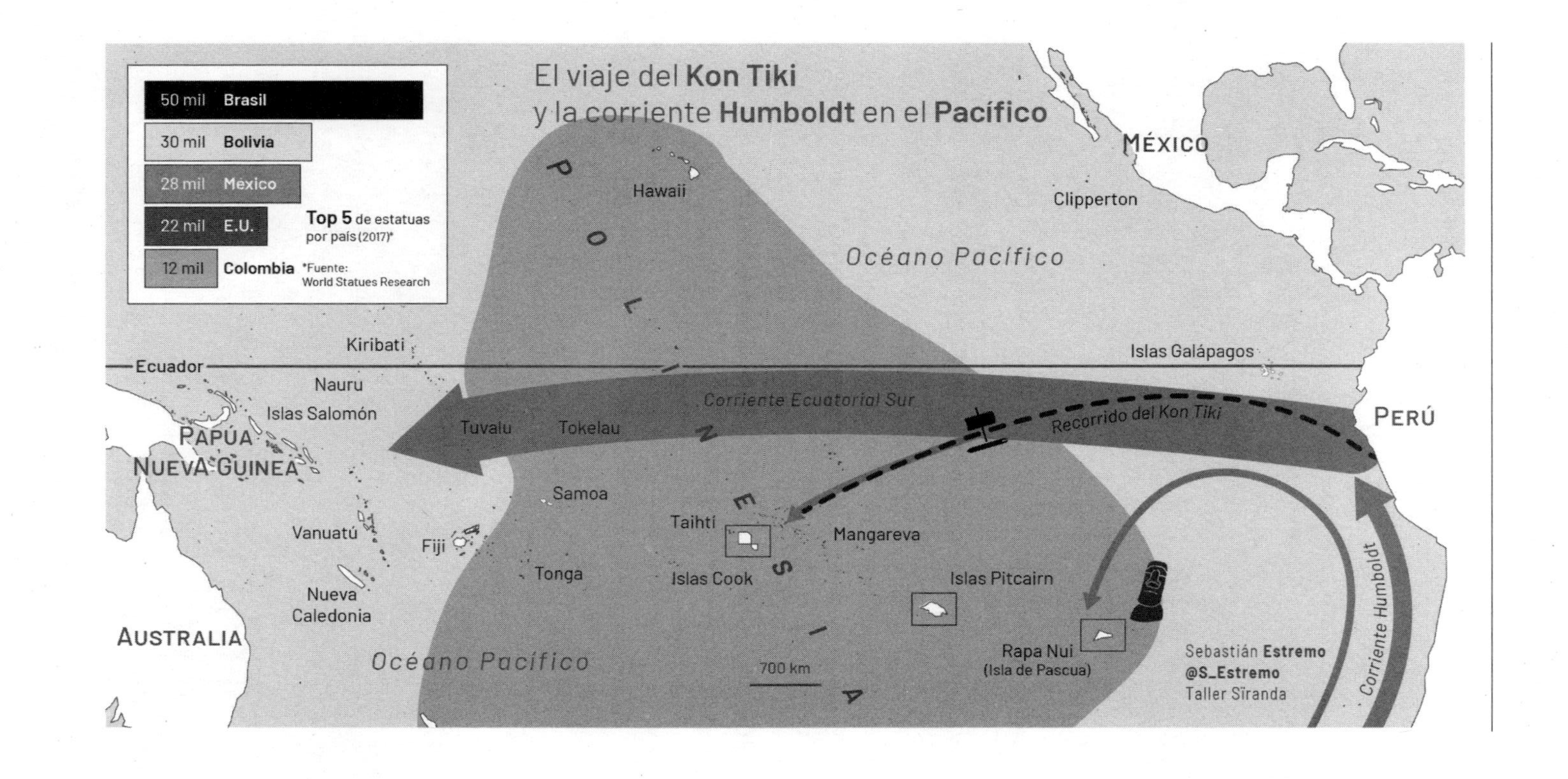

El viaje del Kon Tiki
y la corriente Humboldt en el Pacífico
50 mil Brasil
30 mil Bolivia
28 mil México
22 mil E.U.
12 mil Colombia
Top 5 de estatuas por país (2017)*
*Fuente: World Statues Research
México
Clipperton
Hawaii
Océano Pacífico
Kiribati
Ecuador
Islas Galápagos
Nauru
Islas Salomón
Papúa Nueva Guinea
Corriente Ecuatorial Sur
Recorrido del Kon Tiki
Perú
Tuvalu
Tokelau
Samoa
Taihtí
Mangareva
Vanuatú
Fiji
Tonga
Islas Cook
Islas Pitcairn
Nueva Caledonia
Australia
P O L I N E S I A
Rapa Nui
(Isla de Pascua)
Corriente Humboldt
Océano Pacífico
700 km
Sebastián Estremo
@S_Estremo
Taller Sïranda

La suerte determinada por el destino es imposible de evitar, incluso para los ~~dioses~~.

Escrito en una pared en el Paseo de las Estatuas, Col. Centro, Ciudad de México, 2025

ENTRA EN VIGOR LA «LEY ELOÍSA»

Miércoles, 30 de noviembre de 2011

A solo tres días de su aprobación, fue aplicada por primera vez la controversial Ley contra las Desapariciones —conocida popularmente como «Ley Eloísa»—, que determina el fin de una investigación en curso al localizarse la estatua de un desaparecido.

Luego de casi cuatro meses de la ausencia de Eloísa Montiel, los familiares de la estudiante de Historia de la Universidad Nacional Autónoma de México (UNAM) confirmaron que la estatua de la misma fue encontrada en el Paseo de las Estatuas, antes avenida Madero, en el centro de la capital. Los familiares de Montiel no han emitido más declaraciones.

Con lo anterior queda oficialmente cerrado el expediente de la estudiante, entre el gran número de protestas que ha acarreado la implementación de esta ley, aprobada por mayoría el mes pasado. Ante el creciente número de estatuas, se espera que con esta ley se desahogue gran parte de las investigaciones relacionadas con desapariciones en la capital.

Antes del encuentro, 2025

Paseo de las Estatuas (antes avenida Madero)

La vida transcurre con la normalidad de cualquier domingo. Hasta donde se puede ver, las estatuas ocupan toda la avenida, cubren el pavimento, originalmente destinado a los automóviles. Su presencia tiñe de gris el espacio. Gris: el ánimo que se respira, como de cementerio, como de naufragio, como de escombros. Figuras de hombres, mujeres, incluso niños, todas de pie, con ropas distintas, uniformadas por el color de la piedra lisa y clara. Las hay gordas y flacas; las hay que miran desde una altura inusual (más de dos metros, la de un anciano con bigote), y las que solo pueden ver el pecho de otras porque su cuello rígido no las deja mirar hacia arriba. Varas calizas e inmóviles desafiando el paso de los años y de las lluvias, los soles, los vientos fuertes. El abandono es tan grande que, si alguien tirara una moneda, el sonido del metal se escucharía de un extremo a otro con la nitidez de un rugido.

De entre la quietud, sale un rayo negro.

El rayo corta como una bala el aire denso y pesado.

El rayo agita su cola de caballo y, al pasar, roza con las yemas de los dedos algunas estatuas.

Inhala, exhala, inhala, exhala. Toma ritmo. Con su carrera revive el instinto vivaz de los árboles ralos del otoño y del azul del cielo.

Son solo unos minutos los que Ana tarda en atravesar el Paseo de las Estatuas, pero con eso es suficiente. Si un transeúnte desinteresado viera la escena, quizás le parecería que el eco de su risa hace reír también a las estatuas; le parecería, incluso, que la miran y la juzgan por romper la paz o que la miran y se alegran y le desean el bien. Eso, claro, si un alguien viera la escena, pero por ahora no hay otra alma viva más que el rayo, y ya se aleja jadeante y risueño. Inhala, exhala.

Ana corre y corre e ignora el paisaje conocido, sigue su ruta cotidiana al trabajo. Atrás de ella, las estatuas regresan al silencio.

***

¿Ya está borracha? No cree. Quizá. Muy posiblemente. Cuando el deseo antes vago de besar a Ulani se vuelve más bien una posibilidad, la respuesta se inclina hacia un rotundo sí. Sofía está borracha y es un peligro. Mientras rasca con una cucharita lo último del poi, se repite que se tiene que controlar. Carajo, se tiene que controlar. Huir, muy probablemente.

Y desde ahí, desde su lugar en la mesa para dos en un restaurante cualquiera, ante la copa de vino, ve cómo Ulani vuelve.

La chica hace el ademán de sentarse, pero en cambio se inclina frente a ella y la besa. Sofía no tiene tiempo de pensar en otra cosa que en la textura de los labios, el poi en las lenguas, dulce, como el beso que no debió ser.

Abre los ojos cafés a los ojos verdes de Ulani, quien susurra en un tono muy bajo, con un dejo de timidez y todo el miedo al rechazo a cuestas,

aquí hay mucha gente, ¿y si vamos a otro lado?

No hay manera, dile que no,

contesta contundente la voz interior de Sofía.

Ojos verdes, pequeños, como una concentración de mar en un punto. Más cerca y más cerca. Sus narices se rozan y la mirada se abruma. Los labios no se atreven a tocarse, dudan, pero la distancia, ya tan pequeña, se siente como una caricia extendida en toda la carne. Los sabores del vino se unen y las lenguas exploran tímidamente dientes ajenos. Los brazo-enredaderas aprietan, cada vez con mayor necesidad. Los pechos se estrujan, se aplastan y deforman con la presión. Siente la humedad. Siente esa cara fina entre las manos, que ahora navegan hacia abajo, hacia los hombros pequeños y huesudos. Cuello, clavículas, omóplatos, axilas, pecho naciente, tirantes que caen, escote, manos colmadas de piel.

Ojos: una alumna. Momento ingrato de reconocimiento en el que vacila, esto está mal, pésimo, es su maestra, ¿cuántos años tiene la chica?, ¿veintitrés?, ¿veinticuatro?

Ulani se sienta sobre sus piernas. Acompaña un beso profundo con el vaivén de sus caderas, baja su blusa, que se había vuelto a subir. Por los ojos de Sofía se filtra la piel morena, erizada, los vellos pequeños que terciopelan el tacto. El vientre se contrae, su cuerpo se hincha, pero Sofía no puede. Comienza a pensar en las estrategias de retirada. Toma suavemente a Ulani, le acomoda la blusa. La besa, acaricia su mejilla.

Perdóname, no puedo,

dice renuente.

Ulani la mira desde su par de destellos verdes, titubea, contrae el rostro,

Voy al baño,

y se levanta.

Deja tras de sí una estela de olor a tiaré que marea los pensamientos de Sofía. Mar bajo su ropa. Mareas se agitan en su cabeza junto con la imagen de Ulani: las risas de la cena, el lento baile de los cuerpos, los comentarios que la sorprendieron con su agudeza. Casi una niña. Bueno, no, una niña tampoco, pero sí una alumna.

¿Qué me pasa, Eloísa? ¿Por qué la traje aquí?

Se acuerda del inicio de todo. De Ulani en su oficina un par de días antes, de la petición de una asesoría. De cómo la chica hablaba con firmeza, pero se enrojecía cada vez más, con sus manos tibias restregándose entre sí. Sofía le dijo que se vieran en la sala de maestros el viernes a las... Ulani la interrumpió. En el sofá de su sala, en la nerviosa espera, Sofía vuelve a recordar la frase que inició todo, que la hizo bajar el filtro contra alumnas y verla de repente: con su piel morena, los ojos verdes y una sonrisa un poco torcida, parada frente a ella en la sala de profesores:

¿Por qué no tomamos algo en un lugar cerca de tu casa, para que no tengas que perder el tiempo desplazándote?

Luego la voz autónoma que, más grave e inesperadamente tímida, salió de la boca de Sofía y aceptó un ofrecimiento que rayaba en una falta de ética. *¿Tú qué opinas, Elo? ¿Por qué lo hice? ¿Por qué quien sea hace lo que sea, para el caso?* Sofía se termina el vino de un trago y sirve más. Duda un momento, y no llena la copa de Ulani, quien ya regresa del baño con las mejillas recién lavadas. La chica se sienta de nuevo en el sillón y estira la mano.

¿Tú lo hiciste?

carga un pequeño marco con una pintura.

Una amiga.

¿Y por qué lo tienes colgado en el baño y todo lleno de polvo? Está muy lindo.

Sofía se sorprende, tantos años en la pared lo ha hecho parte de los objetos invisibles de la casa, esos que ha aprendido a ignorar.

Otro día te cuento.

¡Ah! Entonces sí nos vamos a volver a ver

Ulani sonríe, sonrisa maliciosa, otra vez con la boca ligeramente torcida, y le da un trago a la única copa llena.

Sofía no sabe qué decir. Entre la violenta repulsión hacia sí misma, emerge el deseo de besarla. No está pensando claro y el cosquilleo del vino teje una fina capa sobre su piel. En vez de pararse, de escoltarla suavemente a la puerta con una disculpa, dar las buenas noches, llorar a solas, Sofía se inclina en dirección a Ulani, avanza por el sillón y acuesta a la chica bajo de sí. Luego le toma los brazos y baja con los dientes su blusa. Suspiro.

Definición:

Un mattang está hecho con varitas de fibra de coco que se entrecruzan. Es el mapa de las aguas del tiempo que te fueron asignadas por el cosmos. A veces una conchita señala una isla, una persona, algo que te pone triste; a veces, una corriente, un camino, la solución a un problema. Si ves el mattang de otra persona, no podrás interpretarlo, aunque entiendas muy bien el tuyo. No te desesperes. A diferencia de otros mapas, cada mattang está hecho para que un par de ojos lo descifre. Tu mattang es solo tuyo y solo guarda tu destino. Interprétalo con paciencia y con ayuda del tiempo y el mana. No es cosa fácil y, a veces, lo que parece obvio, esa curva en la varilla que te hace dar una vuelta, tomar una decisión, como terminar una relación o renunciar al trabajo, es algo totalmente distinto: la invitación a sentir las ondas del mar y esquivar el obstáculo para seguir ese mismo rumbo. Hay que leer el destino con mucho cuidado. Confía en ti: al fin y al cabo, eres el mejor y único piloto del barco de tu vida.

Mi primera travesía. Religión Polinesia ilustrada, *libro en el cuarto de Lameo, que su padre le lee cada noche.*

Pasan las horas como caudales de río. En la cama, con los cuerpos mullidos de piel y el olor dulce y acre de Ulani, Sofía contempla quedarse una hora más, otro día, otro mes. Tiembla ante esa idea, con el sabor del vino aún en los labios. Saca con lentitud su brazo, tibio bajo la chica dormida. Hierve, pero cierto pudor la hace buscar una sudadera negra, cubierta del pelo blanco de Clío, que maúlla desde la cocina.

Ya en la sala, se tira en el sofá. Algo se le entierra en el coxis. Examina con la mano: es el cuadrito del baño entre los cojines. Le limpia el polvo con una servilleta arrugada. No tiene mucho de especial, pero, al mismo tiempo, hay una emoción difícil de comprender que emana del cuadro, una furia, y una tristeza. En la parte de atrás del marco hay un «Para Sofía» y un entramado de líneas borrosas, que el tiempo ha empezado a ocultar.

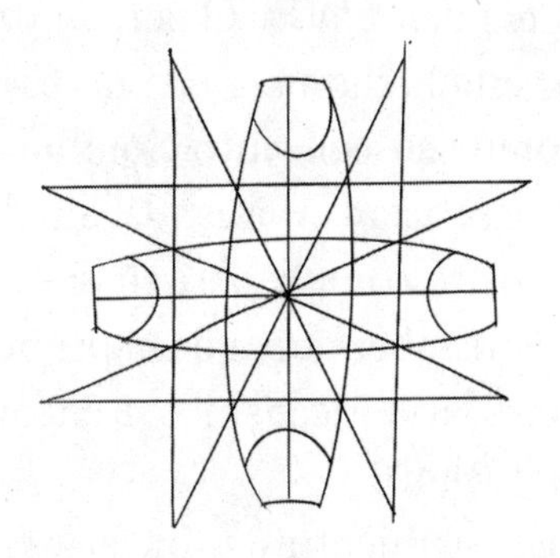

Nunca entendió por qué Eloísa firmaba con eso. Cuando Sofía le preguntó, debió ser en el primer año de la universidad, ella le dijo con tono burlón que era un mapa de sí misma.

¿Un mattang?,

preguntó con suspicacia Sofía-la-universitaria, que comenzaba a ver cómo cada vez más gente a su alrededor creía en esa religión para, pensaba, simplones. Los mapas aparecían en lugares inesperados: la mesa de centro de su madre, la cama de su compañera de departamento, los tatuajes de sus amigos. No sabía qué pensar. Nadie había podido explicarle en qué consistía que tu vida presente y futura estuviera metida ahí, en un amarre de ramas y conchas.

No sé todavía,

dijo Eloísa con un tono tajante que sabía usar muy bien, indicación de que no había nada más que decir.

En retrospectiva, con el cuadro enfrente, le parece irónico que Eloísa fuera por ahí trazando mattangs de un futuro que no iba a tener. Así como los científicos buscan los genes que causarán la muerte prematura, el cáncer, la calvicie, ¿se podría, según los creyentes, buscar en un mattang el preciso punto en que se decreta que una morirá?

A lo mejor entre estas rayas de aquí es donde está el secreto de lo que te pasó, Eloísa. O, a lo mejor, es una gran estupidez lo que estoy pensando.

Un ruido rompe su concentración: los pasos atontados de Ulani, que se acerca ya vestida. Sin decir nada, con una sonrisa de rostro completo, se tira al sillón a un lado de Sofía. Imposible saber quién da el primer beso.

En la secundaria jugábamos a encontrar pares de mapas. ¿Lo has hecho?

dice Ulani mientras mira el cuadro entre las manos de Sofía.

No, no creo en esas cosas.

Sí, eso dicen todos. Que enseñas historia de Oceanía solo para hacernos ver nuestro error, que curas una colección de mattangs enorme, pero los ves como objetos sacados de contexto. Que esos mattangs vienen de petrificados, pero no crees en la petrificación. Que eres antipo.

¿Ah, sí? ¿Todo eso?

dice una voz burlona.

Que estudias a Kaula Aranda solo por su arte, como si fuera nada más otro güero que hace exposiciones que nadie entiende. Eso, y que eres lesbiana.

Cómo habla la gente.

¿Pero sabes qué pienso yo? Que nadie puede dedicar tanto tiempo a algo si no ve la magia, el mana, que contiene… Y que efectivamente eres lesbiana.

Lanzan una risita y se dan otro beso. Ulani regresa a su lado del sillón y mira la mano de Sofía que, como garra, no ha dejado de empuñar el cuadro.

Si no creyeras, ¿por qué el cuadrito?

Sofía no sabe bien por qué pero su boca se sella de repente, la sien palpita. Tensa las manos sobre el marco, siente que lo podría romper. Ulani las acaricia y abre suavemente. Toma el cuadro de entre las manos de su maestra.

No te pongas así. Lo único que quería contarte es que jugábamos a encontrar pares de mapas, mis amigas y yo. Íbamos a una secundaria técnica, en una zona de la ciudad que seguro no conoces porque está bien fea. A la hora de la salida, en vez de hacerle caso a los tipos mayores que se paraban afuera a dar vueltas como pavorreales, veíamos constelaciones y mattangs, y los juntábamos en pares de mapas y pensábamos que en algún lugar en medio estaba nuestro destino, puras tonterías como ser millonarias o actrices famosas o posdoctoras en Literatura.

Ulani jala su mochila bajo la mesa de centro, rebusca en ella hasta que saca un libro. Sofía lo reconoce: *Atlas para entender el mundo: Nuevas leyendas de la Polinesia.* Ella escribió uno de los ensayos. No está orgullosa de aparecer en ese libro, que el charlatán de Serratos compiló, pero es material básico de la carrera. Ulani abre una página, ocupada casi en su totalidad por una imagen del cielo. Sofía se sorprende: escribió sobre ese conjunto de tradiciones orales y nunca notó el parecido de la constelación con el dibujo de Eloísa.

Pares de mapas y estrellas, como estos dos. Así que dígame, maestra estricta, ¿por qué tiene un mapa oculto en el baño?

Entre una retahíla de autorreproches y alegrías, Sofía termina de secar las copas de vino. Arrastra los pies descalzos a la sala para tomar el cuadrito, y luego entra al baño. En la pared hay un rectángulo menos percudido que el resto de la superficie, el testigo silencioso del hurto. Ahí vuelve a colgarlo. De repente se ve como un objeto extraño, fuera de lugar a pesar de llevar tanto tiempo, diez años, desde la primavera de su cuarto semestre de universidad, en el mismo sitio. Lo mira con la taza entre las piernas porque el cuarto es tan pequeño que el excusado araña la pared. *Dejarlo o no dejarlo, he ahí el dilema. ¿Tú qué opinas, Eloísa? Tú lo hiciste.*

Inspecciona la pintura y en el reflejo ve el instante en que Eloísa-la-de-entonces le dio el cuadro mientras bajaban de su edificio, la manera en que la vio como si quisiera decirle algo que no salió de su boca, esos ojos que rogaban. El pantano de recuerdos comienza a remover algo en su pecho de tormenta. Voltea el cuadro, lo cuelga con el trasero de papel estraza viendo al frente. Con la letra de Eloísa y su mattang que no lo era. Así queda mejor. «Para Sofía» se despide de ella al salir del baño.

Según la Encuesta sobre la Percepción Pública de la Ciencia y la Tecnología en México (ENPECYT), los mexicanos confían más en la fe, en la magia y en la suerte que en la ciencia.

72.59% confía en la fe y muy poco en la ciencia.

62 % cree que las personas se pueden volver estatuas a voluntad.

75 % cree que los mattangs predicen el destino.

30 % afirma que algunas personas poseen poderes psíquicos.

***

Una bodega enorme con una plataforma en medio. La única fuente de luz son las antorchas que se localizan en seis puntos. Luciano está parado justo frente al centro del escenario. El cuerpo de un bailarín, pintado de blanco, brilla; la pintura hace patrones en sus músculos morenos, el taparrabos de plumas brinca con sus pasos. El hombre recita en un tono grave y vibrante que es más un grito. El espacio sin muebles rebota el eco en todas partes. Parecería que emana de la misma tierra, castigada por el asfalto que la cubre.

O ke au i kahuli wela ka honua
O ke au i kahuli lole ka lani
O ke au i kuka'iaka ka la
E ho'omalamalama i ka malama
O ke au o Makali'i ka po

La voz lo abarca todo. El hombre golpea el suelo con los pies, uno después de otro. Luciano se siente como si estuviera a solas con él, aunque en la realidad está rodeado de una pequeña multitud vociferante que observa también el escenario. No importa cuántas veces ha visto algo así; desde el público, Luciano se encoge y siente el deseo de gritar y golpearse el pecho, de huir y a la vez unirse a las personas que tiene delante, que ahora son dos hombres y dos mujeres. Siente el deseo, especialmente, de beber. Cuenta entre la música los meses secos, son diez, ni un año, pero se sienten como una eternidad. Frente a él, las faldas de fibra de palma se parten en líneas cada vez que las caderas se mueven, como fuegos artificiales que se abren y recomponen con la cadencia. Sus brasieres son de palma también, de un tono más oscuro. Los abdómenes torneados forman S móviles, ochos, luego líneas rectas, olas. Las manos al aire emulan su rito. Por momentos, el movimiento es tan veloz que sus siluetas se desdibujan. Los dos hombres golpean el suelo con los pies; mueven también la cadera. Los hombres ondean con las mujeres siempre atrás, en la segunda línea. La palabra que viene a la mente de Luciano es «sexual». Se fuerza a intercambiarla por algo más apropiado para un bailarín hombre. Cierra un momento los ojos y, cuando los abre, una quinta persona está ahí, con taparrabos y el mismo sostén. *Mahu*, piensa Luciano. Ella mueve la cadera en el centro del grupo, luego golpea con los pies y acompaña sus movimientos suaves con una orquesta de manos móviles y delicadas. Los tatuajes de sus brazos son una balsa flotando en el mar. Luciano se descubre viéndola. De inmediato voltea hacia una de las otras mujeres, intenta enfocarse en sus piernas, pero en su mente está la mahu: ¿el mahu? El tercer sexo. Ni hombre ni mujer. Teriki la mahu.

Entonces, cree escuchar un grito que entona su nombre y a lo lejos capta una sonrisa de lado a lado. Luciano, todo alegría, camina, casi trota, hacia el portador de la sonrisa, un niño de seis años que lo abraza con brusquedad infantil.

Tío Luciano.

Lameo.

Luciano carga al niño, le da una vueltecita en el aire.

¿Por qué no habías venido?

Ya voy a venir más.

¿Juegas conmigo a que somos navegantes?

Otro día, hoy me siento un poquito mal.

¿Qué te duele? Cuando a mí me duele algo, le digo a mi mamá y me ayuda. ¿Quieres que le diga a mi mamá?

Mejor no, chamaquito, ya sabes que no le caigo muy bien.

No es cierto, te quiere mucho. ¿Juegas conmigo?

Otro día.

Bueno… ¿Prometes?

Prometo.

Luciano lo baja, le revuelve el pelo y casi quiere abrazarlo para que no se vaya, pero el niño se aleja como una flama alegre, hacia los brazos cercanos de su padre, quien le dirige a Luciano un titubeante saludo con la cabeza, una mueca entre el reconocimiento y la distancia. Amargura luego del dulce, que Luciano responde con más entusiasmo del necesario, movido por la esperanza de conectar, de iniciar, quizás, una plática, pero él se voltea antes de que esa posibilidad exista. Luciano hace como que no importa, pero algo se le queda atorado en la garganta.

Para agitar el gargajo tenso, examina el entorno, y aunque no hay mucho que ver, se siente perdido. Recuerda cuando el espacio que ahora ocupa el marae era una bodega industrial, sucia y con focos blancos que le daban una deslucida frialdad. Recuerda y ahora no discierne bien el presente: el canto, la luz suave de las antorchas y la calidez que las personas reunidas en el espacio provocan. Qué rara es la sobriedad, que aunque le da más control sobre sí, al menos en teoría, lo tiene titubeando a cada paso.

Después de hablar con un par de creyentes acerca de lo bien que quedó el nuevo marae, Luciano se encuentra solo, viendo hacia el lugar vacío donde ocurrió la danza. Camina hacia el centro del templete y murmura la única línea que sabe:

Hanau ka po

Nació la noche.

Ahí en medio, intenta sentir algún remanente de la energía del rito. La creación del mundo. Eso necesita, su propia creación del mundo. Esa isla personal que va a ser suya. Su padre lo hizo con la empresa de jabones, y su abuelo con su tienda que empezó en una esquina y se volvió una cuadra entera. Ahora le toca a él, con su consultoría. Si no quiso trabajar para su padre es solo porque tiene su propio camino, su propio emporio que fundar. Además, para eso, para ayudar a papá, ya estaba su hermano, el muy cabrón. El muy macho que no dejó nunca que Luciano entrara. Pero de todas maneras él no quería, para qué. Ya dijo Thor Heyerdahl que en altamar los grandes barcos tienden a cabecear, mientras que una embarcación pequeña sufre mucho menos. Y ahora el mierda de su hermano nunca contesta el teléfono y apenas lo saluda a la distancia, como si fuera muy puro él. Como si estuviera muy por encima de Luciano, como si no se equivocara. Al carajo la familia, solo Lameo vale la pena, ni parece hijo de su papá. *Mana*. Luciano respira, se controla.

Pero luego está Iris. Su imagen ingrata aparece en forma de ojos exaltados por pestañas larguísimas, labios delgados, rojos en una sonrisa amplia. En forma de un deseo desaforado de beber. La garganta da un golpe doloroso. A juzgar por las sensaciones que vienen de su estómago, parecería que el cuerpo busca jugarle una mala treta.

Una mano en su brazo interrumpe el trance. Abre los ojos: Teriki lo miraba bajo cejas finas, como las de Iris. Habla con su acento peruano, que nunca se le ha terminado de borrar.

¿Estás bien?

Sí, ¿por qué no?

Estás temblando… Hace mucho que no venías.

He estado muy ocupado.

La mahu, sus ojos muy abiertos, una invitación a decir lo que duele. Luciano siente una liviandad que puede ser consecuencia de la kava, que es brutal para relajar las defensas. Aunque en otras personas provoque un sentimiento de paz, en Luciano el efecto es impredecible. Recuerda una vez en que, después de un letargo, abrió los ojos y se encontró fuera de sí en una fiesta, a punto de golpear al novio de una chica con la que había salido meses atrás. Aunque concedamos que aquella vez también estaba borrachísimo, nunca hay que subestimar el poder de una planta, que está más conectada con la tierra y el cosmos que cualquier hombre, y absorbe por las raíces los secretos de la vida. Sí, seguramente es eso, la kava, lo que en ese momento lo pone en un estado de hablar y hablar, y de su boca salen confesiones. Se toca las mejillas. Están más calientes de lo normal.

La boca de Luciano se mueve como sin un cuerpo detrás y de ella brincan palabras que casi no sabe qué dicen. Se escucha a sí mismo con voz apagada

El tema es que cuando pienso en Iris solo recuerdo lo bueno, es eso.

Yo sé que todo era malo al final, tal vez desde antes

… que ya lleve meses solo

siempre que me acuerdo de *nosotros* es por cosas buenas

… ella era mi presente, mi pasado, mi destino

Mi destino…

… ignoré el mapa

Sabía que algo no estaba bien.

Mientras habla, Luciano está seguro de que las tretas que Teriki sin duda conoce pueden llevarlo a las manos de la mahu y luego quién sabe. La imagen incontrolable de estar besándola lo estremece. Agradece (y a la vez lamenta en secreto) que ya no bebe. Trae, se dice, el seguro puesto. Aun así, entre las dudas, le cuenta todo a la mahu, y en ese momento siente gratitud y una conexión intensa. Aun así (o más bien por eso) acepta la sugerencia que Teriki hace

Ven a mi sanctum santorum

Ven

Ven a que te ayude a leer el destino

Luciano se queda solo, viendo la espalda de Teriki alejarse. Sale del marae y siente el aire fresco como una caricia del cosmos. Esto es volver a estar en el mundo. Chispas de esperanza. Mana.

Al jefe (Alii) le pertenece la tierra entera;
Al jefe le pertenecen el océano y la tierra;
La noche es suya; el día es suyo;
Para él son las estaciones —el invierno, el verano,
El mes, las siete estrellas del cielo ahora ascendidas.
La propiedad de los jefes, encima y debajo,
Todas las cosas que flotan en la orilla,
Los pájaros impulsados sobre la tierra;
La tortuga de grueso caparazón, de ancho dorso,
La ballena muerta;
El Uhu, animal del mar.
¡Que el jefe viva para siempre! ¡Para siempre el jefe!
Déjalo que nazca al futuro gloriosamente con los dioses breves y con los dioses extensos.

Déjalo avanzar temerariamente, el cacique que retiene la isla.

«Acerca del Kapu», El Kumulipo, *que Luciano repite antes de irse a dormir esa noche y otras muchas, sin lograr aprendérselo.*

***

El de la mesa 4 tiene su mattang en las piernas, como acariciándolo, y lágrimas en los ojos, ojalá no lo hubiera visto, hasta Lulú quiso cambiarnos la mesa a Magda o a mí para no tener que acercarse al señor todo mocoso, en medio del drama existencial, pero obviamente nadie quería lidiar con eso, así que la pobre Lulú ya va hacia él otra vez. Ya nos ha tocado más de un tipo que agarra de Asistente a la mesera en turno y quieren que le descifre qué salió mal y qué destino queda y cosas así, y te empiezan a hablar con esas frases rebuscadas que luego usan, onda «que las corrientes sagradas me lleven a una isla fructífera», y otras madres que seguro no saben ni qué significan. ¿Y la cosa de los mapas quién la inventó o qué? Yo no me creo nada desde que era chica, se me hace más un truco para engañar tontos, por ejemplo, la vecina Mari me dice un día: ya tengo todo entendido mi mattang, todo, aunque la verdad es que nunca sabía qué pedo con su vida, siempre estaba dándose de topes por su propia estupidez. Que si este, un tal Norberto, era el hombre de su vida 'ora sí, porque el mapa lo decía, según ella, y pues que luego, cuando la deja, obviamente fue una tragedia, tragedia a la mitad porque ella creía que él iba a volver porque, ya sabes, está en el mapa.

Total que la Mari nomás seguía la vida por la seguridad de que él regresaba y así pasaron años, cuando me contó este cuentito de que todo lo sabía por el mapa ya andaba por los cuarenta, bien entrados, nada más esperando al tipo que, obvio, ya se había ido a vivir la vida sin ella, pero ahí estaba la pobre, sacando su mapa para convencer a la banda, toda llorosa, igual que el señor de la mesa 4, me lo enseñó y me dijo,

Anita, mi niña, es que mira cómo apuntan las fibras hacia el centro, cuando yo lo conocí iba por esta orilla, y luego llegué a la conchita esta, que es él, y pues es la única conchita en todo el mapa, y mira cómo después de esta curva en la que estoy, el palo da vuelta y regreso a la conchita. Ahí es donde Norberto y yo nos reunimos.

Y siempre sonreía en esta parte de su cuento. Hace rato que no la veo, ya no sale casi de su casa, a lo mejor ya se petrificó o algo.

Mi suegra es otra de esos, toda una loca de los mapas. El otro día, Pepe y yo estábamos estudiando y salí por una chela, me encontré a su jefa en la cocina y me dijo de la nada que le enseñara mi mattang, le dije que no tenía uno y de todas maneras qué cosa más idiota me pide porque ni modo que lo estuviera cargando por la vida, eso no se lo dije, obviamente, luego me enteré de que el tonto de Pepe tuvo la gran idea de decirle que no creo en esas madres, y ahora parece que su objetivo de existencia es convencerme de que son la verdad misma, llevarme por el buen camino, pues. A lo mejor lo presentía y por eso le dije que no tengo aunque sí tengo porque mi mamá obvio no me dejaría ni de loca ir por la vida sin mattang, pero eso no lo tiene por qué saber cualquier señora santurrona.

Es que tu mami es una perdida, Ana, perdón que te lo diga así, pero veo que eres lista y entiendes a qué me refiero.

Yo creo que eres una buena niña, pero hay algunas cosas que debes cambiar, por tu bien. Siéntate.

Pero...

No hubo pero que valiera, acabé bien sentada en la mesa toda cochambrosa, cubierta de plástico que era transparente antes de que las manchas lo hicieran café, guácala, y el té de tiaré barato que seguro es algo como té verde con colorantes y la señora preguntando cosas que se contestaba sola:

¿Vas al marae? No, verdad... ¿Quién te dio tu mattang?, ah que no tienes... vamos a ver, cómo arreglamos eso, ¿cómo ves si te anexamos a la ceremonia más próxima?... me dijo José que sabes Lima Lama, muy típico de tu mamá, trata de hacerte una machorra. Mejor, ¿qué tal que te metes a bailar maorí? Se les hacen unas piernas preciosas a las muchachas...

Después de que habláramos media hora de eso, o más bien, de que ella hablara sin parar, sin dejarme decir ni «quiero ir al baño», comencé a pensar que estaba tratando de matarme de aburrimiento o, peor todavía, que quería que la matara a ella para que su hijo por fin me deje por alguna niña rica, con mattang gourmet, que vaya a un marae, baile tahitiano y así, padrísimo que mi muy querido novio se haya sentado con su mami a contarle todos los detalles de mi vida, seguro la señora sabe hasta el color de mis calzones, qué bonita familia, tan unida, lo mejor de todo fue que, cuando regresé al cuarto, Pepe me gritoneó que por qué me había tardado tanto, que por qué me sentaba con su mami a platicar así y lo dejaba solo.

Fuf.

Por ella y las otras cosas luego pienso de nuevo si me conviene Pepe, todo un fanático, y qué hueva, por ejemplo, el otro día estaba medio pedo y me contó que ya sabía a dónde se había ido su jefe, me dijo que fue con una

Asistente a que lo ayudara a descifrar su mapa y que ella le juró que lo iba a encontrar en un lugar cruzando un cuerpo de agua y que ya tiene varios hermanos más, que no mame, yo le pude haber dicho lo mismo si me lo hubiera preguntado y sin ningún pinche mapa, ya voy a trabajar de Asistente, sería todo un éxito, es como escribir un horóscopo para revista de quinceañera, un montón de generalidades juntas, consejos fáciles de seguir y listo, dame tu dinero y vete. Bravo, bien hecho, Ana. Si soy un genio así de genial, ¿por qué sigo de mesera? Ah, ya me acordé, porque mi mamá no me da ni para tragar, así que mejor regreso a limpiar mesas antes de que la señora Cortés me vea aquí sacándome los mocos y reflexionando sobre la vida.

***

«Ayer me la pasé muy bien. Ya quiero que nos veamos de nuevo, aunque sea en clase.»

Por unos segundos, Sofía ve la pantalla que reposa sobre la mesa en la sala de maestros. Sonríe. Bosteza. Toma un trago de café y prende un cigarro aunque esté prohibido. Deja el mensaje en visto y abre *Hocus Pocus* en una página al azar, un ejemplar del pasado, que recién desenterró de entre las cosas que Sofía-la-estudiante atesoraba antes de que a su vida le cayera un rayo. Un regalo de Eloísa. *Querida, querida Eloísa.*

***

Sale de la coordinación de su carrera caminando al vuelo, ligera y contenta. Ulani tiene entre las manos el último papel que necesita para concluir el engorroso trámite de un intercambio. Se va a ir, carajo. Quién sabe cómo logró conseguir todo lo necesario para una estancia de un año en la Universidad de Auckland, en Nueva Zelanda. Mientras sostiene, casi estruja, el papel, se da cuenta de que esa fuerza boyante que le recorre el cuerpo no viene solo de la nueva posibilidad que se le abre de frente, sino de la expectativa inconfesable: tiene clase con su maestra favorita. Entonces una arcada de angustia la detiene a medio pasillo. Se va a ir, pero si se va, ya no podrá besar a Sofía. Se va a ir, y eso que siente en el estómago, esa revoltura de expectativas y miedos deliciosos, caerá a la basura. Si se va termina lo que apenas comienza, lo que deseó tantas noches y le parecía tan imposible como darle un beso y un fajón a Samoa, el cantante que más ama. Alto. Ulani para a su cerebro traidor, no hay espacio ahora para amargura. Mucho menos cuando ese intercambio le ha costado meses de búsqueda tenaz. Va a besar a Sofía unos meses más, aprenderá lo que pueda aprender de ella, crecerá tanto como sea posible a su lado y se subirá en el avión con todas sus chivas y directo a la carrera que sueña. Sí, eso… Ulani, con su papel en mano y la tranquilizada punzante de mentiras en el pecho, reanuda la caminata por el pasillo de la coordinación hacia la clase con su maestra favorita.

En el cielo estrellado de la isla de Rapa Nui, cielo tan limpio, tan prístino como ninguno, apareció esa noche de entre todas las noches una nueva constelación.

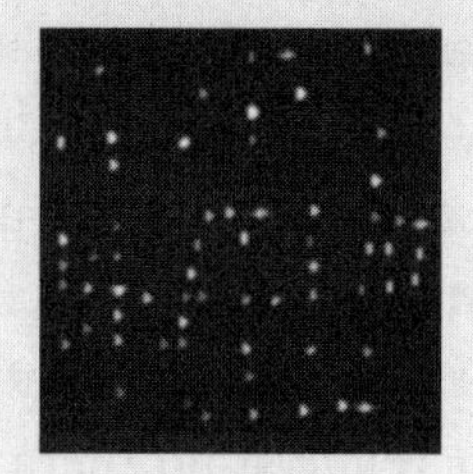

Los ojos de un joven navegante permanecían abiertos por el insomnio. Desde su lecho de hierba miró sin cuidado el cielo y paró en seco ante ese espectáculo de luciérnagas celestes. Primero revolotearon un poco y finalmente se formaron unas al lado de otras, unas debajo de otras. Inmóviles en el firmamento, le mostraron el sendero que debía recorrer para llegar a la primera de las islas Pitcairn.

Serratos, Marco Polo, Sofía Embleton, et al., Atlas para entender el mundo: Nuevas leyendas de la Polinesia, *Paidós, 2023, ejemplar de la Biblioteca Central, un poco doblado de las esquinas, bajo un par de calcetas sucias, diferentes, en el piso del cuarto de Ana. Un círculo rojo, a lápiz, rodea la imagen de las estrellas, y con letra pulcra del mismo color, la palabra* Azul *se escribe a un lado.*

***

Se levanta a las seis en punto. Estira el cuerpo en la cama y siente la pijama deslizarse. Ese gozo poco apreciado de ocupar el colchón entero y tener todo el aire para él solo. Uno de los muchos premios que ganó después del divorcio. Las corrientes son distintas para todos, fluyen en cursos entremezclados. No está mal que su navegar haya tardado un poco más de lo esperado en recuperar el camino correcto. Sí, no está mal. Siente que ya está ahí, en esa vía al éxito, de nuevo. Se para y abre las cortinas, y ante él se revela la ciudad en penumbras, sus posibilidades. Su departamento en el piso cinco tendría una vista increíble si no fuera porque se le mete en el ojo el falso moái que resguarda la fachada de la refaccionaria «Hawái». Luciano no puede pasar por alto el fanatismo del dueño, un tipo que se hace llamar Maui, pero que Luciano sabe que se llama en realidad Mauricio. Maui, qué ridículo. Lo único que tiene del personaje mitológico, semidios creador de Hawái y de la isla que lleva su nombre, es lo embustero. Maui robaba los peces de sus hermanos cuando iban a pescar juntos, hasta que estos se hartaron y lo obligaron a volver con las manos vacías a casa. El Maui nacional tiene miras más grandes que un robo inocuo de vertebrados: todos saben que comanda a una flotilla de rateros locales, que lo surten de una provisión continua de piezas para la próspera refaccionaria. A Luciano no le importa que robe una que otra llanta y espejos por kilo, pero le molesta la reproducción chafa del gigante polinesio, el agresivo tatuaje que surca en rayas negras su rostro y la pretensión de un criminal de tercera de ser un héroe mítico. Si ni él mismo se atreve a tal cosa…

Aún con la bruma del sueño cegándolo, toma su mattang del escritorio. Nunca lo deja ahí. Lo guarda en una caja de roble que pone en el cajón a la medida, pero no lo cierra con llave. Continúa tocándolo. Ayer en la noche su cabeza estaba desbocada y cometió el descuido de dejarlo afuera.

Insomnio hasta las cuatro de la mañana. Recuerda las ganas de beber, arrasadoras, y el consuelo de que el orden del cosmos lo quería para otra cosa, cómo recorrió el mattang en busca de las olas del destino. Cómo vio la foto de Lameo y pensó en aquella vez que le gritó borracho. Luego, cómo se quedó dormido con ropa, ya muy tarde, o muy temprano, depende de cómo se vea, sobre la cama sin destender. Todo es perfectible, mana. Se sacude el recuerdo, que no es muy distinto al de hace dos días o tres. Da igual. Lo importante no es eso, sino que está ahí y siente el mana impregnarlo de una manera poco frecuente. Cierra los ojos y pasa la mano derecha por las varas de coco del mattang; primero desde afuera y luego cada vez más hacia el centro. Sí, lo siente. Pero es como ese día en que Iris y él… mejor no pensar en eso. Hoy es un día nuevo y se prometió que la noche anterior sería la última en que penaría en vano. Por la tarde irá con Teriki y empezará a ser de nuevo él mismo. Iris es pasado, el destino va hacia el futuro. Iris era una caída ciega.

Piensa hacia adelante.

Abre la llave de la regadera y se queda como ido escuchando el agua. Luego, entre el vaho del cuarto, borra un pedazo de espejo para verse la cara, y se encuentra consigo mismo luego de una noche circular, noche blanca de pensamientos monocordes: su divorcio, su Iris que se le escapó entre los dedos, las ganas mortales de escurrir entre los dientes menos de un año de sobriedad que no terminan de cuajarse en su espíritu. En sus ojos hinchados está esa necesidad inclemente de sentido que el alcohol le daba. ¿Por qué no puede apartar esa idea de una vez? Los ojos cristalinos de Iris, lagrimeados por la felicidad del día en que se mudaron ahí. Ellos dos, de la mano, cortando el listón que sus amigos pusieron en la entrada del departamento. Los muebles recién comprados, que eligieron juntos. El cuadro de dos por dos que los recibió en la sala: un Aranda original y una de las posesiones a la vez más queridas y más caras de Luciano. La fiesta, las copas, ¡salud! El inicio de su vida hogareña. La certeza de que eso era el destino, el todo, la vida completa. La certeza de que podía leer el porvenir y su navegar iba justo por donde debía. Todas esas certezas que ahora más bien se llaman errores.

El aroma del agua de tiaré lo regresa a la Tierra.

Aférrate a esto. Esto eres tú.

Las mujeres no son el camino. Le provocan la resaca que no tiene desde que vive en sobriedad. Lo hacen sentirse lo que más sabe que no es: un pesimista. Iris le robó la inocencia y el deseo de ser una buena persona, pero no fue la primera, solo la estocada final.

O mejor, el golpe necesario. Lo que debe ser. La vuelta al equilibrio que es el ahora. Poco a poco: el barco que pueda mantenerse bien a lo largo de la costa puede hacerlo igualmente mar afuera.

Luciano se baña con agua hirviendo, ve el vapor llenarlo todo y abre la boca para que también su interior se invada de líquido. *Mana*, se repite en la cabeza. Tensa los músculos, contrae cada parte del cuerpo y ahí, en la jungla de vapor, telaraña líquida, siente ese poder revestirlo. En su mente aparece una fotografía de sí, de la vida que endurece su corporalidad. Fuerza. *Mana*. Suelta los miembros. Se sumerge en un chorro de agua helada para terminar. Para cuando se amarra una toalla en la cintura, está listo para enfrentar lo que sea.

***

Ana no puede dejar de verla. Su madre está sentada frente al televisor, con la panza salida, haciendo un zapping incansable que no deja entender lo que aparece en pantalla. A su lado, un hombre grande, con camisa de vestir y traje barato, come papas de una bolsa metalizada y bebe cerveza. *Típico, a él sí no le dice nada de todas esas migajas asquerosas que tira ni de los dedos todos llenos de grasa con los que agarra el sillón, al menos no todavía.* Finalmente, su madre deja de cambiar de canal. En la pantalla se quedan estancados un hombre y una mujer. Ella porta flores en el cabello, una falda forrada de plumas de colores y un brasier que apenas le cubre los pechos. Él viste normal. Ambos tienen la tez muy blanca. Sus voces salen del televisor.

Entonces, Nani, lo importante es saber confiar. El cosmos sabrá guiarnos a donde tengamos que ir. Si te resistes, peor te va.

Sí, Kiri, hay que tener fe en la vida, en la naturaleza, en el destino que nos tocó. Yo creo que con esa fe podemos llegar a ser mejores humanos y también a entender a los que no les fue tan bien como a nosotros, ¿no?

Sí, ellos no eligieron su destino. Hay que tener mucha piedad hacia los criminales, por ejemplo, porque o se resistieron a la fuerza del destino y así acabaron mal o de plano su destino siempre fue acabar ahí, en la cárcel y pobres, la verdad.

La madre de Ana asiente en silencio. El hombre voltea y se encuentra con la mirada de Ana. Ella da un paso hacia atrás y se va así, caminando de reversa. No le va a dar el placer de que le vea el culo.

Entra en su cuarto y cierra la puerta con seguro. El corazón le late rápido. Saca de abajo de la cama un block con hojas muy gruesas. Lo primero que compró con su sueldo de mesera, o mejor, con sus propinas, porque el sueldo es miserable. Avanza unas pocas páginas entre dibujos a lápiz y llega a una en blanco. Mira el espacio, hace el ademán de levantar la mano, pero no la baja hacia el papel porque escucha pasos afuera, para un momento, con el cuerpo duro y la barbilla alzada. El corazón le late más fuerte. Los pasos se van. Ana cierra el cuaderno y se toma la frente. Masajea la sien en círculos. No se puede estar ahí. Toma la mochila y arroja unos cuantos objetos, el teléfono, los lápices, el cuaderno que apenas cabe. Abre la puerta, apresurada, y ahí se topa con El Novio En Turno, como le dice. Lo mira, desafiante, y se pasa de largo. ¿Cuánto más durará? En la cadena de errores que son los novios de su madre, este no es el peor eslabón, pero Ana sabe que el tipo se hartará de ella pronto, de sus lloriqueos, su manera de pasar de la paz a la furia, su obsesión por la limpieza que la hace pulir cada cuadrante de la cocina y exigir a los demás un cuidado suprahumano.

Mientras sale del departamento, le escribe a Felipe. Él ve su mensaje de inmediato, pero no contesta. Seguro está con Hori. Desde que Felipe tiene un «amigo», Ana se siente abandonada. Cada vez se ven menos y es raro que, cuando ocurre, estén solos. Ahí tiene que estar Hori, con su carita de niño bueno y su cuerpo enclenque. No entiende qué le ve. No es ni guapo, ni tan simpático, y no tiene pizca de profundidad. A Ana le resulta un tipo aburridísimo. El problema es que, mientras Ana evita cualquier mención a su relación con él, a su existencia entera, menos hablan de otras cosas. Ana ha notado la barrera que poco a poco se forma entre ellos y deja atrás los años de preparatoria que pasaron juntos, cuidándose el uno al otro de todos los demás. Ya no son ese equipo que se mueve como uno solo.

Ana decide ir al parque, donde puede cargar el peso de su soledad sin que nadie le preste atención. Va a faltar a clases otra vez.

***

Asaltacunas

Mataviejitas

Señora de las cuatro décadas

¡Te pasas! Solo tengo 36

Señora de la tercera edad

Goldiguer

De qué hablas, si no tienes un peso, gano más yo haciéndole trabajos a mis compañeros

Y hablando de eso, ¿ya me vas a decir a quién le has hecho trabajos este semestre?

¿Para que les pongas diez?

¡Para que los repruebe!

Me vas a dejar sin trabajo, qué mala onda

Te mantengo, al fin para eso andas con alguien de la tercera edad

Si quisiera que me mantuvieran andaría con un señor rico lomo plateado pelo en pecho

¡Qué asco, Ulani! No puedo creer que hayas dicho eso

Tú empezaste, todo es tu culpa

Si ya sabes cómo soy, para qué me besas

Mi maestra favorita

Mi alumna… con mejor letra

Un almohadazo juguetón golpea la cabeza de Sofía.

***

La idea de una Asistente sonaba cada vez mejor. El complemento ideal. Toqué el timbre y la voz de Teriki me respondió aguda y serena por la bocina.

Estoy contigo en un momento.

Entré por un pasillo con mosaicos de muchos colores. No era lo que esperaba: parecía una fiesta de cumpleaños infantil y sin Lameo eso no tenía sentido. Luego entré a la sala de espera. El lugar se veía bastante maltratado, los sillones, viejos y de mal gusto, como de casa de señora con muchos gatos. Casi no entraba luz por la única ventana, que daba a una pared de asfalto. Lo que salvaba el lugar era un mural que cubría toda la pared: en un fondo blanco, los colores dibujaban diseños con islas y corrientes. Me senté en el sillón a verlo. Luego salió Teriki. Me sorprendieron sus pantalones y camiseta negra, que llevara la cara sin maquillaje, tan diferente de las veces que la he visto en el marae.

Luciano, qué gusto verte. Por aquí, de favor.

El consultorio estaba igual de feo que la sala. Había una lámpara de piso de colores chirriantes. El sillón en el que me senté se sentía sumido de viejo. Sin una pizca de clase. Teriki se puso frente a mí y la luz iluminó la mitad de sus rizos oxigenados. Yo me sentía tenso, la verdad. Solos y encerrados en un cuarto. Pero para adelante. Ya estaba ahí y le iba a sacar todo lo que se pudiera.

Nunca había estado con una Asistente. Pensé que solo iba a pedirme que sacara mi mattang y lo iba a leer, y listo. Pero no, resulta que es bastante más complicado que eso.

¿En qué te puedo asistir?

Vengo porque, aunque todo va muy bien,

me va muy bien,

y el mana está conmigo,

últimamente he tenido problemas para conectar con mi mattang.

¿Qué no va tan bien, Luciano?

¿Desde cuándo sientes esta desconexión?

¿Por dónde crees que te desviaste?

Las preguntas salían una tras otra y me pusieron en un estado que solo llamaría de hipnosis. Tengo que admitir que casi lloro. Entonces, luego de un largo rato, vinieron las palabras que me esperaba desde el inicio.

Vamos a leer tu mapa.

Saqué el mattang de su portafolio, lo puse con cuidado en la mesa de centro. Pasó algo curioso. Me sentí raro, como expuesto. Una gran incomodidad, más que nada. La luz de la lámpara daba directo a la mesa y el mattang estaba ahí. Me pareció diferente que antes, podía ver detalles como las rayitas de las fibras o la rudeza de las ataduras entre ramas. Mis manos sobre el mapa también eran distintas, más pálidas y venosas. Teriki me pidió que le señalara un punto importante. Apunté un nodo al azar.

¿Qué hay ahí?

Le dije que no sabía, pero insistió.

Es donde me casé.

Me sorprendí a mí mismo diciéndolo, porque no lo sabía. Pero sí, era real, ese era el nodo del día de mi boda. Una conchita estaba justo a un lado, la isla de un nuevo hogar.

¿Por qué elegiste ese punto?

No sé por qué pensé entonces en el día en que todo comenzó a hundirse. Le conté de esa noche, de cómo fuimos a una reunión en casa de mis suegros. De regreso para la casa, Iris y yo veníamos callados. No es que hubiera una causa, una pelea o algo, pero la tensión estaba ahí. Ya en la casa saqué una cerveza del refri. Ella me empezó a reclamar al instante:

Tomas demasiado últimamente, es pésimo para ti.

Yo mejor lo dejé pasar porque en ese entonces no creía que mi forma de tomar fuera un tema. Ella siguió:

Y no puedo creer que le hayas contado a mi papá que le regalaste un carro nuevo al tuyo. Sabes perfectamente que él quiere desde hace años cambiar su cacharro y no puede porque no tiene dinero. Ya deberíamos haberle comprado uno a él. Tu papá no necesita nada, siempre ha sido rico, igual que tú. La gente que nace rica no entiende lo que se siente que vengan y le restrieguen a uno en la cara las cosas que no puede tener. Seguramente no notaste la expresión que puso mi papá cuando dijiste eso. Te la describo: era de humillación. ¿Cómo pudiste humillarlo en su propia casa? Pero no sé de qué me sorprendo, así ha sido siempre.

Intenté no enojarme, pero el reclamo era ridículo. Ahora resultaba que no puedo comprarle un carro a mi propio papá.

Y luego, como siempre, no hiciste nada al final de la cena, ni el ademán de recoger los platos. Es como aquí, no puedes mover un dedo por ti mismo si no te digo antes algo. No sé si es porque eres un flojo o porque crees que todavía tienes servidumbre de tiempo completo. Hombre tenías que ser, carajo. Ya no lo aguanto.

Casi le contesto que si no teníamos «servidumbre de tiempo completo» es porque ella no quería. Porque de poder, podíamos. Y claro, si ella fue la que dijo que no desde el inicio, por sus prejuicios y todo, pues le tocaba hacer las cosas que haría una sirvienta. Estaba borracho. Con mi mattang y el suyo en la cabeza, súper diferentes, fui hacia el cuarto y vacié unos cajones. Quería que fuera una actuación, que viera cómo estaba el asunto: o te cuadras o te vas, nada de dramitas. Puse su ropa interior en una maleta grande. Agregué unas cuantas playeras y su cepillo de dientes. Fue cosa de tres minutos. Luego regresé a la sala y aventé todo hacia la puerta. Sus ojos se mojaron y su boca era una línea contraída, blanca por la presión de los dientes que succionaban los labios y los mordían por dentro. Solo quería darle una calentadita para que supiera que conmigo no se juega, seguro se iba a disculpar y terminaríamos en la cama. Había pasado antes. También ella me había corrido más de una vez. Iris dejó la maleta que le hice y salió sin nada. El carro era mío, el dinero era casi todo mío. ¿Cómo se le ocurrió que se podía ir así? Lo más coherente era pedirme perdón y ya, yo la hubiera perdonado en ese mismo momento. Pero su histeria pudo más. Al menos eso pensé entonces, apendejado como estaba por el wiski.

No supe a dónde se fue, su teléfono me mandaba directamente a buzón. En una noche de esa temporada, estaba en la casa hasta la madre. Entre tragos se me hizo gracioso llamar a un cerrajero nocturno para que cambiara las chapas. Salió carísimo pero valió la pena, así me libraba de ella para siempre. Brindé solo por mi libertad. Total, seguro Iris ya estaba con otro.

Al día siguiente, una llamada agudizó mi cruda. Era una mujer cuyo nombre no reconocí. Seguramente era una gran amiga suya y su voz no me era ni familiar. A ese grado se habían distanciado nuestros navegares. Ella iba a pasar por las cosas de Iris. Fue como planeado: un día cambio la chapa, al siguiente quiere sus cosas. Mensajes del destino. No sabía que nuestro enlace era tan débil, tampoco pensé que estuviera dispuesto a dejarla ir así como así. El tema es que no intenté nada después, a pesar de que la extrañaba diario y me despertaba todas las mañanas pensando en un pequeño fin del mundo. A la vez bebía todas las noches, y a veces hasta las mañanas, para ahogar su recuerdo, tragos directo de la botella.

¿Cuándo dejaste de beber?

Teriki interrumpió el relato. No sabía si contarle. Es un tema... delicado. Le di solo el inicio de la historia.

Iris... ella... regresó después, una de esas noches. Y...

¿Y qué?

Y las cosas se descontrolaron, todo salió muy mal. Tuvimos una pelea muy fea, que estoy seguro de que fue por el alcohol. No estaba siendo yo, yo no soy ese. Me di cuenta de que cuando bebía un monstruo se apoderaba de mí, como esa noche.

¿Qué pasó, Luciano?

No me acuerdo, no importa. Lo que importa es que me abandoné a las corrientes y el cosmos, y estoy aquí.

Teriki me miraba como esperando que le contara más, pero ya había terminado. Entonces me señaló una varita en mi mattang que pasa por debajo de todo, atraviesa la tierra y el agua. No supo todavía decirme qué es, pero sí qué no es: Iris. Era inútil seguir juntos si al final nos íbamos a separar. Toda solución para eso era provisional. Mattangs de navegares distintos, vidas que no se pueden juntar. La otra varita es la respuesta. Si logro entender qué hay ahí, todo el destino toma forma.

Muy bien, ya tengo suficiente por hoy. El proceso asistido de interpretación de un mattang es complejo. Se necesita saber mucho sobre el dueño y poco a poco, como los polinesios descubrieron las islas más lejanas, se va revelando la verdad escrita. Esa verdad es tornasol. Por eso seguimos nuestra vida entera descifrando el mattang, sus ramas no son verbo sino imagen. El proceso va a ser así, Luciano. Con lo que me contaste hoy, vamos a tener un primer acercamiento. Yo solo te guiaré en esto, para eso estoy, para asistirte, pero las conclusiones son las que tú armas. En próximas sesiones iremos más lejos y hacia aguas más agitadas. Lo importante es que tienes que soltar, encomendarte a un poder superior. No se puede gobernar una balsa, se va de costado o hacia atrás o da vueltas, según coge el viento.

Me sentí timado. Me acaba de decir que tendría que venir por quién sabe cuánto tiempo más y que ella ni siquiera me iba a decir nada claro. ¿Pero ahora qué? No tengo otra opción. La necesito. He buscado y buscado qué es esa varita que va por debajo de todo. Lo que me tiene así no es una respuesta tan fácil.

***

El tiempo pasa de a gotas, con el cuadro del baño volteado hacia atrás mirándola todos los días y ella volteándole la cara, evitando mirar de vuelta. Mientras, cada vez más, las manos ásperas de Ulani entre sus manos suaves. Esas manos, las de Sofía, que ahora dan play al video.

Frente a sus ojos: un cuarto blanco, de bodega, con la luz muy baja. Kaula Aranda en cuclillas sobre el lienzo. Pinta frenéticamente, mueve todo el cuerpo sobre la tela gigante y una gota de sudor emprende el recorrido desde su frente hasta escurrirse por su nariz. La siguen otra y otra más. El ritmo de las gotas en coreografía con el cuerpo sin camisa. Entre la oscuridad, la piel está atravesada por un tatuaje en negro que, como los tentáculos de un pulpo, recorre sus brazos enteros y crea una armadura sobre su pecho y espalda. El diseño polinesio, intrincado, lleno de repetitivas formas geométricas, es muy común, pero este sobresale por su tamaño y movimiento. El vaivén del brazo hace que se anime, como una especie de película antigua. Aranda parece ignorar la cámara. Sin embargo, en un momento, se levanta y la mira. Se acerca con la brocha en la mano y una sonrisa de ojos desorbitados, dispares, y la frente inclinada hacia delante. La cámara da un paso atrás y se mueve un poco a la derecha. El video termina.

Sofía da play de nuevo, y de nuevo, y de nuevo. Hace más de un mes, Miguel fue nombrado director del museo Rufino Tamayo y la invitó a hacer la museografía de la retrospectiva de Aranda. Los avances son pocos. Entre seudónimos y una historia incierta, cuidadosamente oculta por el artista, lo único que le queda es escribir sobre las pocas cosas registradas. Los archivos no van más allá de diez años antes. Solo una fotografía, sin datación exacta y no aprobada por el artista, atestigua su primera juventud: casi adolescente, con una camiseta blanca y una cadena plateada, el cabello un poco largo, claro, metido atrás de las orejas, ojos viendo hacia la izquierda, rasgos relajados, una sonrisa apenas perceptible, cálida y ligera, arropada por labios carnosos. No se distingue si ya desde entonces su pupila izquierda estaba permanentemente dilatada. Parece un niño de familia, amable, bueno, sencillo. Todo lo contrario al espectro violento y sexual de los videos y fotografías recientes. Es cierto que no es necesario hacer una investigación tan profunda. Con los datos oficiales bastaría, pero ella está empecinada en saber más. *Soy una necia, Eloísa.*

Entre las pausas al video, hay un momento en que Aranda queda de frente. Por alguna coincidencia, no se ve movido. Parece más una foto que un video.

Un zumbido desde el teléfono le hace poner pausa también a sus pensamientos:

«Voy a llegar un poquito tarde, yo creo que 7:30. Llevo vino y un regalo.»

Ya solo faltan dos horas. Un destello de alegría, una sonrisa automática. Sofía voltea el teléfono y regresa a la pantalla, pero se da cuenta de que su concentración desapareció.

Ulani otra vez entre ella y su trabajo, como ha pasado las últimas semanas, desde que la conoció. Ahora el salón de clases tiene otro significado. Cuando entra en él, la tensión del secreto hace que su corazón lata más fuerte; es más consciente de cada movimiento que hace y de cómo se ve desde distintos ángulos. La mirada de Ulani se ha vuelto el centro de un panóptico, y Sofía, sospechosa de un crimen. Culpable de un crimen. Cada día, frente a su clase, se pregunta si alguien más sabe lo que sucede entre ellas, y mira los rostros de los demás estudiantes en busca de pistas que lo confirmen. Encuentra curiosa la sensación de nerviosismo que se acumula entre sus piernas cuando piensa en Ulani y en la posibilidad de que las descubran. Principalmente le da miedo pensar que no le disgustaría que eso pasara. Piensa en Luis, el estudiante más guapo de la clase, que Sofía siempre ha considerado un patán aunque no tenga más evidencia que el tono burlón con que se dirige a sus compañeras, nerviosas cuando hablan con él, y se lo imagina sintiéndose levemente humillado y seguramente algo excitado al descubrir que Ulani, esa chica hermosa y alegre (Sofía lo ha visto mirándola), no solo no lo quiere, sino que prefiere a la maestra, una mujer no tan joven, algo aburrida, que sin duda no puede competir en belleza con él.

Se ha sorprendido más de una vez a media clase imaginando a Ulani desnuda, la sensación de sus pieles juntas y el toque de las yemas de los dedos recorriendo el costado de su abdomen. En esas ocasiones contiene el escalofrío y se enfoca en la clase, que siempre parece ir en orden a pesar de sus distracciones. Las peores veces, síntomas incontrovertibles del aprieto en que está, cree distinguir el aroma de la chica y el recuerdo de sus risas en caudal le hace brotar dentro del pecho algo parecido a un día luminoso de aire ligero. Empieza a sentirse intoxicada. Lo único que hace es pensar en Ulani, en la posibilidad de que las atrapen o, peor, en el momento en que se enamore como una idiota y luego Ulani se vaya, desaparezca de la faz de la Tierra, y la deje de nuevo en mil pedazos. ¿Y si termina con ella de una vez? Se evita el dolor, le evita el dolor, no se arruinan la vida mutuamente.

El problema es que también, y sobre todo, son felices juntas. En las tardes en que se leen la una a la otra, en las comidas que improvisan con ingredientes de tiendita, en las películas que ven o que terminan por no ver, en los momentos en que solo esperan a que la vida pase, hombro con hombro, sobre el sillón, con una gata en ovillo que ha aprendido, también ella, a querer a Ulani.

Mayúsculo problema.

Respira. Quita a la gata de su regazo e ignora el maullido de reclamo. Arranca una hoja de libreta. Escribe: «No la trates mal, no es su culpa que estés rota. No la trates mal, no es su culpa que estés rota. No la trates mal, no es su culpa que estés rota». Se para al baño. Toma una vela grande y polvosa, olor a brisa marina, y la prende para que la hoja se consuma poco a poco, mientras repite en su cabeza el mantra. El olor a quemado acompasa la danza del carbón y hace que la nariz le pique. No puede evitarlo, estornuda y con ese estornudo el carbón vuela.

Intenta agarrar una de las manchas negras que ahora puntean el lavabo, pero se hace polvo entre sus dedos y mancha más todo. Se mira el rostro, tiene tiznada una mejilla. Sonríe. *Ay, Elo, por andar haciéndola de bruja de petatiux, ya quedé como Clío, toda llena de manchas negras.* Ve más de cerca para limpiarse y una arruga bajo los ojos detiene su atención. ¿Y si es lo último de su belleza, que además nunca fue tanta? Le parece que la arruga marca un camino por su piel, que ella sigue con las manos hasta las marcas de expresión de su boca. Hay manchas en las mejillas, y no son de carbón. Sofía se quita la blusa y los pantalones y se queda en ropa interior frente al espejo. Clasifica su cuerpo, parte por parte, lo disecciona como un carnicero haría con una vaca. Compara su estómago flojo con el vientre duro y marcado de Ulani y su trasero sin gracia con las nalgas redondas y perfectas de la chica.

Mientras está de perfil, sus ojos se topan con el cuadrito colgado en la pared que declama un «Para Sofía». Entre los copos de carbón y el olor a vela, parecería que la silueta difusa de una Eloísa de veintidós años entra al baño y se para junto a ella. Eloísa, Ulani, muchos fantasmas en un baño tan pequeño... Sofía siente cómo el dolor de los primeros tiempos después de la desaparición de Eloísa le llena las entrañas, oprime sus vísceras. Un dolor que no la había visitado desde hacía catorce años. Fue invisible por tanto tiempo y ahora parece que no lo puede dejar de ver. Se da cuenta de que Eloísa siempre ha estado ahí, es una fosa que rodea su castillo sellado, el vacío que le sirve de guarda.

Como impulsada por una corriente de tormenta, Sofía sale del baño sin ropa y entra a su cuarto, que en ese departamento diminuto está a un metro; rebusca en el clóset, escarba entre papeles que debieron ir a la basura hace mucho. Toma al fin una caja verde. Pesa más de lo que recuerda y, al tratar de abrirla, nota que la madera está algo hinchada por la humedad. Con un sonido de aire a presión, la caja se abre y el olor a mojado arrecia. Una foto: al fondo, enormes prismas triangulares de piedra gris y áspera, debajo, el valle de lava sólida en figuras caprichosas. El espacio escultórico de Ciudad Universitaria. En la imagen, Sofía sonríe con una ligereza que no recuerda haber sentido desde hace mucho. A unos centímetros de ella, sin tocarla, la Eloísa de papel sonríe, sí, pero sus labios no dan la impresión de liviandad sino de dureza.

Labios de secreto, así te dije una vez y te burlaste de mí. Tus labios de secreto, estos mismos que tienes en la foto, al final se quedaron con el secreto de tu propia desaparición.

Demasiados recuerdos. Son las 6:30. Ulani va a llegar a las 7:30 y no ha avanzado ni una sola línea de trabajo. Así como está, con todo y rímel corrido, sin ropa, se sienta en la sala. Deja pasar un momento.

«No voy a poder hoy. Discúlpame, me enfermé del estómago muy feo. Te escribo cuando me sienta mejor.»

Manda el mensaje y apaga el teléfono. La fotografía susurra desde sus manos.

¿Dónde estás, Eloísa?

Sofía siente un impulso: tiene que regresar al único sitio donde Eloísa existe. Emprende una carrera de pies rabiosos hacia el lugar al que juró no volver.

Ocho años después de su última visita, los pies de Sofía se mueven veloces por el Paseo, cada vez más cerca del lugar en el que no ha estado desde el día en que se enteró de la estatua de Eloísa. Camina aún presa del impulso que la sacó de su casa sin suéter, sin paraguas, sin nada más que unas pocas monedas para el taxi. A su lado, la piedra gris, frente a ella, las figuras de mal agüero, tras de sí la paz de un presente que ya no podrá ser.

La estatua de Emilio López-Aruaga, la otra estatua que marcó su vida, la que la hizo estar segura de que todo esto era una farsa, está más cerca y, quizá con la intención de demorar el reencuentro por el que está ahí, se desvía. Analiza una serie de rostros de piedra. Ninguno tiene la nariz de gancho ni los ojos ligeramente rasgados de Emilio. No lo encuentra. Quizá estaba en otro lugar o quizá el tiempo distorsionó a tal grado su recuerdo que no lo reconoce. Es mejor no perder más el tiempo. Al fin y al cabo, no está ahí por él. Sin pensarlo, camina rápido el último tramo hacia Eloísa.

¿Dónde estás, querida Eloísa? Querida querida Eloísa.

Llega de frente.

Encontrar una vieja conocida. Encontrar un viejo amor. Enterarte del funeral de alguien a quien quisiste mucho. Ver un cadáver momificado. Son algunos de los pensamientos que le pasan por la mente, que hace revoltijos y olas con un montón de imágenes y sentimientos. *Contrólate, Sofía, es solo una estatua, piedra y ya. Sé racional, por dios.*

Puede intentar controlar su mente, pero su corazón definitivamente no está siendo racional, late como si quisiera saltar a las manos de piedra que reposan a cada lado de la estatua. Sofía jala aire para aplacar su maratón cardiaco. De pronto, sin darse cuenta, el monólogo salta de su cabeza a su boca: está hablándole en voz alta a la piedra.

No has envejecido ni un solo día.

Una sonrisa irónica se forma en su boca y se imagina a la estatua sonriendo también. Observa la cara tersa, los labios rígidos y livianos. El cabello de Eloísa es plomo. El vestido resuena en los recuerdos de Sofía: poco arriba de la rodilla, holgado, sin mangas. La versión textil tenía estampado de flores azules sobre fondo negro.

El vestido que más usabas. Es una burla que ahora sea tu ataúd. No, no tu ataúd, porque aquí no hay cuerpo. Tu lápida *in absentia.*

Si el tiempo hubiera pasado sobre carne y tela, el vestido estaría raído, probablemente en un basurero desde hacía mucho, medio podrido o en segunda vida en el cuerpo de alguna mujer con menos suerte. La cara de Eloísa sería un mapa del tiempo, con arrugas finas. Su cutis tendría manchitas y poros por cada uno de los 35 años cumplidos. Pero Eloísa, o su estatua, o la estatua, se mantiene varada en los 22 años, tal como la última vez que Sofía la vio. Un escalofrío recorre su espalda. Se siente más empática que nunca hacia todos los creyentes de los que lleva años burlándose: aún para ella, es difícil, mucho más de lo que había pensado, separar la realidad de las cosas (que lo que tiene enfrente es solo piedra), de las sensaciones abrumadoras que estar ahí le traen. Sofía hace lo que parece lógico en ese momento: abraza la estatua. Entonces siente la piedra fría y muerta, la incomodidad de verter su cuerpo líquido sobre uno tieso, y con eso basta. Logra controlar sus emociones, y sus palabras se guardan de nuevo a su cabeza. *¿Quién te borró y puso aquí una pieza de ajedrez con tu rostro?, ¿quién te lanzó al mar y te condenó a ser un fantasma sin descanso? ¿Dónde estás, querida Eloísa?*

***

Se voltea un poco y limpia una lágrima que amenazaba con salir. Sus músculos se sienten tensos otra vez. La mente está en otro lado. Ana solo regresa al cuarto porque la voz de Pepe la jala.

Eres una culera.

Pepe…

Ana se sienta, y queda a lado de Pepe, quien empieza a subirse el cierre del pantalón, pero luego hace una pausa y deja botón y cremallera abiertos.

Siempre me dejas caliente. Te juro que los huevos me van a reventar.

Otro día, hoy no me siento bien.

Ana se abrocha el brasier, abierto debajo de su playera negra. La boca le sabe acre, el pulso quiere hacerle estallar las venas.

Siempre tienes una excusa y yo ya estoy hasta la madre. Ya llegamos hasta acá, no mames.

Que no y así menos.

El sudor de sus axilas se siente pastoso, su cuerpo está caliente, ¿eso es un temblor?

No sé cuántas más te voy a aguantar.

Pepe se para y queda justo frente a ella, Ana lo mira desde abajo, huele su olor acebollado. Sin pensarlo, se cubre el pecho con los brazos.

No me presiones.

Tú no me calientes si luego te vas a echar para atrás.

Pepe está cada vez más cerca, Ana tiene la nariz pegada a su cremallera. Voltea el rostro.

En serio, o dejas de presionarme o al carajo.

Pues al carajo entonces. Ya te esperé un chingo.

A la chingada.

Ana se para de un brinco tembloroso.

Como quieras, morra, nadie más te va a querer con tu carácter de mierda y sin aflojar. Es un milagro que te haya aguantado tanto.

La cachetada resuena. Ana agita la mano adolorida mientras Pepe se toma la cara y murmura un *hija de puta*. Cuando Ana intenta abrir la puerta, se da cuenta de que está atorada. Pánico. Pepe se queda en la cama, con la mano en la cara y el cuerpo temblando. Ana tiembla también.

¡Ábreme, pendejo!

Abre las piernas.

Temblor.

¿Pepe?, ¿todo bien?

la voz de la mujer se acerca del otro lado de la puerta. Ana mueve más la chapa. Escucha un clic y la puerta se abre.

¡Ya te dije que no se pueden andar encerrando! ¿Cómo permites esto, niña?

Ana empuja a la mujer, que obstruía el paso. Ignora los gritos que ahora mezclan los tonos de madre e hijo, y huye.

Corre un par de cuadras, choca con más de una transeúnte, y recupera el aliento en una tienda de moáis en serie. Rodeada por las estatuillas de varios tamaños y materiales, Ana saca su teléfono. Cinco llamadas perdidas y un mensaje que aparece justo en ese momento. Decide no leer. Busca en la agenda a Pepe. Da clic en bloquear, luego elimina el contacto. Cuando está a punto de salir, el teléfono vibra: es un número desconocido. ¡Ese hijo de la chingada! Ana apaga el teléfono y, sin pensarlo, lo lanza a un bote de basura.

⁂

En el teléfono de Sofía:

«Hija como siempre nunca contestas, no se te olvide que el sábado es lo de tu tía. Te veo aquí a las 12, no llegues tarde espero que ahora sí nos presentes a ese novio misterioso tuyo.»

Sofía teclea una respuesta desde la cama, medio consciente:

«Ma, estoy sepultada en trabajo. No voy a poder ir. Lo lamento. Por favor salúdame mucho a la tía Mary, dile que luego la visito con su regalo. Beso a Pa.»

La llamada no se hace esperar. No le contesta.

Sofía abre la computadora y se encuentra con lo último que dejó abierto: es Aranda, pausado. Parece más una foto que un video. Parece más una estatua que una persona. En su cabeza, la imagen de la estatua de Eloísa se aparece sobre Aranda, como una transparencia. Se imagina que cada movimiento de Aranda es de Eloísa, en su versión de piedra, como una especie de disfraz.

Sofía hace un recuento de las horas que durmió después de regresar del Paseo y manosear y remanosear todos los papeles del clóset, las fotos de Eloísa; el archivo diminuto que se llenaba de polvo a pesar de la bolsa de basura que lo recubría. Luego pasar los ojos por *Hocus Pocus* sin entender una palabra, solo para sentirse en otro tiempo. Tres, eso arrojan las cuentas de sumar las horas fragmentadas en las que logró conciliar el sueño antes de esta tarde. Nota las manos un poco temblorosas y piensa en los dos cafés y cuatro cigarros

(el cuarto de los cuales tiene enfrente humeando espirales de ansiedad)

que le permitieron por fin ponerse en marcha.

Intenta concentrarse en su trabajo real, el serio, el que paga las cuentas, pero cada movimiento de Aranda es de la Eloísa de piedra.

¿Y si le llamo a Aranda para proponerle un performance? Estoy segura de que le encantaría. Al fin y al cabo, toda su carrera está hecha sobre estatuas y hados, y mapas. Sus fans estarían muy complacidos. Ya me imagino las interpretaciones de los críticos, «un sublime cuestionamiento a lo estático de una estatua, en el que se pone en cuestión la idea del alma que la habita. El arte dando sinergia a los que ya no pueden tenerla. Voz para los petrificados». Somos unos ridículos. Asqueroso. Tú más que nadie sabes que es pura basura. Congelada en el tiempo para evitar tu destino, claro, por supuesto. Que no.

La imagen de Aranda la mira entre el humo que sale de su boca. Nada sucede más allá de la ansiedad. ¿Qué es más apremiante? ¿Investigar a un artista farol? ¿Preparar la clase que tiene que dar en cinco horas, ante los ojos de su

trastabilla al pensarlo

novia?

¿Cenar? ¿Cambiar el arenero de la gata, que ya comienza a apestar la sala?

De entre todas las opciones, la insensata, la que no es opción. Sofía muda su café y cigarro al cuarto del ropero y ahí en el suelo toma una vez más los papeles de Eloísa.

Y que dios nos ampare.

***

Apenas unas horas desde el momento de su huida de casa de Pepe y de nuevo tuvo que escapar. Sabía que la fiesta no era una buena idea, pero necesitaba alcohol y no podía quedarse sola con sus pensamientos. Dos horas en el departamento sin muebles, de paredes sucias y vidrios rotos, y su cuerpo empezó con ese familiar hormigueo que reclamaba aire. Ana necesitaba ir a refugiarse y lo necesitaba ya. Dijo adiós. Alguien, un tipo que ahora no estaba segura quién era, se ofreció a acompañarla, pero ella se negó. Después de una discusión que duró mucho más de lo que debía,

te acompaño, en serio,

no te vayas sola,

Ana optó por decir que iba al baño y salir del edificio sin ser vista. Ya afuera, a cuadras de ahí, calcula veinte minutos a su casa si sigue a ese paso, trote inexacto, casi acrobático a fuerza de alcohol. Cuando está borracha todo es desgarrador: la noche de la ciudad, perturbada por los sonidos fácilmente distinguibles de un auto, un grito, unos pasos; antes, en la fiesta, el toque de un tipo que le pide un cigarro, el cigarro mismo y bailar la música que se le cuela por los sentidos de maneras que solo se permite en ese estado. Los cuerpos que se acercan: Ana con alguien, Ana con otro, Ana con un tercero. Esa noche habían sido tres bocas distintas. Recuerda el sabor de la última, del que no quería dejar que se fuera sola, y la sensación de unas manos grandes, excesivamente fuertes, estrujándole la cadera en una esquina del departamento. Recuerda ver entre besos el paso de los cuerpos que se movían en la sala: unas pocas parejas comiéndose en la pista, otros más que bailaban solos, incluso aquel que empezó con alguien y terminó rechazado, fingiendo que nada pasó. Siente los labios secos y la boca pastosa. La cabeza implora por más líquido mientras los pies no dejan de moverse. La terca costumbre de correr a todas partes que avergüenza a su mamá. Su mamá. La estará esperando en medio de un sueño liviano, que se interrumpe cada vez que abre la puerta, no importa con cuánto cuidado lo haga. Y lo que vendrá después, cuando su madre corte la quietud del cuarto con su camisón de seda negra:

No tienes consideración, mira cómo vienes de borracha, pareces puta, seguramente estuviste puteando toda la noche con esos vagos que son tus amigos, cuzca, la próxima es la última que te paso y luego a ver cómo le haces, no debería de haberte tenido, tu único objetivo en la vida es joderme, desde que naciste y por tu culpa tu papá se largó.

Se da cuenta de que está moviendo la boca mientras corre. Sus labios replican insonoros la diatriba de su madre. Para en una esquina y jadea, toma aire, saca aire, toma aire, se infla de aire frío. A su lado, una casa con una lámpara prismática de cristal; los colores son distintos en cada lado y proyectan sombras suaves en la madera de la puerta. Ana quiere sentir el verde, el rojo y el amarillo, verlos teñir su cuerpo. Se acerca, toca las hojas que rodean la entrada, huele las flores blancas, se mira las manos, ahora mitad azules y mitad amarillas. Sus pantalones negros están llenos de estrellas. Sonríe hasta que está satisfecha y siente ganas de llorar. Las contiene y continúa el trote a casa.

***

El reloj inclemente marca las tres de la mañana. Solo en la sala, ojeras profundas, llanto seco, con un té de tiaré a su lado, Luciano mira el mensaje que le mandó a Zeus, marcado en visto. Hace meses que no le contesta, y en el marae lo evade. El cabrón tomó partido por Iris cuando terminaron. Qué traicionero. Sí, tenían mucho de conocerse, incluso desde antes de que Luciano viera Iris por primera vez y sintiera la flecha de Cupido atravesarle el corazón, pero él era su hermano. Su sangre. Mira su lista de contactos en el teléfono. Más concretamente mira un número, marcado con la letra «I.». Piensa en marcar, bambolea el teléfono de un lado a otro, como una papa caliente. Solloza solo.

¿Por qué por qué por qué?

Perdóname…

Perdóname…

No era yo.

Se decide a marcar al fin. La llamada entra directo a buzón. Los mensajes no llegan. Es claro: Iris lo sigue teniendo bloqueado de todas partes. Nunca lo perdonará. Alza la vista y el enorme cuadro de la sala lo juzga con su ojo pintado en gris. Necesita tierra. Luciano corre por su mattang, lo toma entre sus manos, le pide entre susurros una cura para su pena. Sin saber bien cómo, ya que sus lágrimas murieron de agotamiento, algo hace clic en su cabeza y el mattang contesta sin decir nada. Lo lleva a un lugar inesperado: a mirar la fotografía de Thor Heyerdahl que tiene en el escritorio. Thor es un ancla ante la incertidumbre. Piensa en los que hicieron menos al aventurero, los que no supieron ver en el viaje del héroe el verdadero sentido del cosmos. Piensa en el navegante noruego desplazándose a través del Pacífico sobre una balsa, movido tan solo por las corrientes, mareas y vientos que cepillan el Ecuador, en la idea que a todos pareció absurda: recorrer el curso que siguieron los nativos de lo que ahora es América hacia a la Polinesia, montado en la corriente Humbolt, domando el mar y a la vez dejándose mover por él. Entonces un loco, ahora un visionario. Si él logró su viaje contra todo y todos, Luciano lo hará también. Luciano lo sabe: siente una paz extraña porque el cosmos y las corrientes lo han llevado a un sitio seguro.

Entre la penumbra del otro lado de la ventana, la refaccionaria de Maui escribe su nombre en largas tiras de neón rosa. Luciano saluda al cosmos, agradece, se pone unos pants apresuradamente, monta la corriente de sus ánimos nuevos. Hoy es cuando y más vale iniciar ya. Amarra los tenis por mucho tiempo olvidados, pone electrónica a tope en sus audífonos y marca el día dormido al ritmo de sus pasos. Va a planear el nuevo curso de su vida mientras trota en el parque. Mana.

Mientras camina, porque para el trote no le alcanzó el aliento, las piernas, ni, pa pronto, la energía, Luciano se aleja del parque, luchando desesperadamente porque su ánimo no decaiga. Lo agarra con pincitas, se repite la historia de Thor, el de nombre mítico. A lo mejor eso le falta, un nombre que no sea el de un griego de hace 2000 años que le gustaba a su mamá, una burlona profesional, que en paz descanse. A lo mejor es que a su hermano le pusieron Zeus y a él nada más el chistorete del escritor que se burlaba de los dioses. Vaya manera de confrontar a los hermanos desde antes de nacer. Vaya chiste absurdo. Ya se veía desde entonces cómo el hijo menor les daba igual, a los cabrones… En eso, entre el aliento cortado de un nuevo intento de carrera, Luciano se cruza con una flecha sagaz. El olor de la chica que corre se queda en el aire fresco, mientras Luciano se toma las rodillas y respira profundo el aroma. Un brillo. El cosmos lo regresa a su lugar.

***

Ana tenía dos años cuando su papá se fue. Ahora imagina la ausencia como un borrador al carbón cuyos contornos se han difuminado con el tiempo, totalmente dispensable. Sin embargo, los sucesos nunca existen aislados y lo que perdura es la pequeña serie de eventos que conforman el devenir del tiempo. La madre de Ana es esa pequeña serie. Abandonada sin ninguna pista de qué hacer, Ana-la-madre desarrolló un nuevo refilón de amargura, derivado de un autodesprecio tajante. ¿Qué es que te abandonen sino una constatación de tu poca valía? Por primera vez en cuatro años, Ana-la-madre se encontró sola. Todas las actividades de la vida cotidiana tenían un cariz nuevo. No era solamente la tristeza de no despertar cada mañana al lado de la persona que amaba y que creyó que la amaba, sino todos aquellos eventos que solía enfrentar con él: decisiones pequeñas como la hora de ir al parque un domingo o el lugar donde se pone tal o cual mueble; decisiones grandes, como el kínder al que Ana debía entrar; peleas en la oficina que ya no se pueden llorar en el hombro de nadie, y descubrimientos pequeños, como una película o una falda que ya no tiene sentido mostrar. Existir era demasiado inmenso y terrible como para hacerlo sola.

Para la madre de Ana existía una vida, la que se comparte y está resguardada por un hombre. El día en que se dio cuenta de que su esposo no volvería, una semana después de no saber nada de él, Ana-la-madre se sentó en la cama, frente al espejo del tocador, e inició un recuento de daños. La cicatriz de cesárea partía su vientre en dos y la piel colgaba de cada lado, en franca rivalidad con el otro. Sus senos grandes se debatían entre mirar de frente y comenzar su definitiva inspección del suelo. Desde esa distancia, su cara no presentaba ningún elemento delator de sus veintiséis años. Después de superar el *shock* inicial de verse así por primera vez en mucho tiempo, metió la panza, miró de frente, sonrió al espejo. Se vio en distintos ángulos, haciendo caras de coquetería, de enojo, de placer. Era joven aún, nada fea. Sin duda podía encontrar a otro hombre que la amara. Esta vez sería alguien diferente, un caballero que la tratara como una mujer leal se merece. Un hombre alto y bronceado, con cabellera densa y ojos negros. No tenía que ser muy guapo, pero sí fuerte. Tampoco era necesario que fuera rico, pero más valdría que tuviera para un viaje ocasional a la playa y un par de cenas en la calle a la semana. No había tanta prisa. Por lo menos, el padre de Ana había tenido la decencia de dejar algo de dinero, suficiente para un tiempo.

Un ruido agudo la despertó de su ensueño. Vio a través del espejo cómo, detrás de ella, Ana despertaba y se sentaba torpemente entre ruiditos dulces y somnolientos. Ana-la-madre fue embestida por uno de esos pensamientos incómodos que a veces tenía, esos que le causaban una agria opresión en el estómago: nunca debió tenerla, era un problema irresoluble y duradero. El peso de la responsabilidad por el pequeño ser que respiraba atrás de ella fue barrido por un nuevo peso: la culpa. Era su hija, la única persona que jamás iba a abandonarla, la única que la amaría de verdad. Se recostó en la cama y estrujó a la niña contra su desnudez triste y llorosa. Ana soltó el llanto.

***

Sofía se hace bolita en la cama. ¿Dónde está Eloísa? ¿por qué la dejó morir en una tumba sin inscripción?

La dejó perderse, como un cuerpo que cae al mar y nadie lo rescata. Los griegos pensaban que cuando alguien muere de esa manera, su alma está condenada a vagar para siempre. Sofía se da cuenta de que donde el recuerdo vaga es en la cabeza de quienes amaron al desaparecido. Ante la incertidumbre de su destino, quedan las hipótesis incesantes siempre dispuestas a resurgir, siempre sin respuesta.

Así el recuerdo de Eloísa. Se había reducido con el paso de los años, de ser algo central e ineludible a un destello que se podía apartar con un poco de esfuerzo. Pero luego vinieron el cuadro del baño y sus fotos.

Pero es que sí te busqué, pregunté, fui a tu casa, luego pregunté más.

Es inútil, la verdad está ahí, late entre pretextos: apenas hizo algo después de ese sábado en que esperó a Eloísa en el café y ella nunca llegó. Estaba tan enojada que tardó días en comenzar. Estaba tan enojada que cuando le dijeron de la estatua, lo primero que sintió fue odio. ¿Cómo se atrevía a desaparecer? Egoísta, porquería humana, este era el *grand finale* de una cadena de omisiones hacia todos los que la rodeaban.

Nadie desaparece nada más porque quiere, de la nada y sin razón, y siempre supe que algo no estaba bien. Pude hacer mucho más. Pude hacer algo.

Se da cuenta de que la extraña, que añora los momentos que pasaron juntas y los planes que no fueron. Hace tantos años ya, ¿cómo se puede seguir extrañando a alguien que no pertenece ni siquiera a lo que eres ahora?

Su cerebro se rebela contra la sensatez y vuelve a repasar cada momento de esa época. Cuando Eloísa desapareció, Sofía era casi una adolescente.

Te vi en la facultad en la mañana y quedamos de reunirnos al día siguiente, el sábado, para hablar un rato. Requirió varios intentos ponerle fecha. Cancelación tras cancelación. Me evadías. Tu boca era una tumba. Tu rostro me parecía apenas móvil. Salías cada vez menos y faltabas a clases con frecuencia. Yo intenté entender qué había detrás de tu hermetismo, pero la información venía a cuentagotas. Por eso la reunión del sábado era importante. No solo porque tú así lo especificaste sino porque yo estaba determinada a decirte de una vez por todas que no podía más. Iba a poner todas las cartas sobre la mesa. Si hubiera sido por mí, habría ido directamente a un bar ese mismo día, me hubiera embriagado lo suficiente como para decirte de una vez que todo o nada, que esas medias tintas y el a veces sí pero seguido no solo me ponían al borde de la locura. Tú insististe:

mañana nos vemos, hoy no puedo, por favor.

Sofía se sintió como una idiota esperándola por horas el sábado. Si pudiera abrir de nuevo los ojos el día en que no contestó el mensaje. Si Sofía pudiera tragarse el orgullo y teclear el «¿estás bien?» que hizo falta. Si Sofía hubiera alzado el juvenil trasero de la silla e ido a casa de Eloísa, hubiera seguido el presentimiento, que ahora, años y años después, recuerda (o inventa) haber tenido, otras serían las cosas. Si... Clío le rasguña la cara. Después de una serie de maullidos que no notó, esa es la advertencia previa a que orine algún lugar querido para su dueña. Sofía se para. Su cuerpo se siente como un calcetín viejo y duro después del par de días horizontales que lleva flotando entre recuerdos, sin bañarse, sin comer a penas.

Camina descalza a la cocina. Saca la bolsa de alimento procesado, veneno suculento para gato, y pone un par de cucharaditas en el plato de cerámica. Clío rasca el piso mientras come, un hábito que a la fecha Sofía no entiende. Rascan cuando comen, rascan cuando cagan, los gatos no tienen sentido.

El día que se quedó sentada esperando a Eloísa, en el café rondaba un gato azulado, muy fino. Sofía lo llamó decenas de veces mientras tomaba un café y luego otro. ¿Y a qué jodida hora iba a llegar Eloísa? El reloj marcaba cuarenta minutos tarde, sus mensajes estaban en visto, el gato, harto de su presencia. Su presupuesto para café y su paciencia, agotados.

45 minutos:

«Hola, perdón, no llego, no soy yo, sí quiero estar, perdón, es que no puedo.»

Otro, inmediatamente después:

«Es la última vez. Voy a ser mejor.»

Hizo memoria de todas las veces que un mensaje similar, con un retraso similar, le había revuelto el estómago. Eloísa cada vez. Todo el tiempo dejándola plantada. Eloísa que no se daba cuenta, o no le importaba, o mejor, disfrutaba, hacerla sentir como basura. Ya fuera una cita en un café, en una fiesta, o en su casa, toda la comida hecha, su compañera de departamento condicionada para que llegara después de las once, la cena que luego se tenía que comer ella sola, por vergüenza, porque no quería que nadie la viera humillada con su salmón ahumado y su guarnición haciendo figuritas y el vino que excedía, como todo lo demás, sus posibilidades económicas. Ya, sin excusas: Eloísa la estaba destruyendo. Nunca se sintió tan chica e irrelevante. Concedía que nunca había sentido tampoco ese vaivén en las entrañas, las manos temblorosas y las piernas llenas de energía, dispuestas a ir al fin del mundo si fuera necesario. Pero amor no podía ser tampoco. Era una maldita tortura. Se paró y azotó la silla al salir del café. Mientras Sofía caminaba a su casa, apagó el teléfono. Ya no era capaz de seguir con esa dinámica.

Clío cubre sus piernas de caricias, esa gata parece tener un radar para los peores momentos. ¿Es tonto pensar que un animal sabe cómo te sientes? A lo mejor es tonto, pero, al menos en ese momento, hay una realidad objetiva que es la miseria de Sofía y su gata acariciándola. Una realidad mucho más objetiva y tangible que sus fantasías sobre qué hubiera pasado si… Se pregunta si su amiga le marcó para pedir ayuda. La llamada maldita que nunca vino, y, probablemente, ni siquiera existió: «Sofía, ven por favor». ¿Qué hubiera hecho entonces? La respuesta no está clara, pero al menos tendría algo a qué asirse, algún intento insensato de rescate o una llamada a la policía que apaciguarían la culpa. Ahora no tiene nada más que el vacío de su omisión, ese que no la salvó.

Y si no salvas, matas.

Camina hacia su cuarto descalza. Está a punto de pisar a Clío, da un paso forzado.

¡Carajo!

Un golpe. El dolor en el dedito pequeño sube por toda la pantorrilla.

¡Me quieres matar, pinche gata!

La gata corre a esconderse mientras Sofía se toma el pie, ofendido por la esquina de la mesa.

Sana sana colita de rana… Debo ser la última persona de menos de 70 años que canta esas cosas. O para pronto, que se canta a sí misma. Y es más, que se está hablando en voz alta, desde hace quién sabe cuánto. Si hay un vecino cerca, seguro ya se enteró de la historia de amor más desinflada del siglo, digna de titular de revista para quinceañera: «Me enamoré de mi mejor amiga y ella comenzó a jugar conmigo». Excepto por el pequeño detalle de la vuelta de tuerca horrible.

Por otro lado, su vecino imaginario seguramente estaría de lado de la versión «estatuística» del asunto, como a ella le gustaba llamarla. De hecho, no estaría mal que ese vecino hipotético la convenciera a ella también. Qué más daría por tocar la estatua de Madero y pensar que es Eloísa misma, de piedra y hueso. Entonces podría proceder a odiarla por haber tomado la decisión de petrificarse. O podría, como le cuentan que hacen los adultos más maduros, perdonarla y dejar ir todo en pos de una existencia feliz y libre de fardos del pasado. Pero no puede. Lo ha intentado más de una vez. A veces se pregunta si no se dedica a lo que se dedica sólo con la esperanza de autolavarse el cerebro y terminar creyendo en los mattangs y las estatuas y, especialmente, en la estatua de ella.

El domingo luego del plantón, ella seguía furiosa, pero su enojo estaba cada vez más cerca de la tristeza. Para el lunes, llegó tensa a la facultad. Todas las veces anteriores, los plantones y mentiras, Eloísa la había buscado como si nada hubiera sucedido: era todo un espectáculo manido, la réplica de algo que ya había pasado más de una vez. Volvía y se disculpaba y era dulce, o lo que se podía entender como dulce. Le regalaba un libro, le tomaba las manos, preguntaba cómo estaba y quería saber todo acerca de ella. Esos gestos, entre la lejanía habitual, se sentían como el intento más sincero de demostrar cariño, aunque poco después el ciclo continuara.

El plan, el teatro, falló esa vez. Cuando no la vio el lunes, una punzada de preocupación emergió. Había pasado todo el fin de semana con el teléfono apagado. Tal vez su amiga sí había tenido algún problema. Conforme avanzaba la semana y Eloísa no llegaba, ese sentimiento de culpa se incrementó.

Sofía termina la copa de vino que había dejado a medias en el escritorio. Sirve otra más y la bebe de un trago. Se prepara para salir y su celular suena. Ulani aparece en la pantalla. Silencia el teléfono. Abre los mensajes y escribe: «Sigo sin sentirme bien, perdón. Te marco luego».

Y a esto se le llama replicar ciclos de violencia, muy bien. Sofía universitaria, siéntete orgullosa: tienes tu venganza. Y así el mundo se construye una mala pasada a la vez: gente dañada hiriendo a gente sana que se vuelve gente dañada y así de nuevo.

***

Entre el suspiro del kava, Luciano recuerda las palabras entrecortadas de Teriki.

por la noche

aceite de tiaré cerca de ti

pastilla de kava, ¡solo una!

no es para narcotizarte, sino que abras tu conexión con la tierra de donde salieron estas ramas.

Olor a tiaré, gardenia madura; cosquilleo leve del kava, como una caricia. Mira su mattang y se repite la voz de la Asistente:

Piensa también esto: arriba, ¿ves esta rama?, aquí hay algo que cruza justo por debajo de tu boda y tu hogar. Va hasta el borde, muy al pasado, pero también hacia abajo. Eso significa que te puedes hundir si no tienes cuidado.

Necesitamos entender qué es.

La cabeza le da vueltas. Siempre sintió que una corriente iba por debajo de su relación con Iris. Una fuerza que lo alejaba de ella cada vez que comenzaba a sentirse cerca. Escucha sus palabras como si tuviera sus cabellos rubios y cortos rozándole el hombro:

Nunca estás realmente aquí. Es como abrazar un fantasma.

Piensa en esas noches al final de todo, pero cortan tanto, que la mente escapa de su filo. No puede ver de frente, así que ve de lado. En busca de evasión, va incluso más lejos, a su pubertad, a las novias de la adolescencia, a la niña trémula con la que se dio su primer beso. Viaja en un espiral de kava, monta en un fantasma deseante de sentido. Para atrás y para atrás, nada de lo que se topa parece ser suficiente para que irrumpa en su fuerza vital así, como un golpe, como un puñetazo en el pómulo y un balón impactado en su estómago. Arcadas. Entre más noche y más kava revive cosas que no quiere en el cuarto, pero a la vez las aparta, pero a la vez le duelen. Espiral. Conversa con sus errores cara a cara, como si se interrogara a sí mismo con el único fin de hacerse mierda.

No importa cuánto insista Teriki en que no tiene que ver con las mujeres que ha besado o que ha querido poseer. No importa que lo haga pensar en las épocas que más valdría enterrar en una fosa profunda y que ahí encuentre cosas que duelen como si hubieran ocurrido ayer. Él está convencido de que todo gira en torno a Iris. ¿Cómo se va a tratar de la infancia, esos años perdidos en que el humano es apenas un connato de sí mismo? Teriki insiste: también están ahí los momentos más importantes de su vida, los que lo hicieron ser quien es. La Asistente lo ha puesto a recordar cosas irrelevantes, como el color favorito de su madre, y cosas embrutecedoramente grandes, como el día que descubrió la divinidad, un domingo, siendo un niño, cuando apenas comenzaban a aparecer las estatuas. Recuerda a su mamá, débil, días después de su primera quimio, viendo en el noticiero de la noche un reportaje sobre ellas con los ojos ojerosos muy abiertos. Su padre ausente, su hermano en un internado. Luego, cuando fueron a verlas un par de días después, y se rodearon de los rostros impresionados de la gente que paseaba por Madero. Era una escena tan extraña que le parecía mágica. Desfiles de personas paseando entre las figuras de piedra que tan solo unas semanas antes no estaban ahí. Entre todas las moles, Luciano vio muchas que le llamaron la atención, por gordas, por flacas, por feas, por hermosas. Por estar. *Mamá, esa está chistosa, mamá, esa parece que llora, mamá, ese es como de mi edad, mamá, por qué están aquí.* Su mamá contestaba apenas, la irritación del cansancio tiñendo su voz y su andar atormentado, con el ceño fruncido hasta parecer un papel hecho bola. El niño corría y gritaba con sus shorts de dinosaurios llenos de polvo. Su papá ni siquiera los miraba, inmerso como siempre en su propio mundo. Hasta que al final, cuando mamá dijo que era hora de irse, Luciano, a medio berrinche, se agarró de una estatua, que llevaba un rato contemplado, atraído como por un imán, y le dijo a su madre que no, que no se iban. Empezó el show. Sus padres lo jalaban de un brazo, él se asía al vestido duro, gritos, regaños, golpes. Piel enrojecida, mamá desesperada, papá enunciando la frase más terrible: *cuando lleguemos a la casa vas a ver.* No importó nada. A partir de ese momento le pidió con frecuencia a su mamá que volvieran, pero ella negó la visita. No alcanzó a decírselo a su madre nunca, el cáncer la mató muy rápido, pero Luciano cree que estaba asustada porque había sentido el poder del destino pausado ahí. Porque la luz de las aguas del tiempo encalladas en ese espacio solo servía para demostrar la religión revelada de los mattangs. Su madre no estaba todavía preparada para cambiar sus creencias, ni siquiera teniendo las otras estrujándola desde el interior.

Pensar en su madre le da dolor en el estómago. Cómo la extraña, a pesar de todo. No siempre fue amarga. Antes de enfermarse, era dulce como las malteadas que le llevaba a tomar después de la escuela. Sí, hubo un momento en que fueron tan felices. Qué dolor le trae ahora recordarlo. Se pregunta si Teriki hará lo mismo con su propio reflejo, si escrutará cada rincón de su pasado en busca de las huellas borrosas de un destino. Si pensará en amores adolescentes, en cuando era niña en Perú, en cuando decidió (¿eso se decide?) que era una mahu y una Asistente, y qué caminos la llevaron a ese exacto punto. Piensa mucho en Teriki y piensa mucho en Iris, y piensa mucho en su madre y en su hermano. El kava lo hace lanzarse a través de un tobogán de recuerdos. Implacable kava.

No estoy dejando ir.
Vuelvo a Iris.
Me estanco, me ahogo.
Sal, agua en mi garganta.
Quiero parar.
No quiero ver ni verme.

Su mamá sin pelo. Iris gritando. Su papá borracho. Un niño que lo golpea en el patio de la escuela. Su papá con otra mujer. Su mamá y las llagas. Zeus y él llorando en el funeral. Iris...

Siente ese deseo feroz en la garganta, quiere beber como antes, a borbotones, hasta la libertad más absoluta.

Busca una botella en donde sabe que no está. Hurga en la alacena, al fondo, donde antes había un wiski siempre a medias. Va al cajón de Iris, el último lugar donde puede haber alcohol en la casa, pero está cerrado con llave. Siguiente paso: guarda su cartera en el bolsillo, toma las llaves. ¿A dónde va? Con esta acción automática se da cuenta de que los fantasmas ya son tales que lo están llevando a la vinatería de don Mario, la de siempre.

Si arruiné mi matrimonio con el alcohol y para cuando lo dejé ya no había retorno, ¿para qué seguir en el suplicio de las noches sin él? Ya no tengo nada que perder. Ya jodí lo que más amaba, lo aplasté como a una lata de cerveza vacía.

Teriki lo está jodiendo. Era obvio que eso iba a pasar, no se puede confiar en una mahu, son mentirosas de tiempo completo. Entonces ve el cuadro en la sala, la pieza sencilla de Aranda. Le transmite algo que no puede describir. Para en un momento de lucidez. Estaba a punto de volver a abandonarse, como antes, pero no. Se detiene a sí mismo. O más bien, se mueve. Piensa en Teriki que le pide ese movimiento, cambio, corrientes. Como un mantra quebrado, se disculpa en silencio por las cosas que pensó de ella. *Perdóname, Teriki, perdóname.* Va a salir, va a lograrlo, va a extirpar la piedrita pequeña y persistente que se le ha metido en el zapato desde hace mucho. Todo para adelante, como el flujo de las corrientes, sin peligro de las olas. Mana.

***

Mi mamá lleva tallando el mismo azulejo media hora, media pinche hora con su cepillito de dientes, viendo como loca de remate el suelo, con la mano, me imagino, acalambrada, le hablo y no me pela, y solo sigue, como máquina descompuesta. Carajo, ya hasta veo más claro el mugroso azulejo, va a quedar blanco a este paso, y ya no sé qué hacer porque desde que el güey se largó hace dos días, ella está enloqueciendo y vivo en una tiranía de limpieza de hospital lleno de muertos, a lo mejor me puedo poner a su lado y tallar también, chance así se dé cuenta de que ya perdió la cabeza o de que existo. No sé qué pasó, solo escuché el putazo de la puerta y no quise averiguar qué desgracia había ocurrido ahora, más porque llevaba toda la noche tapándome las orejas con una almohada para no escuchar la santa guerra de insultos, pero el madrazo sí no lo pude esquivar, me quedé media hora dando vueltas en la cama ya sin almohada con el oído bien parado para ver si necesitaba llamar a la policía o qué, pero ya nada de nada y cuando salí solo estaba mi mamá con el labio reventado limpiando su poquita sangre de la cocina bien machín y así ha seguido desde ese día aunque de la sangre ya no queda ni huella y más bien se acerca al subsuelo o quizá a China de tanto tallar. Se me hace que ni a trabajar va a ir mañana que ya es lunes y luego otra vez se va a quedar sin chamba y voy a tener que darle todo mi sueldo y vamos a tener pedos hasta para pagar el arroz y de milagro la casera no nos echa. Casi corrí a casa de Pepe más de una vez, tuve el impulso de marcarle pero luego recordé que no tengo teléfono y felicité y maldije a la vez a mi yo del pasado por sus decisiones, al menos Felipe sí fue buen amigo y me vino a recoger para ir a dar la vuelta y me dijo que Hori estaba enojado porque pasamos mucho tiempo juntos pero que lo entiende porque soy su amiga y es un mal momento, aunque no me encanta que Hori sepa mis intimidades y solo espero que Felipe no le haya contado sobre las otras cosas que sabe de mí y de mi mamá, ni le haya dicho lo de la limpieza de mi casa. La verdad sí le pedí a todos los dioses que conozco y hasta a la fuerza esa mana del universo que el tipo regresara porque ya sé cómo se pone mi jefa cuando la botan, y como siempre el universo quedándome mal, ya no volvió y ahora voy a tener la casa más limpia de la historia y la mamá más loca del barrio. Le voy a traer pan dulce y a ver si de mínimo con el olor detiene su misión suicida.

Las cabezas perdidas de Rapa Nui

Los coleccionistas de arte no han podido extender sus manos avariciosas sobre uno de los más grandes tesoros de la historia. Desde su descubrimiento en el siglo XVIII, los moai, cabezas gigantes de la Isla de Pascua, han sido codiciados en todo el mundo. Los más grandes ladrones de arte del siglo XIX, incluyendo aquellos que rapiñaron Egipto y Grecia, mandaron enviados, o, en ocasiones, emprendieron ellos mismos el viaje a la distante isla, para tratar de hacerse de una de las colosales estatuas. La mayoría fracasaron incluso en llegar a Rapa Nui, pero unos pocos lograron lo impensable.

Los primeros en robar a uno de los gigantes fueron, por supuesto, los ingleses. En 1868, el *HMS Topaze*, navío de la British Royal Navy, arrancó a Hoa Hakananai'a (el amigo robado) de su isla para después depositarlo en el British Museum. La enorme figura, un generoso regalo de la reina Victoria, presenció el inicio de la guerra desde el patio del museo, del que fue movido para evitar los bombardeos.

Así, el pobre gigante se olvidó del mar, luego de la intemperie; encontró como compañeros a los otros 99 objetos de la exposición «A History of the World in 100 objects» y al final, enterrado ahora por completo, no solo del cuello para abajo, la vida en una bodega.

Hoa Hakananai'a

Title *(object)*: Hoa Hakananai'a *('lost or stolen friend')* Moai *(ancestor figure)*
Description: Ancestor figure 'moai', called Hoa Hakananai'a *(hidden or stolen friend)* made of basalt. Images relating to the bird man religion *(tangata manu)*; birds, vulvas, dance paddles in the form of stylizes human figure, a ring and a girdle design are carved in relief on the back of the figure's head and body.
Ethnic name: Made by Rapanui
Date: 1000 -1200 *(approx)*

Sofía Emblenton, Cajita de monerías. Compendio de incoherencias en nuestra noción de la Polinesia, *un fanzin estudiantil publicado en 2011. Reposa ahora en el piso del cuarto de Ana, todo rayoneado en pluma roja, la favorita de la adolescente: «si tan contra todo, por qué la ficha y explicación en inglés, eh, y encima del pinche museo ese que se ha robado hasta los calzones de todo el mundo».*

***

Es esa fuerza móvil que habita el universo, *piensa Luciano mientras va de un lado al otro de la oficina. Mira los mattangs que penden de la pared y traza sus contornos con los dedos.*

A veces me parece que el mana se posa en mis manos, pero luego escurre entre los dedos. Es como un amante cruel que te hace pensar que se dará a ti, pero en cambio te desprecia. Hoy de nuevo siento algo que creí superado. Tengo que admitirlo. Veo mi oficina, la vista a la ciudad, los mattangs originales que cuelgan de la pared y que me costaron tanto esfuerzo. ¿Para qué tengo todo lo que tengo si no puedo compartirlo con nadie?

¿Pero en qué estoy pensando? Puedo muy bien solo, carajo. La culpa la tiene el nuevo cliente, el español. Un cuate de esos que tienen una capacidad increíble para socializar, los que en una cena siempre son el centro de atención. Yo estaba algo distraído porque no dormí nada, por eso su sonrisa me dio confianza de inmediato. Tanta que pude ignorar su aliento a whiskey y el amarillo de sus ojos. Su apretón de mano me hizo sentir que se me tronaban los huesos. Me despertó. Apreté también con todas mis fuerzas. Comenzamos hablando de lo que necesitaba, un tema simple, la cobranza de una deuda. Luego Lore entró a la oficina a dejar unos papeles. El cuate no dejaba de verle el trasero, como si tuviera un imán. Sí es muy guapa, pero no se vale faltarle así al respeto. Estuve a punto de decirle algo, pero me contuve. Uno no llega a donde he llegado corrigiendo los modales de los clientes, por más malos que sean. Cuando Lore cerró la puerta, él dijo:

Qué mujerón, Luciano. ¿Ya te la has follado?

No, cómo crees…

Si no, voy yo. Es que las mexicanas me adoran.

La plática no pudo haber llegado en peor momento. Me quedé en blanco. Al tipo no le importó. Comenzó a hablar de su secretaria, que *está espectacular y folla como puta* y de su esposa, que *sigue estando muy bien, para su edad, pero después de los hijos… ya sabes como es eso, no aprieta igual.* Me dolía cada vez más la cabeza. Era un tipo asqueroso, deleznable. Parecía que solo quería demostrarme lo chingón que era y lo poco que soy yo. Qué pena. Hubiera seguido todo en el mismo tono si no fuera porque mientras hablaba de una chica, dijo:

Es que era muy guapa, pero también una fanática desquiciada.

No me dejó contestar. El tipo disparó sin parar contra ella, llamándola de mil maneras, «santurrona», «descerebrada», «crédula», «imbécil sin cura», por recordar las más amables. Yo comencé a ponerme rojo. No sabía cuándo cortarlo. Llegó el momento en que mi expresión era imposible de ignorar. Paró su perorata un instante y puso cara de pregunta. Yo le señalé la pared, la de las fotos, los cuadros y los mattangs. Él no pareció sorprendido, ya los había visto al entrar.

¿Qué? ¿Tú también crees en esas estupideces?

Con voz medio cortada y sin moverme, dije que sí, que obviamente. Se le cayó la cara de la pena.

Una enorme disculpa, sí noté los mapas desde que entré al cuarto, al igual que el resto de la decoración, pero como está de moda, pensé que quizás era para hacer ambiente, ya sabes. Lucen bien los mapas, ¿verdad?

Solo mi gran autocontrol evitó que lo sacara a patadas. El ambiente estaba terrible, muy turbio, ninguno de los dos hacía nada hasta que él se paró y me tendió la mano.

Un placer, Luciano, nos vemos. Te mando lo que te debo, vale.

Guiñó el ojo el hijo de la chingada. ¿Cómo se atreve? Ojalá no vuelva. De haber sabido que era un antipo, lo hubiera corrido desde que se le quedó viendo a Lore. Dejó en la oficina más que su aliento alcohólico. Un machito cualquiera. Tenía una cosa pesada, un me vas a oír porque me vas a oír. Curioso, cree que tiene la razón en todo, y ni así es capaz de entender la importancia de un mattang.

No entiendo a los antipo. Quienes dudan de los mapas, ¿cómo se explican entonces las estatuas? Uno no puede simplemente morir cuando su destino está ahí de frente. Es imposible. La vida, el cosmos, no te va a dejar matarte si aún hay destino para ti. Las tres Parcas te dieron lo que hay y no han cortado el hilo todavía. Como ya conoces tu mapa, lo sabes. No te queda más que pausar todo. Procrastinar infinitamente tu destino, que ahí estará, esperándote. Por eso solo queda volverte una estatua. Toda esa gente como en pausa, en un momento, por su propia voluntad. No me dejan de impresionar las calles del centro. Antes fueron las más concurridas, pero con tantas estatuas, la vida de la ciudad se ha ido moviendo. Somos de los pocos que decidimos quedarnos en el centro. Yo lo veo distinto. No deja de ser un motivo de orgullo para mí. Como los pueblos del pasado, hay que salir adelante a base de adaptarse a la naturaleza, tanto en mar como en tierra. No es tanto que las estatuas estorben, sino más bien es lo sagrado que se transmite.

No soy santurrón, no me pasa como a los ignorantes que juntan su catolicismo con esto. Nada tiene que ver. Si alguien ha decidido que debe parar su destino, que la vida ya le dio lo que podía y que su mapa no demuestra nada más que vacío, que se petrifique y ya. No seré yo quien juzgue eso. Para empezar y para acabar, por un motivo muy simple: el destino está escrito, incluso petrificarte es parte de ello. Ni modo, no todos pueden fluir. Por eso hoy toca probar algo distinto, como dijo Teriki que hiciera. Borrachera seca, para sacudir el mal trago. Tiene tanto que no salgo. No sé cómo sea tener a un grupo de borrachos alrededor, pero sí sé que soy más fuerte que cualquier ansia. Mana.

***

Ya me dolían las patas a esa hora, eran como las once yo creo, el peor pinche momento de la noche porque en los días que hay mucho trabajo ya estoy muy muerta y aún faltan dos horas para la una, además dos horas en las que llegan los peores malacopas del mundo, puro pinche riquillo que cree que puede comprar un moai real y ponerlo en su sala si paga suficiente. Así eran esos batos, topé desde que entraron que iban a ser problema, se sentaron en la esquina y le tupieron denso a la bebida desde el minuto uno, sin comida de por medio, porque para qué malgastar valioso espacio de panza, obviamente ya estaban ebrios en menos de una hora. Luego veo que me grita el más güero, yo ya para ese momento estaba haciendo como que no los veía, pero fue tan pinche insistente, moviendo el brazo en el aire gritando ¡mesera!, que no pude más, me paré enfrente sin decir nada, aunque eso se notara grosero y el tipo en vez de enojarse me sonrió bien bonito, en ese momento me di cuenta de que estaba sobrio o algo que se le parece y que era como el cuidaborrachos de sus amigos. Me preguntó si me estaban molestando y se disculpó muy amable por el escándalo que se traían, la verdad me destantió, no supe qué hacer con su amabilidad porque yo iba preparada para la guerra, me puse roja y solo pude susurrar bajito que no, que todo chido, «todo chido», así le dije, y como me di cuenta de mi error, me puse más roja todavía y así me fui, lo dejé riéndose. A la una vi cómo les dijo que ya, que tenían que abrirse, pidió la cuenta y todavía les insistió para que se pararan porque no querían y ya que iban de salida me preguntó si llevaba mucho trabajando ahí y qué días me podía encontrar, no sé ni cómo le hice para contestar algo porque estaba nerviosísima, pero sí lo logré, y pues a ver, no me dijo cómo se llama y chance ya no retacha nunca más y nada más me ilusionó diez minutos como todos.

***

Lo que tengo en la cabeza más que una idea es una fijación. Una fijación en forma de mujer, pero ahora ya no es la mujer que me odia, sino otra que se sonrojó con toda la inocencia que Iris no tenía. Una mesera, quién iba a pensar. Y lo mejor es que esta vez sí tengo algo que ofrecerle. Yo puedo ayudarla a que su navegar sea más fácil, sacarla de ese trabajo miserable. Se merece algo mejor. Lo sé porque la vi a los ojos y miré inteligencia y amor.

Pero a pesar de eso, me cuesta quitarme de en medio pensamientos jodidos, de gente amarga. Es que todos los días tomamos muchas decisiones: a dónde ir, qué comer, qué comprar, con quién hablar, pero, todas esas decisiones, por muy libres que parezcan, solo ocurren dentro de los límites de nuestras posibilidades. Ninguna de nuestras decisiones involucra opciones reales. ¿Podría sacarla yo del rumbo actual? ¿Cómo se verá su mattang?

Y peor, más de fondo. ¿No es ser consultor la profesión más justa y terrible a la vez? A veces pienso que la gente que delinque no pudo no haberlo hecho: era su destino. Cuando llevo esa reflexión a último término, concluyo que la justicia no puede existir porque la asignación del destino es en sí injusta. Si sigo ese razonamiento, todos los criminales deberían estar libres. El abogado entonces es una especie de oncólogo para un paciente terminal al que solo ofrece un paliativo para el dolor. Detesto llegar a ese extremo. Me queda claro que es una aseveración más que estúpida porque algo de albedrío debe haber necesariamente en la vida, pero ¿hasta dónde llega? ¿Qué tal si hay seres desgraciados que simplemente nacieron para morir en prisión y nada más? ¿Algunas de esas estatuas serán personas que descubrieron que nada más eso podían tener en la vida? ¿Qué tal si la mesera está destinada a hundirse y me jala con ella? Al fin y al cabo, el grupo de personas que deban hacerse a la mar juntos en una balsa han de ser seleccionados con cuidado y yo ya fallé una vez.

No lo sé, pero me duele la sola idea de renunciar a conocerla. Hay un presagio importante. Vuelvo a la vida después de tanto tiempo y aparece ella. Siento mucho. Siento profundamente de nuevo. La pienso y la pienso, y eso que no la conozco. Y aún más. Desde que hablé con ella, sueño de nuevo. Cuando logro dormir, quiero decir, porque el insomnio sigue atacando. Pero esta vez es un insomnio de adrenalina, me empuja: me mueve. Algo que estaba atascado, fluyó. Se me desborda y me lleva de regreso a mi mattang.

***

Sofía quiere no existir y como a últimas fechas le parece que solo existe para Ulani, es a ella a quien menos puede ver.

La tragedia es que eso no lo sabe Ulani mientras vaga por los pasillos de la facultad sin entender por qué Sofía la evade. Llega a la vez al salón y a la conclusión más lógica que las noches de ansiedad le permiten: todo es su culpa. Su maestra se aburrió finalmente de ella. Ya se dio cuenta de que no tiene nada interesante que decir, que es nada más una adolescente con buen (muy buen) promedio. En un momento particularmente desafortunado una idea le pasa por la mente: solo la usó para cogérsela. Agita la cabeza para dejar de pensar pendejadas mientras espera afuera del salón, quiere así evitar a sus amigos que ya se sentaron. Se siente tan distante de ellos. No sabe cómo decirles lo que le pasa sin que se burlen de ella porque era obvio, muy pinche obvio, que eso pasaría. ¿Y dónde está el maestro que no llega a dar su clase?

Entonces sucede lo previsible (¿lo esperado?). Sofía aparece por el pasillo. Las dos con una sonrisa incontenible mientras su imán interno las une. Ulani nota las tupidas ojeras que circulan los ojos de Sofía. ¿Bajó también de peso? Ya de frente, una tensión eléctrica quiere acercar más los cuerpos.

Ulani, ¿cómo estás? ¿Qué tal va ese trabajo que me contabas?

Muy bien, aunque todavía hay mucho que hacer. Me falta investigación, adentrarme más.

Podrías intentar…

Me ayudaría si me asesoras.

Un momento de pausa. Los labios pensativos de Sofía y al final,

Claro, con gusto.

El maestro de Ulani se acerca, Sofía lo saluda con la cabeza, y sigue su camino al salón del fondo del pasillo. Escucha la voz de la chica a su espalda.

¿Hoy? ¿A las cinco?

Mejor a las seis.

Ulani toma su clase sin entender una sola palabra de lo que dice el maestro. La alumna con buen (muy buen) promedio apenas escucha lo que le dicen.

***

«Kapua, me estás preocupando. Llámame por favor. Pronto. Ya me chismearon que no contestas emails y no has mandado adelantos de la curaduría. Tienes amplio margen porque te estoy protegiendo las espaldas, pero por favor no me decepciones.»

"Πολύς (mucho), νῆσος (isla)
[polís, nēsos]> muchas islas

La Polinesia tiene, curiosamente, un nombre griego. Un nombre griego bastante exacto con respecto a la descripción de las pequeñas tierras rodeadas de agua que la conforman. Digo curiosamente porque nada está más claro que, si un lugar del mundo no fue invadido por la cultura grecolatina, es sin duda el océano Pacífico. Para nosotros, herederos involuntarios del bagaje occidental, de esa revoltura que parte desde Grecia y se trenza sin posibilidad de separación con el cristianismo, nada parecería estar más lejano que el Pacífico y sus lenguas y tradiciones. Esta separación precisamente sirve para demostrar algo que en el fondo todos sabemos: la verdad siempre emerge. A pesar de su aislamiento, a pesar de la lejanía de las islas, de la lejanía cultural, de todo, los mapas polinesios, la verdad revelada, llegó a Occidente. Es increíble la cantidad de tiempo que la humanidad vivió sin una guía adecuada para enfrentar el destino individual que es, a fin de cuentas, el destino de todos. En ese sentido me pregunto si el nombre que le fue impuesto a estas islas desde afuera, el nombre que además las aglutinó como un conjunto uniforme, no es el nombre que de hecho era el originario. Tendríamos que poseer un mapa enorme, un atlas, para el destino entero de la Polinesia. Este nos revelaría si pasado y presente siguen una línea tal que siempre, desde su inicio, ya se llamaban con un nombre en griego y, todavía más, en un esquema más grande, un mapa total del mundo, nos daríamos cuenta de que las líneas se unen, la grecolatina, la del cristianismo y la del Pacífico, en una conchita, que es el ahora.

Ana María López, La musa y la isla: Polinesia y tradición clásica, *Paidós, 2019. El libro reposa entre un carrito de obras devueltas en la Biblioteca Central de la* UNAM. *Varias partes del texto están tachoneadas con lápiz y hay una par de «jaja» escritos en los márgenes.*

***

Entra agotada, acaba de ir por pizza con Felipe y su novio. Una sensación desagradable pasa por su pecho cuando lo piensa. Ahora que esa palabra está de por medio, es un hecho que verá cada vez menos a Felipe. Llegó corriendo a casa, hizo todo el recorrido sin parar. Cuarenta minutos de trote sostenido. Cruzar la calle sin ver, con los pitazos que siempre le sirven de música de fondo. Una cuadra antes de su casa baja el ritmo y se limpia la frente con la manga de la sudadera. Felipe se ve feliz, Hori también y hasta es simpático. Su conversación sobre técnicas de dibujo fue agradable, prometieron compartir algunos de sus borradores después. ¿Entonces qué le incomoda tanto? Siente algo muy parecido a los celos que le daba ver a Pepe hablar con otras mujeres, pero sabe que no está enamorada de su amigo. Además, Hori logró entrar a La Esmeralda y Ana no ve cómo podría hacerlo ella, aunque se ha vuelto una idea recurrente. Se imagina caminando en el pasto, hablando de arte con nuevos amigos, dibujando sin cesar en alguno de los talleres. Se imagina, incluso, que el güero guapo al que conoció en el restaurante va por ella. En cambio, está en esa carrera a la que entró de milagro, y que le interesa solo lo suficiente para irse a parar ahí una vez a la semana. Sabe que si estuviera en La Esmeralda, encontraría la manera de tener un horario en el restaurante que le permitiera ir a la escuela, no como el de ahora, que, encima de todo, es muy irregular.

Abre la puerta y ahí está su madre, usa un vestido verde que solo utiliza en ocasiones especiales y hace resplandecer sus ojos en un tono más miel del usual. Le sonríe a Ana y le pregunta cómo está. Sus labios visten rojo cereza. Luce bellísima. Ana piensa que algo va muy mal o muy bien. La felicidad se siente en el aire, ligero y fragante a pan dulce y café, tan distinto al olor a cloro que le quemaba los ojos las noches anteriores. El aroma se explica cuando su madre le ofrece un pan dulce. Higo y crema, una taza humeante para acompañar. Ana deja la sudadera en el sillón para sentarse a comer y se da cuenta rápidamente de su error: a su madre le enloquece que deje ropa en la sala. Hoy no parece notarlo. Solo se sienta a un lado de Ana y la abraza por los hombros. Aunque el cuerpo de Ana se pone duro, siente la tibieza del momento arroparla y borrar las dudas, hasta logra relajarse un poco. La dulzura que su madre rara vez muestra es más preciosa por eso. Es un dibujo con colores vivos en medio de una gran página en negro. El teléfono suena.

Salgo…

Toma su suéter y bolsa, le da un beso en la cabeza a Ana y sale a la calle.

¿Y ahora?, la chica corre a la ventana para descifrar el misterio. Ahí ve a su madre tomando una mano de hombre. Los cuerpos se juntan en un abrazo. Él da un paso hacia atrás, ranquea hacia el auto. Ranquea. Ranquea…

El cuerpo de Ana se paraliza. Rodolfo. Temblor. No, no, no. No puede estar de nuevo con él.

Corre al baño a vomitar. Salpica un poco y, cuando está a punto de limpiar las manchas de vómito, se detiene y las deja ahí, un firmamento de podredumbre.

***

Ya comí y ya bebí tres vasos de agua mineral. No llega, ella no llega. Pregunto por la mesera y nadie parece querer darme información. Solo les saco un nombre, un nombre hermoso como espejo. Mis manos son un tambor insaciable. Cómo desearía quemarme la garganta con un trago.

***

«Kaula Aranda, Arte y el rito

Kaula Aranda es el artista de su generación. Esto no se dice a la ligera. Para que llegáramos a este punto, el artista tuvo que pasar de inmigrante infantil de algún país de Sudamérica, expulsado de niño a tierras mexicanas; desertor de escuelas de arte, depresivo, inseguro, según admiten los poquísimos testimonios disponibles; en contraste con el ahora, la sensación mediática, cercana a un ídolo religioso. La presente retrospectiva abarca desde piezas poco conocidas del inicio de su carrera, incluyendo "Imanes", obra inédita, hasta dos instalaciones de gran escala y una veintena de pinturas.»

Sofía cierra el archivo. Da clic en «guardar» y detrás de la ventana aparece, de nuevo, el video en pausa en la escena que ha visto mil veces en la última hora. Kaula mira a la entrevistadora fijamente; es obvio que la atrae. *Casi babea, la pobre.* Las luces bajas, que exige para todas las entrevistas y exposiciones de su obra, no permiten ver con claridad. Aranda se voltea y le dice algo inaudible a la chica, antes de pararse y salir de cuadro. Ella sonríe apenada. Corte de imagen. La documentalista no dio explicaciones después del evento (de él nadie esperaba explicación alguna), pero todo el mundo sabe que ocurrieron más cosas que no llegaron a filmarse. Alguna clase de ritual que en ese momento se unió a esa lista de acciones que configuraban el misterio del personaje.

Después de semanas de estudio, no sabía si considerarlo un genio torturado que sublima el sufrimiento o un charlatán cretino en eterno performance. Tampoco le quedaba claro nada de su historia o los límites entre ficción y realidad. En eso sí que era un genio. A estas alturas, separar datos biográficos de fantasías autoinflingidas era una obra tan ficcional como la escritura de una novela. Si era mexicano, si había estudiado arte, si fue sacerdote en un marae; aún su edad era un misterio. Él había dicho por lo bajo que tenía 45, pero mucha gente, entre ellos Sofía, sospechaba que era más joven. Por eso incluso ella misma se sentía como una charlatana al escribir el programa y la curaduría. En las noches, mientras hacía alguna otra actividad, recordaba cualquier obra de Aranda y llegaba a nuevas conclusiones, que, capa tras capa, eran ya un emplaste de conjeturas barrocas sobre cuadros que probablemente él mismo no había pensado casi nada.

«Imanes», la obra de juventud que se presentaba por primera vez en la retrospectiva, la intrigaba más que cualquier otra. Era una escultura de tamaño real de dos figuras humanoides unidas por el cuello. Iba a causar un gran revuelo porque estaba fechada en el 2000, mismo año de la Aparición. La textura y el tipo de piedra coincidía con la de las Estatuas, y las figuras, aunque distorsionadas, tenían rasgos en común con ellas. No se podía tratar de una coincidencia, aunque en la interpretación de la causalidad residía todo: muy bien Aranda podría haberse basado en el suceso y creado algo a partir de él antes que nadie, cuando todos estaban aún paralizados por el desconcierto de la Aparición. Eso lo hacía, a lo mucho, un hombre con mucha iniciativa; a lo poco, un oportunista. O, como seguramente sería la opinión general, la estatua era una prueba más de que Aranda era un iniciado, una especie de sacerdote con potestades especiales.

La obra tenía la misma furia que muchos cuadros del artista. Sofía la había ido a ver a la casa del coleccionista que la prestaría a la exposición. Estaba en medio de un salón vacío, de techo alto, que había sido destinado solo para contenerla. Entre el eco de sus pasos sobre el piso de madera, Sofía sintió algo parecido a la última vez que estuvo en el Paseo de las Estatuas: esa sensación incómoda de sacralidad, inmensidad y vacío. El coleccionista le dijo a Sofía que él compró la pieza hacía solo seis años, y que en ese entonces le pareció raro no haber tenido noticias de ella antes.

De frente al video pausado en el momento exacto en que Aranda se para con una sonrisa socarrona en el rostro, Sofía siente una repulsión violenta hacia él.

¿Me recuerdas por qué acepté este trabajo, Elo?

Mira esa cara de niño: el video apenas es de hace seis años. *Tiene cuarenta y cinco, sí cómo no.* Desde que Ulani no la visita, el desastre amenaza con comérsela viva. Toma dos fotos de las que tiene desperdigadas en el escritorio. La primera está movida, así que la pone atrás de otra. Es la de Aranda con el cabello largo, que le da una apariencia marcadamente femenina. Niño bonito. *Qué diferente se ve, hasta parece una persona decente, no un seductor serial.* Imposible que pase de los 22 años en esa foto. ¿Cuándo se volvió tan cretino? La pasa para atrás. Está a punto de descartar ambas fotos cuando reconoce el lugar de la que está movida. Se la acerca a los ojos. Es inconfundible. El Espectro, un café al que le gustaba ir con Eloísa. Veían exposiciones y asistían a conciertos de música experimental. La onda polinesia, como lo llamaron, apenas empezaba a infiltrarlo todo y fue en ese lugar donde escucharon por primera vez los sonidos de Oceanía. Le tenían cariño al Espectro. Se sintieron muy decepcionadas cuando llegaron un día y estaba cerrado, así, sin previo aviso. Eso fue en 2010, un año antes de la desaparición de Eloísa.

Busca entre las demás fotos. Hay otra de ese día, más nítida. No se ve el fondo, pero sí la playera de Aranda. Tiene un logotipo: Ingravis. Teclea en su computadora el nombre. Es una banda de metal. El diseño es de un álbum que apareció en el año 2009. Eureka, acaba de datar la foto. A ojo de buen cubero, en el año 2009/2010, Aranda tenía mínimo 18, máximo 25 años. Hace cuentas. Así que una década antes de la foto, en el 2000, quedaba en un rango de entre 8 y 15. Ahí sí ya rondaba en lo absurdo pensar que «Imanes» era de esa época. Aunque Aranda tenía fama de genio precoz, la magnitud de «Imanes» y el grado de detalle hace muy difícil creer que alguien pauperizado como él tuviera acceso a los medios necesarios para crear algo así a sus ¿15 años? Encima de desagradable, mentiroso. Una joyita.

Bueno, entonces tenemos una obra mal datada y un artista del performance que miente sobre su edad. ¿De qué otras cosas me voy a terminar enterando? Aunque, por otro lado, nunca he sido buena calculando la edad de nadie... qué tal que me equivoco por querer encontrarle patas a las lombrices.

Tiene cita con Miguel la semana siguiente. No sabe si decirle que la datación de su obra más codiciada está mal. No le va a gustar nada la idea de cambiar los comunicados de prensa que llevan meses planeando. Por ahora, tomará un paseo nocturno hacia el centro de la ciudad.

***

Llega canturreando con el mismo vestido verde del día anterior. Mete la mano a la bolsa y las llaves le suenan como parte de la melodía. Lo primero que nota al abrir es un ligero olor a rancio. Parada bajo el marco de la puerta, el pasillo que tiene al frente no revela nada particular, pero Ana-la-madre tiene un presentimiento. Gira hacia la sala-comedor. Hay platos sucios en la mesa, una manzana a la mitad con la parte jugosa manchando la superficie. Un poco más de inspección revela migajas en el sofá color crema y su fuente, una bolsa metálica de frituras; en el suelo, un par de zapatos y sus respectivos calcetines de puntitos. Sobre la mesa de centro, el control remoto nada en un charco de alguna sustancia grumosa, quizás un licuado. Un grito se comienza a cocer en su garganta, lo guarda ahí hasta que entra al baño y ve las manchas de vómito sobre la taza.

¡Ana! ¡Hija de la chingada! Vas a limpiar con la lengua.

Los taconazos resuenan hasta la puerta medio abierta del cuarto. Adentro, la situación es aún más crítica. Ropa por todas partes, objetos en el suelo, el librero sobre el piso. Por un momento, Ana-la-madre piensa que quizá se trata de un robo. Ana es un caos, pero nunca ha visto así de mal la casa. Busca la computadora y no la encuentra, ¿un ladrón?, pero ¿un ladrón que come chicharrones en la sala? Abre el clóset y la escena da la vuelta junto con su estómago: solo quedan un par de suéteres colgados y ni hablar de zapatos. Los cajones del escritorio están vacíos excepto por el mattang, por el pinche mattang que Ana lleva años ignorando.

¿Dónde estás, cabrona? ¡Terminas ya con este chistecito!

Silencio. Marca el número de Ana.

¿Hola?

Una voz de hombre y mucho ruido.

Me pasas a mi hija ahora mismo.

Lo que pasa es que…

Un camión retumba en el fondo.

Pásame a Ana pero ya.

Señora, tranquilícese. Encontré el teléfono en la basura y quería regresarlo a su du…

Ana-la-madre cuelga. Entre lágrimas, comienza a levantar el cuarto. Después de unos minutos, la conclusión es cada vez más clara. La ropa que falta es la favorita de Ana; los únicos zapatos que quedan son el par que le regaló su tía Juana, las ballerinas rosas que le dio para que «se viera más señorita», que Ana detestó desde el primer momento. Ana-la-madre ve las ideas revolverse en su cerebro y no logra ordenarlas para formar el plan que sabe que cualquier madre responsable debería hacer cuando su hija adolescente huye de casa.

Por otro lado, sin Ana ahí, Rodolfo puede regresar a vivir con ella. Ahuyenta ese pensamiento. Ella es, primero que nada, madre de Ana. Pero es que Ana siempre ha sido así, desde niña, con su maldita rebeldía, esa fuerza incontenible que la saca de quicio y arremete con todo a su paso. Y ahora que Rodolfo está finalmente con ella de nuevo, que después de noches y noches de soñarlo de vuelta en su interior, de sentir sus brazos invisibles oprimirle el cuerpo en el vacío de la cama, Ana viene a arruinarlo todo con su huida. Niña egoísta. No va a permitir que le joda la vida de nuevo, como cuando comenzó a boicotear a Rodolfo, solo por sus celos, sus ganas infantiles de tenerla solo para ella; o peor, como sospechó más de una vez, sus ganas adolescentes de tenerlo a él. Ante ese pensamiento, Ana-la-madre tira la lámpara del escritorio. Ve cómo el foco forma cumbres afiladas en el suelo y lo comienza a recoger con las manos. Las gotitas de sangre hacen puntos en sus dedos y, al verlos, ella sabe que está viva y que no dejará ir esa oportunidad de amar, quizás la última, porque todos los días está más vieja y más aguada. Si Ana se quiere ir, que se vaya. Tiene 18, trabajo, puede sobrevivir y no la va a chantajear con un berrinche más. Nota que el vestido tiene una pequeña mancha de sangre. Se lo quita ahí mismo y lo lleva al lavadero. Comienza a tallar entre ríos rosados, simetría de las lágrimas que ya no nota.

***

Ana se recuerda: todavía con el uniforme de gimnasia porque ese día le dio pereza cambiarse. Está en la cocina, angosta como una trampa para ratón. Los pisos brillan, la estufa brilla, muebles de madera estilo tiki como nuevos. El entrenamiento ha sido duro y la espalda le duele. Lleva solo un año yendo a gimnasia y empezó muy grande, a los 12, pero es buena:

tienes talento, podrías competir,

dijo apenas ese día el entrenador. Celebra el dolorcito de su cuerpo con un vaso de agua, cuando el olor a tabaco y loción declara que él, el Novio, va a entrar. Desde que llegó a la casa, hace un par de meses, parece que todo es suyo, los platos, el sillón, la tele, el cuarto de su madre, incluso ella misma. Se acerca como siempre, con ese andar rígido que la asusta, ranquea con el pie izquierdo que a Ana se le figura una pata de palo, como de pirata. Está cada vez más cerca. Un paso. Otro. Frente a ella.

Te ves muy bonita en ese trajecito.

Ella se hace para atrás, la estufa marca un límite. Él la oprime con el cuerpo. Ella siente el bulto entre sus piernas, cómo lo aprieta contra su abdomen; él dobla un poco la espalda y escurre su mano bajo el ajustado uniforme de Ana. Ella siente cómo le presiona muy duro el pecho. Duele. Le pellizca un pezón. Dolor. Parálisis. Siente el cuerpo inútil, muerto.

¿Ana? ¿Rodo?

El grito de mamá llega, orquestado por el sonido de las llaves, desde la puerta del departamento. Ana reacciona, lo empuja y lo patea por reflejo, como aprendió a hacer en las clases de Lila Lama que su madre la obligó a tomar en el marae. Él se dobla de dolor y ahoga un grito. Ella corre con lágrimas silenciosas a su cuarto, sin saludar a mamá.

¿Qué son esas groserías, chamaca?

2 comentarios:

Anónimo dijo…

Aloha, Tena koe, Iorana, La ora na.

Me da gusto encontrar este espacio. Soy un apasionado de la cultura maorí y de la Polinesia en general. Quiero saber si tú me puedes contestar una duda que llevo ya un tiempo teniendo. De un par de años para acá he notado que mucha gente se trae a todos lados mattangs. Primero pensé que era una coincidencia pero cada vez veo más por todas partes.

Ka kite ano

23/7/99 8:04 a. m.

Melan dijo…

Me parece hermoso encontrar este blog que me ayuda a entender un poco del pasado de estos seres hermosos que descubrieron solos los mapas antes de que todos nosotros pudiéramos entender su poder y sentido. Te agradezco y ojalá hayas sido premiado con un destino hermoso.

16/7/15 4:15 p. m.

***

Se levantan. El rocío del sol entre las cortinas inunda la colcha. La cama está hecha un desastre: las cobijas revueltas, una almohada al pie, Clío recostada a la mitad, en círculo, como otro cojín. Sofía prueba su propio aliento. Asqueroso. Corre al baño en su pijama negra. Mientras se lava los dientes, Ulani entra y la abraza por atrás. Se miran en el espejo: Sofía, alta y robusta, oculta entre risos, con la boca espumeante de pasta; Ulani pelo lacio y corto, piel morena, marca de almohada en la mejilla derecha. En el reflejo, los dos rostros que se encuentran sonríen.

Espejo de piedra y carne.

La piedra. Cada vez con más frecuencia el café caliente de después de clases derrama sus últimas gotas al pie de la estatua. El camino es largo, pero cada momento silencioso frente a Eloísa-de-piedra es una mezcla suculenta de paz y tensión.

Glutamatomonosódico. Azúcar y sal a la vez.

Ahí hay algo que tocar, ahí hay una respuesta muy seductora. Ahí hay una Eloísa, aunque no crea que sea la suya, la real. A la vez, en los momentos inesperados en que su mente necia escapa del hechizo, recuerda dónde está y qué piedra tan piedra sitiando la epidermis. Lo bueno es que, cada vez más, logra evadir el necio realismo y quedarse con la suave utopía.

La carne. Hay veces en que la sonrisa de Ulani cuando se acerca a besarla se parece a la de Eloísa. En otros momentos son los besos los que se vuelven gemelos a los de veinte años atrás. Cada vez con más frecuencia, Sofía se encuentra en un estado de estupefacción casi paralizante cuando siente en el cuerpo de su novia la misma calidez que encontró en Eloísa las pocas veces que se desnudaron en una cama. La conclusión es sencilla: si esto no ocurría cuando empezaron a salir, debe ser un derivado de su obsesión. Un nuevo descubrimiento que no le disgusta. Una forma morbosa de ouija corporal.

***

Con todo y que estoy súper segura, sí está difícil esto, ya sabía que irme de casa iba a ser cabrón, pero hasta que no pasas una semana durmiendo en sillones llenos de manchas asquerosas y con bolas no agarras el pedo. Lo peor son los jefes de mis compas, están igual o más jodidos que la mía, ayer me quedé en casa del Felipe, su sofá hasta eso no estaba tan culero pero la pelea que me tuve que chutar sí. En la madrugada llegó el señor padre cayéndose de borracho y la mamá salió en camisón a gritarle por pinche briago, él primero se puso como triste y aceptó su problema con el alcohol, pero, diez minutos y veinte insultos después, su pasividad se transformó en violencia y también le entró al intercambio de verdades. Total que entre «eres una puta» y «eres un pendejo pitochico», acabaron en una sesión chingona de empujones, en la que iba ganando la señora, bien gacho, y cuando se estaba poniendo aún peor la cosa, uno de ellos se acordó de que yo estaba ahí, en el sillón, fingiendo con todo mi corazón que dormía. Obviamente ya con el volumen que manejaban todo el barrio se había enterado, pero igual dijo la doña, *ya párale, Joaquín, que nos va a escuchar Ana, y qué va a decir de nosotros,*

pararon el pleito y, como si nada, se fueron a jetear.

¡Como si nada! Eso por nombrar nomás uno de los bonitos momentos que viví esta semana siendo un parásito de mis compas.

Ya hasta estaba pensando que mi jefa debería estar feliz porque había visto mi destino y sin mapa: rentar un cuarto… en un picadero, pero no, una vez más los mattangs me traicionan, hasta cuando los uso de chiste la vida da sorpresas, por ejemplo estaba terminando mi turno y la señora Cortés me vio con la misma ropa que ayer y me preguntó qué onda, así que le conté mi triste historia y se compadeció de mí, me dijo que tiene un cuarto de servicio que volvió un departamentito hace mil años y está arriba de *su* edificio y nadie lo ha ocupado desde hace un chingo, que seguro está lleno de polvo y que quien vivía antes ahí dejó todas sus cosas, pero que si quiero puedo quedarme ahí un rato en lo que veo qué hacer, obvio me recomendó en tono maternal que regresara a mi casa.

Ana, tienes dieciocho años, es normal que pelees todo el tiempo con tu mamá. Así les pasa a todos los chavos a esa edad. Seguramente debe estar muy preocupada. ¿Por lo menos sabe dónde estás?, ¿que estás bien?

No me puse loca con su discurso porque me urge un lugar dónde quedarme, además, ella no sabe cómo es mi jefa y todas las cosas culeras que me han pasado por su culpa, no voy a regresar, no los vuelvo a ver y de todas maneras ella ni ha tratado de encontrarme.

***

La lengua de Sofía acaricia entre las piernas al orden que marcan las respiraciones de Ulani. Gemidos pequeños. En el cuerpo de Sofía, los sonidos se sienten como si trazaran una línea del esternón al vientre. La lengua insiste y sus manos sostienen la cintura móvil. Las caderas se mueven frente a ella, la mano ase más fuerte la piel y la lengua aprieta. Sofía siente su propio cuerpo a punto de estallar, Ulani grita de placer. Espera a que baje el impulso y luego sube a abrazar a Ulani, que tiembla en placidez. Se besan a gotas y luego Ulani comienza a acariciarla. Sofía la detiene, aunque siente su centro palpitar.

No, estoy bien.

¿Segura?

Segura.

El abrazo se cierra. Ulani sopla sobre su cabello, una de las caricias que más le gustan, de las más sutiles y cercanas. Sofía intenta relajarse, pero su vientre no deja de bombear. ¿Por qué no quiere seguir? Cada vez se detiene. Es la misma vergüenza de siempre, no la va a poder sostener más tiempo. Nota en la chica la decepción de no poder complacerla de vuelta, como cuando le confías a alguien un secreto importante y no te da a cambio algo de su propia intimidad. Es obvio que Ulani se siente rechazada. Unos días antes no pudo aguantar las lágrimas.

Lo hago muy mal, ¿verdad?, por eso no quieres que te toque.

Sofía le aseguró que el problema era ella, y mientras lo decía, sentía los pedacitos sueltos de su interior dar vueltas y chocar entre sí. Está hecha de cristales filosos, hace sangrar a quienes la tocan. ¿Cuánto tiempo más puede contener la decepción de Ulani?

¡Ay!

Ulani casi cae al pararse de la cama, se toma el tobillo con una mano y con la otra se apoya en el escritorio.

Tu desmadre, como siempre.

¿Estás bien?

¿Qué es esta cosa? Casi me rompo el tobillo.

Ulani se tira de nuevo en la cama. Con una mano se soba el pie y con la otra avienta sobre la colcha una caja verde, de madera, que se abre con el impacto. Las fotografías de Eloísa, los recortes de periódico, la imagen de ellas dos juntas, ahora sobre las sábanas.

Y algo se rompe en ese momento, aunque no debería, entre el balbuceo de explicaciones que Sofía no está acostumbrada a darle a nadie. Ha de ser por eso que lleva más de 10 años conservando celosamente su soledad. Sin muchas palabras de por medio, y quizás por eso mismo, Ulani sabe ahora que el corazón de Sofía está varado. Pero no es que Sofía quiera que sea así, no es que no lo haya intentado. Los reproches son injustos para las dos.

Sumergida hasta el cuello en el agua tibia de la tina, Sofía lo recuerda todo un par de días después, ya más alejada del momento.

¿Por qué no me contaste antes?

¿La sigues viendo?

Es que no entiendes, no es así, no es lo que crees.

¿Y entonces qué es?

No es… ya no es.

¿Qué es?

¿Por qué tienes aquí las fotos?

¿¡Qué no soy suficiente para que la olvides!?

¿Cómo le explicas a alguien que llevas tanto tiempo cargando un fardo de culpa que ya te dejó la columna torcida? *Lisiada.* Ante la furia de Ulani, Sofía no encuentra una palabra mejor para describir su condición. Muda, incapaz de contar la historia de cómo dejó que la chica que adoraba desapareciera. De cómo desapareció por su culpa. Sin lengua, sin piernas, sin fuerzas ni aliento. Lisiada. *Porque tú, Sofía, perdiste a Eloísa, fue por ti que no queda de ella más que fotos y una estatua.* ¿Cómo confiesas un crimen así?

No importa que luego de la pelea vinieran los abrazos, una cerveza para relajar el momento. Una piedrita se ha instalado en el zapato.

Hay que quitarla de en medio o ver la llaga formarse.

***

Ana se muda un miércoles. La señora Cortés sube con ella por la escalera estrecha que conduce a la azotea del edificio, luego abre con trabajos la chapa envejecida. Sonido de metal oxidado, olor a humedad. Ana se mantiene tranquila (no vaya a ser que si la nota agitada le quiera cobrar), pero su estómago resuena de emoción: el cuarto es más grande de lo que imaginaba y se ve bastante bien. El inquilino anterior dejó muchas cosas ahí, incluso muebles y ropa. Algunas de esas cosas serán útiles, otras habrá que tirarlas. Imagina sus dibujos en la pared y, si logra ahorrar lo suficiente, quizá un pequeño refri en una esquina. Cuando la señora Cortés la deja al fin sola, Ana brinca y grita de felicidad. Luego corre de un lado a otro y se sienta en el sillón, donde, de la nada, le viene un ataque de llanto intenso. ¿Por qué esas lágrimas? Respira profundo, sabe bien cómo. Se dispone a examinar sus nuevas posesiones: una mesa apoyada en la pared a un lado de la cama, rota de una pata, una cama matrimonial tendida, ventanas largas, rayos de luz que de soslayo dan un brillo especial al polvo que lo cubre todo. Un clóset de madera que es más bien un armario con tubos de metal agregados al costado. Un baño miniatura, con la regadera que lanza agua arriba de la taza y el lavabo casi obstruyendo la puerta. Repisas con libros, unos pocos cuadros y una orquesta completa de animales hechos de barro. El sillón donde, un rato antes, festejó y lloró su nueva conquista.

Abre el armario. La ropa es de mujer, muy bonita, aunque no de su estilo: muchos vestidos con flores, holgados, zapatillas en punta, faldas de colores claros. Separa algunas prendas para tirarlas y otras se las queda, con la esperanza de un día tener el valor de usarlas, de dejar atrás los pantalones que siente como corazas protectoras. Se pone uno de los vestidos para limpiar, solo para ver qué se siente y, una vez superada la sensación de desnudez a medias, lo encuentra muy cómodo.

Todo es suyo.

***

Lee la ficha al final del libro, en la que se detalla la carrera de Sofía, su doctorado, las muchas clases, los muchos artículos, la columna de opinión en un periódico, los logros, y mientras lee, Ulani no puede ponerle freno a una sensación confusa que cada vez crece más: excitación y a la vez inseguridad y miedo. Como un subibaja que no para, un lado alimenta al otro. La semblanza de nuevo, la foto de Sofía más joven. Nervios. Se muerde las uñas. ¿La va a botar? Nunca debió tirarle la onda a su maestra. No hay manera de que deje de verla varias veces por semana, aunque la corte y se vaya con otra mujer. ¿Qué le oculta? ¿Por qué se niega a compartirle cosas? Ulani le dice todo, le cuenta todo, quiere que sean una sola. Jala y jala y Sofía no responde. ¿Por qué se cuida tanto de ella? Es como si la empujara. Cada vez que la siente más cercana, se echa para atrás. Seguramente Sofía estará feliz de que la fecha de la estancia se acerca y se acerca. Seguro se imagina a Ulani subiendo a ese avión y se siente aliviada. ¿Es un peso para ella? A lo mejor solo la aparta porque teme acercarse sabiendo que Ulani se irá pronto. A lo mejor... Busca entre las líneas del libro una pista para leer el mattang que tiene a un lado, sobre la mesa. La cosa no avanza, no logra leerlo ni dejar de ver la foto de Sofía. Nada apacigua la intranquilidad que le hace cosquillear todo el cuerpo. Necesita hablar con alguien. Le marca a Luis.

***

Un espacio en el cuarto del clóset, detrás de la puerta, estratégicamente oculto de los ojos que por casualidad pasen por el pasillo, se acaba de volver un collage de viejas fotos y notas de periódico. En resumen: de todo lo que puede saber sobre Eloísa a estas alturas del partido.

¿Cómo me fui a meter en esta maraña, Eloísa? Ulani salió de mi casa temprano, después de haber pasado aquí la noche. Volvió a «quedarse a dormir con una amiga» aunque habría dado igual porque desde que murió su madre, su papá no le presta atención alguna. Cuando abrió la puerta en la mañana, me dieron ganas de decirle que se lavara las marcas de rímel, esas alas de murciélago debajo de los ojos. Habrían sido las primeras palabras del día. Se fue directo a la universidad, llorada, con la misma ropa de ayer. Y así seguía a la hora de mi clase, playera manchada de vino, ojeras negras, pelo alborotado. Entré yo, limpia, olorosa a perfume. Un paso adentro del salón y el alboroto se acalló. Dos pasos y todos comenzaron a sentarse. Todos menos ella que se quedó ahí, sola, viéndome. «Ay, no», fueron los dos monosílabos que mi cerebro pudo procesar. Pensé que iba a hacer una tremenda escena de despecho o de amor o de miseria general. Pero no. Solo se sentó en la primera fila. Así era imposible que no la viera en toda la clase, por más que quisiera evitarlo, por más que me parara frente al pizarrón y diera el mismo espectáculo de siempre, con fechas y nombres en plumón negro, palabras largas y sonoras, investigadores reconocidos. En algún momento me sorprendí de mi capacidad de ser dos humanos a la vez: el que recita datos y el que recuerda gritos. La boca hablaba con autonomía, pero el cerebro reproducía incansablemente una serie de escenas de la noche anterior.

Todo empezó bien. Después de varios días de intranquilidad, al fin habíamos recobrado un poco de calma.

¿Otro capítulo?

Nuestros cuerpos juntos en la cama, copas de vino de plástico, la televisión prendida. Clío ronroneando una melodía de gata feliz. La súbita conciencia de un adormecimiento tibio al sentir a Ulani bajo mi brazo, que traduje como *querer a alguien*. Era vértigo. Ulani debió sentir algo similar porque sonrió y apretó sus brazos, se acomodó mejor sobre mi pecho. Un accidente: el vino se derramó sobre la cama y sobre su playera clara. La mancha era enorme, guinda sobre la tela, como una marca de sangre. Escuché un grito salir de mi garganta.

Sofi, perdón, no es para tanto, no grites, ya lo arreglo.

Se paró por algo para limpiar, con cara de niña regañada. Mi voz subió más en vez de bajar y su expresión se descompuso.

Eres una inútil, eres una esto, eres una lo otro, eres todo lo que quiero destruir,

la boca seguía diciendo cosas.

¿Qué hacía ella en mi cuarto, en mi casa? Sobre mi colcha a la que, por cierto, le urgía una lavada. La verdad sea dicha, la limpieza extrema nunca ha sido lo mío. ¿Y entonces? Llegué muy lejos y luego era imposible retroceder. Ulani durmió en mi cama, yo me acosté en el sillón: habría dado igual que hubiera tratado de dormir en un bar con música a todo volumen y un payaso picándome las costillas: era imposible cerrar los ojos y no verla llorando, verme gritándole sin control, como si fuera el ventrílocuo de mí misma. Ya no sabía por qué estaba fuera de mí, cómo una mancha me había llevado a ese lugar.

Volví a sentir la culpa del pasado: de estar con ella, de besarla y tocarla; de no ser lo que debería, la pareja de un tipo, la devota; la persona feliz y mesurada que me prometí ser a esta edad. No creo haber dormido más de una hora cuando la escuché salir del cuarto. La luz entraba por la ventana de la sala. Sentía el cuerpo cortado por el vino y la falta de sueño. Era el momento, el único posible, para arreglar las cosas, pero no supe qué decir cuando ella se paró en la puerta y me miró. *Di algo*, gritaban sus ojos, *di algo, por favor*. Pensé en excusarme detrás de las noches sin sueño pensando en ti, Eloísa, o de que vengo cada vez más seguido a este lugar gris y muerto, pero era una cobardía. No hay excusa para cómo la traté.

Ahora, después de un solo mensaje con un escueto «Lo lamento», me contesta.

«Sofi, vamos a hablar. No estemos así. Te quiero.»

Me perdona tan fácil. Como otras veces: va a llegar callada y, en cuanto le diga algo bonito, una sonrisa tímida saldrá de sus labios, como escondiéndose entre la mueca de tristeza. Luego me va a abrazar, nos vamos a besar fuerte, entre las lágrimas de la mañana que se asientan en la boca aún horas después. La cama, los besos. ¿Por qué me perdona cada vez? No la merezco y a la vez no se merece a sí misma. Siento que de alguna manera esto es un espejo de nosotras. Yo era ella y tú eras yo. Y ahora tú no estás y yo le hablo a tu piedra. ¿Qué vaticina esto para mi relación con Ulani? Dame esperanzas, Eloísa.

***

Pone las cortinas para dormir. Se mete en sus pantalones de pijama, desgastados y rotos. Brinca sobre el colchón, que hoy todavía, semanas después de la mudanza, saca polvo. Ana tose sin inmutarse. Ya es un trámite para antes de no soñar. De cerrar los ojos cafés y no ver nada, no sentir nada. Ese arte de no tener sueños fue difícil de conseguir. Antes, las pesadillas teñían las noches con colores de agua y semen. Ahora, solo la paz del vacío, un colchón para enfrentar la luz hiriente de la cotidianidad.

«Paz» es lo que siente cada vez más seguido desde que vive en el cuarto. Hasta ha comenzado a ver el polvo como un tónico sanador, antídoto de la pulcritud con la que su madre trataba de encubrir la podredumbre de su casa. Pisos limpísimos, escusados relucientes, camas siempre tendidas.

¡Tiende ya esa cama!,

suena en su cabeza y se estremece ante el recuerdo de la voz de su madre. Ella ya no, ya jamás, nunca la va a tender, no la suya. No. Su cuerpo está tenso, las pantorrillas en especial, también la cara. Se da cuenta de que está cerca de un calambre en la pierna derecha y la sacude.

Relájate, Ana, con una chingada, se te va a ir de control de nuevo. Sácala de la cabeza, sácalos a todos.

Cierra los ojos y comienza el ritual:

Azulazulazulazulazul...

repetir mil veces hasta caer dormida. Hoy el mantra no sirve, hay demasiadas imágenes rondando en su cabeza.

Prende la lámpara, toma del buró el cuaderno y elige una página al azar.

«Despierto a la media noche con tus manos sobre mí. Huelo ese aliento que tan bien conozco. Quiero decirte que así no, no en medio de mi sueño y no con esos ojos hilados de alcohol. Me volteo, cierro los párpados, finjo un aliento pausado, pero no puedo dormir. Los brazos de pulpo en mi cuerpo, soy nada y pretendo desaparecer. Reducida a no ser nada. Quiero que *nada* me despierte del sueño».

Ana siente el pecho a reventar. Ve en las palabras su propia sensación. Apaga la luz y en la oscuridad, ya no es pasado, todo regresa. Rodolfo entrando al cuarto en la noche, sus manos por todas partes, su peso, la asfixia. La boca obstruida por sus dedos grandes. Los brazos de Ana en guerra contra él. Temblores, dolor. Lágrimas.

Así era, así me sentía: «reducida». Soy nada más un pinche pedazo de basura aplastado, igual y en algún momento fui otra cosa pero ahora queda pura mierda, así como cuando te tragas un cupcake todo bonito y sale una caca.

De vuelta en la cama, regresa la necesidad de olvidarse de su propio cuerpo. Partir volando a otro lugar para dejar a ese aparato traidor padecer lo que deba padecer sin llevársela a ella a su pantano de asco. Entre temblores Ana abre los ojos. Los abre enormes para recordar dónde está. En el techo hay estrellas fosforescentes que ya casi no brillan, su leve resplandor la tranquiliza. El brillo es suave como una canción para dormir, de esas que le cantaba su madre. La idea se torna de inmediato en su contra.

No mames, Ana, no pienses en ella cuando ves las figuritas brillantes, no pienses porque se arruinan y luego qué te queda, este cuarto es tuyo y no de ella, apaga el cerebro, piensa en otra cosa.

Se da cuenta de lo rápido que late su corazón y de nuevo sacude las piernas.

Se para y prende la luz. Toma otro de los cuadernos apilados en la mesa, los cuadernos de ella, a la que cada vez conoce más sin conocerla. Abre al azar y la noche se consume entre la sensación de no estar sola.

***

Ulani le pasa a Luis una cerveza templada, asquerosa. La cara del chico no demuestra que se dé por enterado, lo que la hace pensar que está muy borracho. Están enfrente de Maru y Diego, cuyas pupilas un poco bovinas delatan los excesos de las 12 de la noche. Solo Ulani se siente más o menos sobria. Es, para variar, la cuidaborrachos de sus amigos. Teclea en el teléfono:

«Ya no viniste verdad? te pasas»

Borra el mensaje y lo redacta de nuevo:

«Ya no viniste, ¿verdad?»

Piensa un momento, lo manda.

Visto. Un inicio de tecleo. Visto. Sofía se desconecta.

—A ver, güey, pásame la botella.

Luis malabarea un caballito que pierde la mitad de su contenido antes de llegar a la mano de la chica. Ulani le da un trago larguísimo al mezcal y entre los raspones de la garganta siente algo que no sabe si es alivio o tristeza. Se decide: no va a dejar que esto la destruya, si Sofía no quiere ir más allá, ella no va a pasar la vida esperando a que quiera conocer a sus amigos o a su papá. ¿Pero por qué? Por un momento la idea del misterio que guarda Sofía en un cajón de fotos amenaza con regresarla a la amargura. En cambio, estira el cuerpo y cambia la música. Para su desgracia, se pone *Llorar* y no sabe si pararse a bailar como la cumbia pide o llorar, llorar y llorar como la letra también pide. Recarga su cabeza en las piernas estiradas de Luis, quien como siempre le hace cariñitos en el pelo. Ulani comienza a disfrutar del cosquilleo en su cuerpo. Al menos ahí se siente segura.

***

Una serie de imágenes invade la otra pared del cuarto del clóset, la que sí se ve desde el pasillo.

«Imanes.» Kaula en el Espectro. Un acercamiento a su playera de Ingravis. Las fechas 2010/2011, unido al número 20 (años). La frase triplemente subrayada: durante la Aparición, Aranda no tenía más de 15. Mentiroso. La frase: ¿Cuántos años tiene en realidad? ¿De cuándo es «Imanes»?

Le da un poco de pena: esa forma de hacer tableros la aprendió de las series de detectives que consume sin autocrítica ni decoro.

Visita guiada

En esta ocasión hablaremos de algunos elementos importantes de la obra de Kaula Aranda. La técnica de pintura velada consiste en esconder un símbolo debajo de capas de pintura, regularmente de una opacidad considerable. Si bien el símbolo permanece en las capas más ocultas y es, por tanto, difícilmente apreciable para el espectador, provee a la obra de una esencia espiritual. Se vuelve el alma de la pintura, como el alma de un instrumento musical. Tiene, aunque en principio parezca que no, repercusiones estéticas. El pintor crea la pintura imbuido en las resonancias del símbolo base y estas marcan el desarrollo de la obra. La tecnología podría revelar el símbolo que subyace a la materia más superficial, tal como si se tratara de un palimpsesto que alberga bajo de sí un códice perdido. En el caso de Kaula Aranda, se ha intentado más de una vez someter sus piezas a rayos x contra su voluntad. La negación sistemática de Aranda a revelar el trasfondo místico de su arte ha llevado a unos pocos coleccionistas a violar el deseo del pintor. El problema radica en que Aranda se ha erigido como una figura religiosa fundamental de nuestros tiempos. Algunos lo consideran un místico, idea que él mismo ha propiciado con sus apariciones públicas y performances en los que trata como tema central la noción del destino estático de la humanidad y el individuo y los múltiples caminos de su asignación.

Todo inició en el año 2016 en el MET con la instalación «Átropos». Esta presenta un larguísimo hilo que abarca una sala de un total de ocho metros de perímetro. El hilo, que está situado a la altura de la pelvis de una persona promedio, se cruza sobre sí mismo con ayuda de varas verticales afianzadas al suelo, para formar un enorme mapa polinesio que no se puede ver claramente desde ningún ángulo del cuarto, de tal forma que el espectador no es capaz de entender el cuadro general. Uno de los extremos del hilo, que mantiene en tensión el conjunto, está sujeto a una cámara de video que pende arriba del mapa, casi en el techo. Para prender la cámara, se debe cortar el hilo con unas tijeras, que yacen a un lado de este, al alcance de quien decida tomarla. Un letrero así lo indica. Desde su inauguración, la obra lo llevó a una notoriedad que excedió los círculos del arte contemporáneo.

Sus obras posteriores tienen tintes más oraculares y han ocasionado una afluencia inusitada de personas. Es, por tanto, comprensible que haya un peso tal en conocer los símbolos que ocultan sus pinturas. La exposición «Kaula Aranda: tejedor de piedra», que presentará el Tamayo a finales de este año, es la más grande que se ha montado y pretende abarcar la carrera de Aranda desde los dos puntos de vista, el del sacerdote artista y el de la persona, elusiva, pero de carne y hueso que hay detrás de la obra. Destaca «Imanes», obra que se presenta por primera vez en público, luego de décadas en una colección privada.

Quizás ahí se pueda apreciar de otray manera el alma detrás de la obra.

Vi «Kon-Tiki» y la amé mucho

¿Ah, sí? ¿Por?

No sé, todo, los paisajes, la fuerza de los personajes, la aventura, sobreponerse al qué dirán, al peligro... Me conmovió mucho.

Ahhh

¿Por qué la cara? ¿A poco no te gustó?

No, nada

¿Por?

Pues es nada más que...

¿Que qué?

Su crítica al colonialismo era laxa, si no inexistente. E históricamente es súper inexacta. Estoy harta de que le rindan culto al señor ese, están a nada de ponerle su nombre a algún monumento.

Silencio. Temblor en el labio fino.

Sí... supongo que tienes razón.

Oye, no te agüites. Está bien que te guste mucho. Es sólo mi opinión, ya sabes que soy una amargada.

Tampoco me gustó tanto. Mejor cuéntame qué has investigado sobre Aranda últimamente, aunque no le creas una palabra.

***

Teriki lo sorprendió con ojos bondadosos y una sonrisa; estaba más amable de lo normal. Luciano piensa un momento que a lo mejor sabe de antemano qué dirá, que entiende que está enamorado. Aun así, la conversación ha sido tensa y Luciano se siente muy torpe; no sabe qué decir, o de qué hablar con ella. Se sorprende de su incapacidad de pensar en Teriki en un solo género, su mente intercala él y ella, abreva de las pestañas rizadas y el labial, el cabello resplandeciente, pero también de los pómulos duros de la mahu. Sabe que debe pensarla como el tercer sexo, pero le cuesta tanto. O es A o B, a Luciano nunca le dijeron que había una opción C. Teriki voltea hacia la ventana sucia; cuando Luciano ve su perfil, la nariz recta le parece bella y eso le hace sentir algo arriba del estómago. Tiene que recordar por qué está ahí antes de que se vuelva loco.

Oye, ese día en el marae…

Hace una pausa.

Ese día me dijiste que notabas algo en mí, como que estaba flotando en una barca que no era la mía. No lo recuerdo todo exactamente, pero era algo así, como que algo me detiene porque no soy yo. Así me sentía, como si me hubieran robado algo mío, mi mana, y estuviera flotando sin rumbo. Pero…

Se calla de súbito. Teriki lo mira a los ojos y no dice nada. Luciano comienza a ponerse nervioso conforme el silencio se hace más grande.

Mírate, Luciano, pareces un barquito a punto de hundirse. Cada movimiento a tu alrededor te altera, pero estás rígido. De nada sirve estar rígido en el mar: solo te va a llevar a hundirte. Piensa en un árbol cuyas ramas no se doblan con el viento: se rompen. Tienes que cambiar, adaptarte a tu alrededor. Si no te contesto el teléfono, ¿qué importa? Si Iris ya no está, ¿qué importa? No se trata de eso, sino de lo que se queda, lo que permanece en pie y es sólido, pero dúctil. Ahí está tu mana, pura energía en movimiento. A ver, dime, ¿qué es lo que hay debajo?, ¿qué es lo que sostiene el mar?

¿El agua?

El agua es el mar. Es la tierra, el centro, la roca. Esos son los huesos del mar. Lo que navegamos es solo la carne y una herida se regenera, pero no se puede perder un hueso. Piensa, Luciano, ¿qué es tu hueso?

Mi mana.

¿Y de dónde sale tu mana?

Del cosmos, de la divinidad, los ancestros.

Exacto, toca de nuevo a tus ancestros y lo divino. Estás desconectado por tantas distracciones. Piénsate como flotando en agua, la energía que nos rodea no se pierde, solo te desconectas de ella porque estás disperso pensando el pasado y el futuro como cosas separadas. No se te olvide que la energía es un flujo como el agua, que todo lo moja. Tu mana sigue aquí porque no es tuyo, es de todas las criaturas. Seguramente has estado tomando kava y la raíz te está conectando con tus propias raíces, es normal. Ese dolor que sientes es la clave para que tu mapa tenga sentido. Luciano, tienes que ser más valiente, pero sobre todo, más sensible: aprende a escuchar las señales a tu alrededor. Es más, estoy segura de que ya escuchaste algún mensaje del cosmos, pero lo estás negando. Lo veo en la manera en la que te pones incómodo cuando te digo estas cosas.

Luciano no sabe si contestar.

Hay algo… No sé si es una tontería, pero…

Nada es una tontería. Lo que se siente es más importante que lo que se piensa, porque la energía no trabaja con la cabeza, sino con los sentidos.

Es una mujer... Espera, no me veas así, es que es especial, está en mi mapa…

Cuidado, navega con cuidado.

Es que no puedo dejar de pensarla.

Cuidado. Sigue la intuición, pero no la adicción.

No es eso, es especial.

Cuidado.

***

Ana-la-madre lo conoció en el marae. Era la primera vez que iba y no estaba segura de por qué lo estaba haciendo. Cuando Mary la intentó persuadir, la tomó como una crédula más de la locura generalizada que parecía invadirlo todo: leer el destino en ramas de coco y conchas. Era 2012 y el revuelo que había causado La Aparición de las Estatuas se había esfumado tiempo atrás y las mil teorías y explicaciones convivían silenciosamente. Algunos veían el temblor que azotó el centro hasta destruirlo, cuatro años antes de La Aparición, como un presagio, antecedente certero del origen mágico del evento, como si las estatuas hubieran surgido de entre las grietas del suelo. Otros más creían que se trataba de una conspiración del gobierno para distraerlos del sinnúmero de problemas nacionales que ameritaban una distracción, la violencia, la inflación, el petróleo que se moría poco a poco. Algunos, el fin de siglo y el calendario Azteca. Otros más creían, incluso, que era de una obra con pretensiones artísticas y que un loco de nombre Kaula Aranda estaba detrás de una o de varias. Al fin y al cabo, se trataba de estatuas. Con el tiempo, las teorías se habían fundido, generando todas las mezclas posibles: evento mágico y su manifestación estética, gobierno que se aprovecha de algo real para distraer, gobierno compuesto por aliens que rigen el mundo. Finalmente, la religión polinesia se comenzó a mezclar con las estatuas y pasó de ser absolutamente minoritaria, casi una secta, a un fenómeno imparable. Lo único cierto es que la violencia aumentaba en el país y las estatuas también. Las estatuas eran el empujón que hacía falta para darle credibilidad a las varas y los cocos y el destino y todas esas cosas en las que Ana-la-Madre se negaba a creer hasta que la soledad la empezó a matar y requirió de algo a lo que asirse.

Y ahí entró Mary, la única que se acercaba a ella y hablaba como si supiera exactamente qué hacer. Sin cara de lástima, sin intentos burdos y humillantes para ayudarla, dándole dinero, ofreciéndole trabajos miserables, tratando incluso de ejercer una forma de conquista que parecía más un intercambio comercial. Mary la veía a los ojos y le decía que todo iba a estar bien sin siquiera abrir la boca.

Solo por ella habría considerado ir a un ritual ridículo, lleno de fanáticos vestidos de blanco. Y ahí estaba, entrando a un marae en Cuernavaca. Una plataforma enorme, rodeada de montículos de piedras que constituían una especie de bardita, abarcaba el centro del terreno. Ana-la-Madre, parada a unos metros, vio con disgusto cómo uno de sus tacones cafés se hundía en la tierra que la lluvia del día anterior había tornado blanda. Mientras trataba de trazar un camino en el que no fuera parcialmente tragada por la masa acuosa, una figura se le acercó por atrás y puso la mano en su hombro.

Al voltear, se topó de frente, a muy pocos centímetros, con una cara morena y unos ojos negros.

¿Primera vez?

La voz grave resonó en el pecho de Ana. Sintió ganas de abrazarlo. Rostro rojo y un sí emitido en voz muy baja, cargado de todo lo que estaba mal en ella: los tacones sucios, la ropa descuidada, el cabello con las raíces sin teñir, Ana rota, madre. Él sonrió y le indicó con un breve gesto que lo siguiera.

Lo importante no era lo que vio ahí, los tikis erguidos sin orden alguno, la gente en un ritual de bailes ridículos y primitivos, la ceremonia excesivamente larga, las miradas crédulas y una sensación abrumadora por la sensibilidad ajena expuesta. Lo importante era la manera en que él caminaba y todos estaban atentos; su voz ineludible, el rostro de respeto que la masa tenía a su alrededor. Lo importante fue la manera en que le dijo que se vieran al día siguiente, como si fuera vital. Las tres horas en las que él, hablando sin parar, le explicó su destino, lo que ya estaba escrito, y le dijo que sería su padre y tejería para ella el mattang que nadie más le dio. Su mattang, su camino trazado, su nuevo mapa para aprehender la inmensidad del mar que es la vida, el camino a su punto de llegada, de manos de él. Ana-la-Madre miraba dentro de esos ojos, veía su cuerpo moverse sobre el mattang, sentía la mano que él ponía sobre sus hombros, una mano fuerte, segura. Su cuerpo se tensaba ante el toque, y comenzaba a sentir algo familiar en el estómago.

Ana-la-madre se paraba cada mañana con la sensación de propósito marcada en la frente. Algo que hacer, algo adonde llegar, alguien a quien ver. Aspiraciones, saber más, seguir aprendiendo. Veía a Ana y de repente era su pequeña compañera de aventura. Lo veía a él y era un nuevo maestro, padre, amante. En cambio, a él no parecía importarle Ana, era más bien como si nunca estuviera en el cuarto. Incluso cuando la niña lloraba, él solo subía el volumen de la televisión, jamás le hablaba directo y se resistía a tocarla en circunstancia alguna.

Cada tarde, sentada en la sala, con su mattang en las manos, pensando, proyectando sus ambiciones y sueños en cada rama. Una concha era una casa con patio, donde Ana correría alrededor de una casa en el árbol. Otra era ella, vestida impecablemente, mujer joven y honorable, digna, bella, parada en medio de un corporativo con un equipo a su cargo. Una más, la que frotaba bajo su dedo índice, de la que sentía todos los relieves puntiagudos y las curvas, era ella con él, besos dulces, y el marae a su lado, el poder y el respeto ahora invistiéndola a ella también. Avanzaba al final los dedos por las varas de coco y llegaba a la meta, esa vejez plácida y sencilla, en la playa.

Ana-la-madre estaba consciente de que no era así como se leía un mattang y de que aún estaba a años de tener el conocimiento para descifrar sus sutilezas, pero esas tardes de ensoñaciones la colmaban a tal punto que poco a poco empezaba a sentir que era real. A *sentir*: no era racional, y era potente, y si era tan conmovedor, si recordar lo que había pensado horas antes la mantenía despierta en las noches, ¿cómo sería falso? De algún lugar superior debería venir todo eso que, un vapor, llenaba su cabeza y coordinaba sus dedos al tocar el rudo mapa.

Un día de junio fue al marae; era sábado y Ana tenía cinco años. Lo primero que hizo, como cada vez, fue buscarlo. No estaba por ningún lugar. Ni él, ni cierta cantidad de dinero de las oficinas, según le informaron. Esperó, le mandó mensajes, guardó el llanto hasta no estar segura. Para el final de la primera semana, el antecedente de años atrás le había dejado claro lo que pasaba. Otra vez.

***

Ya sé que te parece exagerado celebrar los mesarios, pero ya son tres meses de vernos y me gustaría que fuéramos a un lugar lindo. Tengo algo que decirte.

Sí, eso de celebrar cada mes no tiene sentido. Celebras uno y ya tienes que estar pensando en el siguiente.

Sí, ya me habías dicho. Yo sí creo en los rituales y la importancia que tienen para marcar hitos. El tres es un número que muchas culturas tienen por sagrado y para mí es importante contarte justo hoy que muchas cosas han cambiado en mí en estos meses.

¿De qué hablas? ¿Estás embarazada? Te dije que usáramos condón.

Qué simpática, eh. Ya, en serio, estoy muy contenta contigo, Sofi, a pesar de todo. Se me haría muy tonto dejar algo tan lindo…

Ulani, no me digas que…

… por tomar algo que de todas formas puedo hacer después.

¿No te vas?

No, me voy a quedar aquí.

Cómo crees, si ya tienes todo listo para irte, los trámites, ¡venciste a la burocracia!

Mira, es una estancia nada más, no es tan importante. Puedo hacer luego una maestría fuera y todo bien, pero lo que no puedo hacer allá es estar contigo y eso es lo que más quiero. Hacer todo lo que hemos planeado juntas.

Piénsalo bien, esa estancia se la dan a muy poca gente de licenciatura. O mira, es solo un año. Se te va a pasar volando, podemos vernos cuando vuelvas. Hay otras opciones. No tienes que dejar ir la oportunidad.

Creo que no estás pensando claro.

¿Qué te pasa? Te estoy diciendo algo lindo, que me quiero quedar contigo, que me importa nuestra relación y ¿solo eso me puedes decir? ¿Qué no me quieres aquí?

No, no es eso. Es que… tus oportunidades son ahora. Lo nuestro… es muy lindo y todo, pero no debes dejar nada por estar conmigo.

Eres imposible.

Ἀνάγκη, diosa de lo inevitable

Los brazos de serpiente rodean el universo. Se ondulan y se alisan, cepillan las superficies incorpóreas que habitan entre los astros. Ananke, la sinuosa madre del todo, está por parir a las Moiras. Los planetas, sus primeros hijos, la rodean en cortejo, preparados para recibir a las tres diosas. Nacen al fin aquellas, monstruosas como la madre. Son su espejo diminuto: ella es el orden del cosmos, ellas de la vida de los mortales. Las rodea, siempre viejas, con sus lazos serpentinos, y las coloca al fin en el Olimpo. Desde ahí regirán el destino de todos los mortales.

Fábula escrita en El cuaderno, *que Ana se dio a la tarea de ilustrar.*

***

Mientras espera a la mesera, se repite que está ahí porque son las mejores baguettes de la ciudad, no por otra cosa. Se sentó en el sitio estratégico para que Ana no pueda saber a ciencia cierta que viene con ella, donde la otra mesera lo va a atender y, al mismo tiempo, desde donde puede hacerle un saludo discreto mientras lee, o pretende leer, algún expediente en su tableta. Ve la carta y pasa de largo las cervezas, el mezcal. Algo curioso: desde que conoce a Ana siente la sobriedad no le pesa. ¿Conocerla? Apenas ha hablado con ella y sin embargo nota que hay algo sanador en Ana, quizás su inocencia de meserita joven, que ha vivido poco y tiene toda la vida de frente. ¿Cuáles serán sus sueños? ¿Qué querrá hacer después? Quiere hablar con ella, que le cuente todos sus secretos y encuentre en él un refugio cálido, un consejero y un maestro de vida. Podría incluso ayudarla a conseguir un trabajo mejor y, si todo sale bien, ofrecerle un espacio en su casa, para que se abracen y hagan el amor cada mañana al amanecer… Al fin la ve a lo lejos y, aunque planeaba evitarlo, jugar el sutil juego del desinterés, le sonríe con todos los dientes. La chica se sorprende y se sonroja, y Luciano encuentra en el rosado de sus mejillas morenas todo lo que necesita.

***

No puede ser que todo el tiempo la gente me pregunte si ya salgo con alguien, mi mamá la primera de todos que no deja de insistir que le presente a mi novio secreto. La quiero mucho, pero no me dan ganas de contestarle el teléfono si solo va a querer interrogarme. ¿De dónde habrá sacado la idea de que hay tal cosa? Así, con esa palabra: ya sales con alguien. Como si fuera una cuestión inminente y necesaria. Existe la gente que vive sola, que se basta a sí misma. Existimos, carajo. Si encuentro a alguien, estaré con alguien, mientras, tengo cosas más importantes que hacer. Tengo una carrera. No tengo que limpiar mocos ni vomitadas humanas ni regalarle mis noches a alguien. Todos los éxitos de mi vida se deben a mi soledad y todos los fracasos a la compañía. ¿Qué necesidad hay de volver a esas desgracias? Por ejemplo, Ulani. Odio las exigencias que me hacía, sus demandas para presentarme ante sus amigos. ¿Qué quiere que haga con ellos, si podrían ser mis hijos? Por supuesto que exagero, pero es que así los siento, muy distantes, como niñitos. Seguramente los aburro a muerte. Y qué tal que abren la boca y se disparan los rumores. No quiero esa clase de presiones en mi vida. Ya extrañaba tener mis fines de semana para mí misma, trabajar hasta muy tarde, pasarlos enteros sin tomar un baño, ver series con crímenes horribles como centro, comer pizza entre el caos que antes reinaba en mi departamento. Ya no tengo que demostrarle nada a nadie, puedo nada más volver a ser el mismo desastre del pasado, y ahora en formato locura, es decir, en formato de buscarte a ti, Eloísa.

Sofía mira sus manos, están arrugadas de tanto tiempo en el agua jabonosa.

Si algo tiene de bueno este departamento es la tina, una verdadera bendición. No sé qué haría sin las burbujas y los olores a falso durazno, falso mar, falsa canela que salen de las velas y los jabones.

Extiende una pierna y la recarga en el borde de la tina, afuera. Los vellos negros se pegan a la piel.

Ayer Marta me preguntó si no era virgen por cicatrización. Obviamente no sabe nada de Ulani, pero eso es irrelevante. Yo no tengo la culpa de que sus vidas giren en torno a su dependencia emocional, de que no puedan estar ni dos meses solas sin que terminen por salir con el primer tipo que se les cruce en el camino. Manuel, el de ahora, está terrible, panzón, nunca deja hablar a nadie en las reuniones, el señor muy importante. Me parece simplemente insoportable estar en el mismo cuarto que él. Creo que fue cuando empezaron a salir que dejé de frecuentar a Marta y a los otros, entre sus señalamientos de soltería y que parecían restregarme en la cara que ellos sí tienen relaciones «normales» y, sobre todo, muy funcionales.

Marta es rara. A la vez quiere que le cuente de mi vida romántica y trata de evadirlo. Es una tensión rara entre el «¿Ya sales con alguien?» y desear que no conteste nada, pero presionar para que tenga pareja. Está de psiquiatra. No sé cuánto tiempo tiene ya que no nos vemos. Las pocas conversaciones por teléfono son más que suficientes para querer continuar así. Por ejemplo, en la de ayer, estuve a punto de contarle sobre Ulani solo por diversión. Me imaginé lo simpático que le habría parecido conocerla: mujer y encima casi en pañales. Y ella formal y exitosa, con su ropa planchada y su relación con un señor que podría ser su clon en masculino y viejo. La imagen de ellas dos en el mismo cuarto es una broma en sí misma: Ulani hablando de la escuela y Marta de su negocio; una reflexionando sobre si irse a una estancia, y la otra nombrando a los hijos que seguramente está a dos días de tener. Ah, y me falta mencionar la incomodidad de que nos vieran besándonos. No sé cómo sea él, pero Marta ni tratando de actuar relajada logra disimular lo mucho que la horroriza la *situación* de mi lesbianismo, como ella le dijo alguna vez. A veces me pregunto cómo es que somos amigas.

El problema es que no se me olvida que, cuando desapareciste, Marta fue la única que estuvo a mi lado. Antes de eso, apenas nos habíamos visto en los pasillos y una que otra reunión. Después de tu estatua, la universidad me parecía una especie de ilusión, iba con los ojos medio cerrados de tanto llorar en las noches y sin las horas de sueño suficientes para ser medianamente funcional. Marta llegó después de una clase y me llevó casi a rastras a tomar un café a las Islas. Sentadas en el pasto, con un vaso de papel reblandecido en las manos, ella escuchó un monólogo disperso, que se desintegró en lágrimas. Ya no pudimos volver a las clases siguientes, porque yo estaba tan mal que me tuvo que acompañar a mi casa. Antes de irse, me dio un abrazo. Fue la primera persona que abrazaba en mucho tiempo, tanto que me di cuenta de lo poco que tocaba a otras personas, no solo por esas épocas, sino en toda mi vida; mi mamá era una persona muy fría y no solía demostrar afecto, y yo había pasado toda la adolescencia evitando que mis amigas notaran mis preferencias sexuales, lo que me alejó de tocarlas, como si con mi sola cercanía fueran a darse cuenta de algo. Sólo mi papá se me acercaba, pero yo siempre ponía distancia. El abrazo de Marta me hizo sentir que existía y que mi dolor podía ser abarcado. Sus llamadas siempre venían cuando ya no podía más; luego empecé a llamarla yo y, durante un par de meses, fuimos inseparables. Todo hasta que ella notó que nunca hablaba de hombres. Tardó en pasar, porque todavía hubo un periodo en el que le secundaba los elogios a uno que otro compañero y hasta fingía desear que un maestro me cortejara. Vaya ironía. No sé en qué momento me harté. Tampoco sé si fue por algo en concreto o si solo era el cansancio de tener que eliminar una parte de mi persona. Además, pensé que a Marta no le importaría; nuestra amistad era muy fuerte, ¿qué más daba? No puedo olvidar la decepción que vi en sus ojos cuando le dije que en realidad estaba enamorada de ti, que habíamos tenido, a veces, un pequeño romance:

Pensé que llorabas por una amiga y eso me pareció algo muy bonito, muy fiel a tu amistad.

Como si quererte anulara mis sentimientos y fuera un acto menos heroico. No volvimos a hablar de eso. De hecho, no volví a hablar de ti, Elo, ni con ella ni con nadie. Te desaparecí yo también. Es que no parecía haber mucha gente a mi alrededor dispuesta a hablar de una mujer de piedra. Tu tía María Fernanda me había dejado claro que al menos en tu familia ya no se iba a tocar el tema. Creo que usó la palabra «deshonra» y, como yo no entendía qué era lo deshonroso, no quise entrar en detalles o discusiones. Así acabaste en ese espacio en la parte de atrás de mi cerebro destinado a las cosas que requiere un esfuerzo deliberado olvidar.

A lo mejor soy de esas personas que son más funcionales sin gente a su alrededor. No encajo en ningún lado: ni en el amor, ni en la amistad, ni en la familia. Bueno, al menos en el trabajo sí. Supongo que no podría ser de otra manera si paso prácticamente todos los días sentada en un escritorio masacrando mis ojos en Word o frente a un grupo de jóvenes que me miran entre el desinterés y la idolatría. Como Ulani me veía, antes de que le rompiera el corazón. Ya ni siquiera va a clase y no sé si eso me parece mejor o peor. Para qué me miento, la señora autosuficiente extraña a su alumna.

***

Estuve a punto de tirarlo a la basura.

Pues gracias por no hacerlo, me urgía recuperarlo.

Oye, pues suerte con tu mamá.

¿Mi mamá? ¿A poco la conoces?

No, pero tuve la desgracia de contestarle el teléfono el otro día.

Chin, ¿y qué tal?

Pues con decirte que después mejor lo apagué.

Sí suena como a ella.

Bueno, acá está.

¿Te debo algo?

No, cómo crees, pero si te quieres llevar un moai, aunque sea de llavero, me harías un parote. Las ventas andan por los suelos.

***

Conoce a Miguel desde la carrera, cuando él era su maestro de Arte Contemporáneo y Sociedad, una de las pocas clases que Sofía disfrutaba en serio. Sentada frente a él, no puede evitar pensar en su transformación: de un profesor universitario estándar, con saco parchado de los codos y tenis bajo un par de jeans, a la suntuosa túnica de seda con diseños florales y colores vivos. No recuerda la última vez que lo vio vestido con algo que no se viera flamboyante y caro. También su forma de moverse es distinta.Ahora parece querer explotar todas las posibilidades de las telas con manotazos exagerados o arabescos en el aire. Sofía ve el vuelo de la seda arrullar el espacio cuando

Miguel alza la mano con un movimiento aflamencado para pedir la segunda taza de café.

Lo único que te estoy diciendo es que hay que considerar la posibilidad de que sea más reciente.

¡Kuene, otro americano bien cargado! ¿Qué tanto más? Dame una cifra exacta.

Mucho… no sé… ¿Otra vez con el hawaiano?

Nā manawa āpau loa. Tu concepto de exactitud me decepciona.

No tengo idea de qué dijiste. Ya te expliqué, en las fotos…

Todo el tiempo. Sí, ya, la foto borrosa, el café, etcétera. Mira, digamos que tienes razón. Aranda miente sobre su edad, e hizo la estatua ayer en la noche, como alumno de licenciatura antes de un trabajo final. ¿Y qué importa?

Como una institución que difunde el conocimiento tenemos la obligación de ser exactos con los datos que proveemos.

Miguel voltea los ojos.

¿Qué tal si salimos a medios con la novedad de esta pieza nunca antes vista, que demuestra tal y tal cosa del artista, y luego alguien descubre que es un fraude? ¿Cómo vamos a quedar?

¡Uoki, Sofía! Creo que no nos estamos entendiendo. La escultura es de ese año y punto. Esta retrospectiva tiene que ser un éxito.

Y no necesitamos un engaño para lograrlo…

Te tengo una noticia que quizá te resulte sorprendente: a nadie le importa qué tanto de la biografía de Aranda es cierta. Es un ídolo, casi un papa del siglo XIX
o un emperador romano de los que sí salen en las películas de gladiadores, si no hiciera sus propias esculturas, alguien ya le hubiera hecho una para rendirle culto más a gusto.

Y precisamente por eso tiene que haber alguien serio en la curaduría, no cualquier pendejo que solo lo idolatre y se crea lo que le digan.

Cualquier pendejo...

Bueno, entiendes a qué me refiero.

Sí, perfectamente. Pero creo tú a mí no.

Miguel, no vengo a pelear, solo quiero lo que sea mejor para el museo y para la verdad.

Por mucho que me encantaría argumentar por qué la idea de verdad está totalmente fuera de contexto en tu frase, estoy agotado. Suficiente tengo con las peticiones del hombre mismo como para esto. Da gracias a que no tienes que lidiar con él. Es todo lo que se dice y más.

¿Otra vez lo de las luces?

Sí, no está a discusión. Parece que no le importa que se vea un 40% de sus cuadros y que el resto quede perdido entre las penumbras.

Tienes que admitir que le da algo. ¿Te acuerdas de la muestra en el Guggenheim? Entre las tinieblas los cuadros cobraban vida de una manera escalofriante; y ni qué decir de «Parcas».

Sí, se me pararon todos los vellitos del cuerpo. Pero México no es Nueva York y la posibilidad de tener a un montón de personas en la oscuridad con obras de arte millonarias no me deja dormir en las noches.

Claro.

Mira, Sofi, no quiero desechar tu investigación. Confío en ti como en nadie, pero ¿qué le hacemos? Imagínate que Aranda se enoja. Y claro que puede pasar. Ya lo vas a conocer y verás que la manera en que te mira hace algo. Es de terror... Se enoja, ¿y luego? Es capaz de arrancar los cuadros de la pared o traer a una legión de fans obsesos a hacer un ritual que ni yo aprobaría, con todo y mi amor por los ritos.

Y todo ello, en la penumbra más absoluta, porque el señor no soporta la luz…

Eso. Entonces, ¿me haces un favor, makalapua? ¿Puedes cambiar el rumbo de esa cabeza tuya que va a toda velocidad y dedicarla a algo que no nos haga arder a los dos?

No prometo nada.

LISTOR

Presentamos una lista de libros que parecen de interés. El orden cronológico de los temas tratados se adoptó de manera arbitraria y en lugar de reseñas se ofrecen breves notas de lectura.

Sofía Emblenton

Marco Polo Serratos, *Mapas polinesios: Los márgenes del mundo,* Paidós, 2024, 262 pp.

Pocos temas han generado tanta bibliografía en el mundo actual como el de los comúnmente llamados Mapas Polinesios, si bien hay que señalar que en general se tratan desde el ángulo de la doctrina y no de su estudio académico. En ese sentido, este libro de Serratos pretende ser un espacio de unificación para la doxa y la episteme. Peca, sin embargo, de creerse desprovisto del tamiz ideológico en las partes que se pretenden históricas. Es difícil saber si de manera deliberada o inocente el autor incluye datos sin ningún sustento en lo que respecta a la cronología del descubrimiento de los Mattang en Occidente. Esto resulta la mayor flaqueza del libro: su incapacidad para dejar vacíos en donde las investigaciones científicas no tienen respuestas. Una obra de doctrina más que un verdadero estudio científico.

Revista que Magda, la bibliotecaria, tira en la basura, luego de un último vistazo a la reseña.

***

Quítense, caminan como tortugas todos. Parece que van por el campo y no en medio de una ciudad llena de gente que tiene prisa. ¿Y yo tengo prisa? ¿Como por qué? No tengo nada urgente que hacer más que huir de mi neurosis. Es que ya se me fue mucho tiempo a la basura hoy. Dos semanas antes de salir de vacaciones. Me encanta cómo son las personas, media mañana perdida y varias canas más del coraje. Me acuerdo y me encabrono de nuevo. ¿Por qué los investigadores se toman personal todo? ¿Qué no se supone que investigamos cosas que son más grandes que nosotros? ¿Que deberíamos tomarnos las críticas a nuestro trabajo como espacios para mejorar? Claro, por supuesto. Si ni yo lo hago... Serratos se tomó la molestia de caminar desde su cubículo, que queda del otro lado del Instituto, hasta el mío, solo para tener nuestra encantadora plática. Hizo todos los ademanes necesarios para aparentar que venía en son de paz. El buenos días, el cómo estás, el cómo sigue tu mamá de sus reumas... y luego los zarpazos.

Estamos...

¿Estamos?

Varios de nosotros, académicos, estamos preocupados por algunas declaraciones desafortunadas que vimos en el periódico.

¿Preocupados? ¿Así de plano?

Sofía, ya sabes cómo está el tema de los presupuestos. Cada año nos bajan más los recursos y no creo que nadie vea con buenos ojos que le des excusas a Ordóñez para pegarnos más.

¿Pero, y yo qué?

Yo, sentada en mi silla, él, parado del otro lado de mi escritorio. Al borde de mi paciencia.

Ya estamos grandecitos, dejémonos de rodeos. Sabes perfectamente que no dejas de llamarnos charlatanes.

Y tú sabes también que mis columnas son como el grito de Casandra. No es que a nadie le importe que este instituto se haya convertido ya en un carnaval, con todo y connotación religiosa.

Ahora era él quien se empezó a poner rojo. Curiosamente, eso me bajó la tensión y me puso de buenas. *Sofía se apresura sin importar que casi le pica un ojo con el paraguas a un chico que pasa a su lado.* Me deschongué.

Sofía, somos amigos desde hace mucho…

Está bien que las personas busquen maneras de no sentir lo ínfimas que son. De darle un sentido a su existencia, aunque sea uno inventado, ordenar todo entre pedazos de coco y conchas, para no notar que nada lo tiene y que todos vivimos y morimos sin razón. Alimento para gusanos. Pero lo que no está bien es que una institución nominalmente laica/

Oye, vine por cortesía, por el aprecio que te tengo y los años de trabajo conjunto, pero no todos son tan amables como yo. Te sugiero ampliamente que le bajes varias rayitas a tu opinología, por el bien de todos.

Hizo el ademán de irse y luego volvió un segundo. Aventó sobre la mesa un bulto de papeles, con una carta encima. Era de mis compañeritos, le pasé los ojos y alcancé a ver que decía más o menos lo mismo que él ya había balbuceado.

No pude más y salí corriendo hacia acá. A quién le importa lo que yo piense, soy nada más una mujer cualquiera que le atinó, por suerte, al asunto de moda antes de que estuviera de moda. Solo se estudia en las universidades porque todavía los muy hipócritas tratan de mantener una imagen de neutralidad ante el tema. Como si no creyeran en eso, como si fueran científicos o, pa pronto, investigadores de verdad, reportando un fenómeno cultural desde un punto de vista objetivo. No entiendo cómo Serratos tiene un ápice de credibilidad si es al primero al que invitan a esos programas donde pasan cápsulas lacrimógenas de viejos llorando porque al fin vieron la luz y entendieron el sentido de su larguísima existencia; o de niñas de quince años diciendo que las mandaron al diablo pero que no importa porque ahora saben que eso era una conchita cualquiera en el vasto mar que es la vida. Si dijera todo lo que pienso, ni Ulani, con toda su voluntad de amor, podría conmigo. Ir en contra de lo único que parece hacer feliz a mucha gente, así ni tu novia te va a querer. Bueno, si hubiera tal, porque ya ni eso.

Sofía brinca hacia atrás, un carro la acaba de empapar hasta arriba de la rodilla.

¡Hijo de puta! Voy a tener que andar así, toda mojada. Perdóname, Eloísa, que así te vaya a ver, no es forma. Una cosa es hablarte en mi mente y contarte mi día. Pero ¿qué chingados hago yendo hacia tu estatua, otra vez?, ¿no habíamos quedado que aquella era la última? Para empezar, de dónde saqué esa idea rebuscada de que la solución está ahí. ¿Qué espero? ¿Encontrar un día una nota tuya, un: «Sofía, lamento haber partido así, todo bien, estoy en la Bahamas con mi chavo»? ¿Qué clase de fragilidad hay en la psique humana que han pasado más de diez años y sigo aquí, obcecada con entender, creando artilugios mentales para ignorar la verdad?

Entra en el metro chorreando el paraguas en movimientos danzantes de ansiedad.

¿Y hoy de qué vamos a hablar? ¿Te cuento que Ulani me dejó o eso ya lo sabes? Le puse diez. Qué tontería, pero, qué otra cosa se puede hacer en esas circunstancias. Es mi culpa que ya no vaya a clase. La única forma decente de proceder era esa. No estoy segura de cómo se lo va a tomar. Me encantaría preguntarle. No sé, Eloísa, es que la extraño mucho. A veces en la noche recorro su cuerpo milimétricamente. No se trata de algo sexual, es más bien una necesidad de sentir que la tengo todavía, aunque sea en la cabeza. ¿Tú me entiendes? ¿Te molesta que te cuente eso? Qué va, si nunca me quisiste de verdad. Me acuerdo de ese día en que fuimos a tu cuarto antes de una fiesta. Salí del baño, y te encontré en calzones. Brinqué y me tapé los ojos. Tú te reíste, como si mi vergüenza fuera la tontería de un niño.

no pasa nada.

Te pusiste frente a mí. Era imposible no ver el lunar castaño arriba de tu pecho izquierdo, la textura de tu piel enchinada. Debí estar roja, la cara me ardía de calor. *¿Crees que he bajado de peso*? Y yo sin poder mirarte, balbuceé un *no*. Estabas muy cerca… Ya no sé si mis recuerdos se funden con mis anhelos, pero creo que esa noche, en ese cuarto, un roce cualquiera hubiera puesto en movimiento el mundo. Sin embargo, no me atrevía a nada. De todas maneras, una semana después nos besamos.

Hacía mucho que no pensaba en eso.

A lo mejor el meollo de todo el asunto es mi deseo de dominar. Quería dominarte, Elo. Esperaba que me dieras todo solo porque yo te daba todo. Un regalo que era más bien un cobro adelantado, ¿un préstamo? A lo mejor tus cancelaciones eran solo eso: un no voy a amarte, puedes tener mis besos de vez en vez, pero no mi corazón. A lo mejor desapareciste solamente porque querías y no te importó complacer nuestro deseo de mantenerte ahí. ¿Por qué debería haberte importado? Yo quería importarte, quería imponerte mi deseo de ser algo para ti. Todavía más, quería exigirte que me amaras porque yo te amaba.

Y luego con Ulani. Yo sé lo que se siente el poder de dominar la inocencia de los otros. Cuando estaba con ella me sentía como su maestra; no solo su maestra de aula, eso ya lo sentía antes, sino de vida. Yo tenía la autoridad de todo. Verla ahí, a mi lado con sus ojos gigantes mientras le contaba sobre el Hermano Robado o las Moiras, me llenaba de vida. Me hacía sentir que importaba para alguien. Entre más pasa el tiempo más entiendo la gran presión que sentía Ulani por agradarme, por quedarse conmigo.

Sofía sale del metro, ajusta los ojos a la luz. Afuera, el ejército de piedra saluda la tarde. Suspira y aprieta el paso.

***

Es una locura, no puedo creer que alguien vaya a pagarme por lo que más amo hacer, y además me haya dejado a mí solita elegir qué voy a pintar sin darme ninguna sugerencia, no puedo esperar ya a tener el pincel en las manos y las flores de frente y trazar y trazar, así como me salga, de preferencia bien chingón. Luciano me dijo que le dibujara la planta que más me gusta porque confía en mí y ya que me estaba arrepintiendo de haberle enseñado algo que nadie más ha visto, me dijo que le encantaron todas las fotos que le mandé de las otras acuarelas y de las paredes de mi cuarto recién forradas con mis dibujos favoritos, y puta, creo que solo Hori ha sido tan chido conmigo con respecto a mis obras. A lo mejor sí sirvo para ser artista y luego puedo dejar de trabajar de mesera si vendo lo suficiente y me dedico a mejorar mi técnica como me dijo Hori que era el siguiente paso para entrar a estudiar en La Esmeralda, puras imaginaciones, mejor me voy a concentrar en hacerle una acuarela bien chingona a Luciano, un flamboyán hermoso con sus flores bien rojas como si fueran cerezas arriba de la copa, y se la voy a dar ese día que me dijo que nos viéramos y ahora tengo miedo de que vamos a tener que hablar mucho. Me pone de nervios que me imagino que no se trata nada más de que le aviente el dibujo y me aviente de vuelta el dinero y luego me vaya a mi casa a dormirme abrazando los billetes y una cerveza o dos, aunque no estaría nada mal. Ya me imagino que tenemos mil cosas que contarnos de sus viajes y su vida de gente rica o de sus pedas con sus amigos o de su carrera y así, como luego me ha dicho cosas por mensaje cuando chateamos y yo que no tengo nada de qué hablar, casi casi no tengo vida social, soy muy aburrida, nada más estoy aquí atorada en ese pinche restaurante, con un miserable día de descanso a la semana en el que más que otra cosa quiero estar en mi cuarto y dibujar todo lo que veo, a lo mejor porque estoy tanto tiempo sola y ya no voy ni con Felipe, a veces pienso que ojalá tuviera alguien a quien dibujar, alguien que me importara un montón y que me inspirara para hacerle un retrato o una imagen más abstracta que expresara mis sentimientos por esa persona. También luego me acuerdo del Pepe y pienso que casi todo estaba bien, menos la cosa de que era un fanático de mierda o de que siempre quería meterme mano y le valía si yo no quería y que al final ya mejor lo dejaba jalársela en mi cara porque era más fácil y rápido que decir que no y entrar en una pelea de una hora sobre que yo nunca quiero y blah y ya cuando llego a eso la conclusión es que a lo mejor todos los morros son así y qué feo que luego cuando voy en el metro y un hombre se me pone a lado siempre evito tocarlo, de veras todo lo posible, así tenga que doblarme y me tuerza la cadera o hacerme chiquita en mi asiento para que las patas abiertas del huevudo a mi lado no me rocen siquiera. O sea, no entiendo nada porque unos días quiero enamorarme, pero luego creo que en el fondo me cagan los hombres pero a la vez no puedo imaginarme mi vida sin ellos y pues hay que admitir la verdad de todo que es que ese pinche güero sí me gusta y mucho.

***

Sofía llega a su cubículo al día siguiente de la visita de Serratos. Los papeles siguen sobre el escritorio. Levanta la carta y se encuentra con algunas hojas de periódico. No entiende por qué Serratos lo dejó ahí. ¿Un error? Lo hojea y se vuelve evidente: en la sección de aviso oportuno hay un anuncio que nunca en la vida pensó encontrar.

Es un *Se busca* cualquiera, pero no de cualquier persona. Es un *Se busca* de Emilio. ¿Cómo es posible? Su mente se va a ese momento en el pasado en que conoció a la segunda gran estatua de su vida.

«Dudé mucho. Sé que no hay otra manera, sé que las cosas no pueden mejorar. Estoy viejo y solo. No tengo nada. Las ramas que traen mi destino lo decidieron, así que ahí voy a estar siempre, hecho piedra. Espero que me perdones, mamá.»

Emilio López-Aruaga.

Ocho años antes. Emilio López-Aruaga le abrió los ojos o, por lo menos, confirmó sus sospechas. En realidad, si sabía del tema, era por una nota roja y el azar. La carta de despedida la había obtenido de la familia de López-Aruaga, que insistió en que se la llevara con el mattang. Estaban ansiosos por deshacerse de todo recuerdo del hombre, a quien no habían visto desde un par de semanas antes del encuentro con la carta. La nota había aparecido un lunes por la noche, debajo de la puerta. La madre de Emilio la vio, contaba su hermana, y supo de inmediato que lo que decía era verdad. Juntas fueron a buscar la estatua y no tardaron en encontrar el rostro frío. Además de esos objetos, las mujeres habían insistido en que Sofía se llevara una caja llena de fotografías y el diario de Emilio. Ella solo quería el mattang para la colección de Miguel, pero la idea de tener una nota de despedida, tan rara en estos casos, la atrajo tanto que aceptó todo el paquete.

Siempre le había parecido curiosa la manera en que muchas personas despreciaban a sus petrificados. Hablando desde la doctrina, no había nada de malo en que alguien decidiera parar su destino y hacerse piedra. Sin embargo, en el México guadalupano, particularmente en las ciudades, la fusión entre la nueva religión y el cristianismo había dado muchos hijos tullidos. Este era uno de ellos. Las ideas que relacionaban suicidio con petrificación y luego, claro, con infierno, estaban vivitas y coleando, y familias como la de López-Aruaga no eran poco comunes. Sofía pensaba en otros países. Recordaba el día en que, perdida en Denver, se encontró en una zona de estatuas. No supo hacia dónde iba porque estaba acostumbrada a relacionar estatuas con caras tristes y esa tarde solo había gente alegre. Era más parecido a una fiesta, un lugar de vida. El centro de la Ciudad de México se había muerto con las estatuas. Bastaba ver el estado de los edificios, la vegetación entre seca y salvaje, el abrumador silencio porque nadie quiere soltar ruido ahí, para entender hasta qué grado había llegado el sincretismo entre suicidio-pecado y petrificación. Sofía pensaba que otra cosa habría sido si la gente creyera que los petrificados volvían alguna vez a la vida, porque entonces serían algo así como Lázaros o, mejor, Cristos. El milagro llenaría de esperanza a los devotos y el centro sería una zona de adoración en vez de tabú. Pero la cosa estaba así, y pocos eran lo suficientemente ortodoxos en sus corazones para aceptar esa parte del discurso. Lejos de ser algo que molestara a Sofía, le parecía simpático ver cómo todo podía convivir en esa licuadora llamada México. Y también era conveniente. Así había obtenido la mayor parte de la colección de Miguel y uno que otro para el instituto. Sus colegas de otros países se sorprendían de la facilidad con la que ella conseguía objetos tan preciados y, gracias a eso, había sido en más de una ocasión intermediaria de académicos norteamericanos para conseguir mattangs en México.

El día que obtuvo la nota, Sofía salió de casa de López-Aruaga pensando en estudiar los objetos y luego llevarlos con Miguel. Salvo la nota, la tarea no la emocionaba demasiado. Emilio era un vendedor de seguros, tímido, rutinario, vivía con su madre a los 48 años. Lo habría olvidado después de poco tiempo si no fuera porque el siguiente martes una portada lo evitó. Caminaba por la calle cuando el titular llamó su atención: «Lo mandan con los angelitos». La imagen que lo acompañaba era una foto de un hombre con los brazos extendidos sobre el lodo, los surcos que lo rodeaban eran similares a los que los niños dibujan en la nieve cuando juegan a hacer ángeles; la diferencia era la sangre que tenía su epicentro en una herida en el estómago y manchaba la camisa azul claro. Sofía reconoció en la cara del muerto, ya un poco inflada, a Emilio. Compró el periódico, convencida de haber descubierto algo importante. Después de mucho pensarlo, marcó a la hermana de Emilio para preguntar por su estatua. Aunque esta se negó al principio, finalmente le indicó a Sofía dónde estaba.

Faltaba la parte más difícil. Era sábado. El despertador sonó. Sofía vio la pantalla encendida del teléfono desde su posición horizontal e ignoró el tintineo molesto. Jaló las sábanas hasta la boca y cerró los ojos. Así estuvo hasta que ya no sonó más, consciente de que habría una segunda ronda del irritante sonido muy pronto. Pensó en todas las cosas pendientes: terminar un artículo, preparar la curaduría de la exposición de mattangs que haría en el Centro Cultural España, leer un libro aburridísimo que debía presentar esa misma semana. El sonido llegó. Se paró de la cama y se probó tres pantalones distintos, luego cuatro blusas, luego se quitó todo y volvió a empezar. Prendió la tele y vio completo un capítulo de una serie que no le gustaba demasiado y regresó a la cama. A las doce, su estómago pedía clemencia y no tuvo más remedio que buscar comida. Abrió el refrigerador. Sus ojos se encontraron con dos calabacitas y medio litro de leche, un six de cervezas y salsas variadas. Nada que pudiera constituir una comida. Debía ir al supermercado. Cuando tomó la bolsa de mandado, comprendió lo que estaba haciendo. La dejó, tomó sus cosas y se dirigió al centro con el acompañamiento sonoro de su estómago.

Llegó a Madero por metro Bellas Artes. Mientras subía las escaleras, notó a la gente a su alrededor. Tenían una actitud solemne. Una mujer cargaba un enorme arreglo de flores, crisantemos blancos casi todos. Dos hombres, padre e hijo, llevaban un ramo de rosas rojas y un pañuelo bordado. Una adolescente de cabello engelado lloraba y se limpiaba los mocos con los puños de su sudadera negra. Sentía que flotaba hacia un sueño, como si las escaleras fueran la entrada a un teatro donde se presentaba una obra surrealista. Ya afuera, sintió la tensión en el diafragma, el estómago que se reducía. No quería quedarse mucho tiempo en el lugar. Caminó con pasos rápidos hasta encontrar la estatua de Emilio. La comparó con las fotos y, luego, aunque era un acto sin sentido, algo morboso incluso, con el periódico amarillista. La misma persona. Sí. Un sentimiento de triunfo la hizo olvidar todo lo demás, la confirmación de que la estatua no era un vivo que no quería serlo, sino un objeto ominoso y nada más. Emilio estaba seguramente en una fosa, como un muerto cualquiera que nadie reclamó. Sofía estaba feliz, de una manera cruel, pero feliz al fin y al cabo. Quizá por eso, o por miedo, en ese entonces se negó a darle si quiera una mirada a la Eloísa-la-estatua. Se debatió mucho entre decirle o no a la familia, y finalmente decidió que era su obligación. Para su sorpresa, desestimaron por completo la idea de un asesinato. El hombre se había petrificado y ya, a cambiar de página. Mientras salía de la casa con el periódico en la mano, su mente estaba en todos los desaparecidos que simplemente eran olvidados ante la farsa de una estatua. De alguna manera, pensó, era conveniente para todos. Los deudos dejaban de buscarlos porque estaban varados en el tiempo y nada más, en un sitio al que siempre podrían retornar para verles, y el gobierno se lavaba grácilmente las manos de desapariciones propias y ajenas.

No podía ser cómplice de eso, tenía una responsabilidad social hacia todos los desaparecidos que alguien hizo pasar por estatuas. Llevaría el periódico y la foto que había sacado a la estatua al instituto para tratar de jalar con ella a los demás investigadores. Debían hacer algo. Cuánta ingenuidad había en esa Sofía joven.

Y entonces, cómo, quién o por qué lo busca ahora, tantos años después, en pleno 2025. ¿La misma familia que lo despreció antes? Llama al número del anuncio en el periódico y le contesta una voz imposible de generizar.

Hola.

Hola.

Llamo por el anuncio de Emilio López-Aruaga.

Claro, con mucho gusto, ¿tiene información que lleve a su paradero?

Sí, pero… quiero saber quién lo busca.

Claro, con mucho gusto, somos la ALLLD.

¿ALLLD?

Asociación Libre y Laica para la Localización de Desaparecidos.

¿No se habían extinto hace años?

Efectivamente, pero ahora revivimos en forma de una unidad descentralizada de la Fiscalía de la Ciudad de México.

¿Buscan a todos los desaparecidos?

En principio sí…

¿Y en la realidad?

Tenemos una lista.

¿Y de dónde sale esa lista?

Lo desconozco.

¿Puedo pedir que busquen a alguien?

No.

¿Puedo saber si ese alguien está en la lista?

No.

¿Dónde puedo pedir que busquen a alguien entonces?

Puede acudir al Ministerio Público en un horario de/

Ya lo hice, pero me dijeron que dado que tiene una estatu/

Ah, por ahí hubiera empezado. El individuo del que habla no está desaparecido entonces. Está petrificado.

Sofía cuelga y recuerda entonces que no ha visto la estatua de Emilio desde que volvió al Paseo.

Al espacio estratégicamente oculto de los ojos que por casualidad pasen por el pasillo, cada vez más lleno de imágenes de una investigación imaginaria, hoy se suma la foto de un hombre de nariz ganchuda en un anuncio de *Se busca* que es más bien un recordatorio.

Busca entre las caras sin vida y no lo encuentra a él. El lugar en el que recuerda que estaba, hay, en cambio, una mujer madura, con mandil y ojos de tristeza. Emilio desapareció, ahora sí, también de piedra. Y sin la piedra de por medio, ahora sí, alguien lo busca. La piedra, esa excusa conveniente para dejar de buscar a quienes no importan, o a quienes importaron, pero dejan de hacerlo por su traición suicida. Sofía camina a paso rabioso cuyo ruido absorbe el asfalto, hasta que mira de frente a quien más le duele mirar.

Yo te busco.

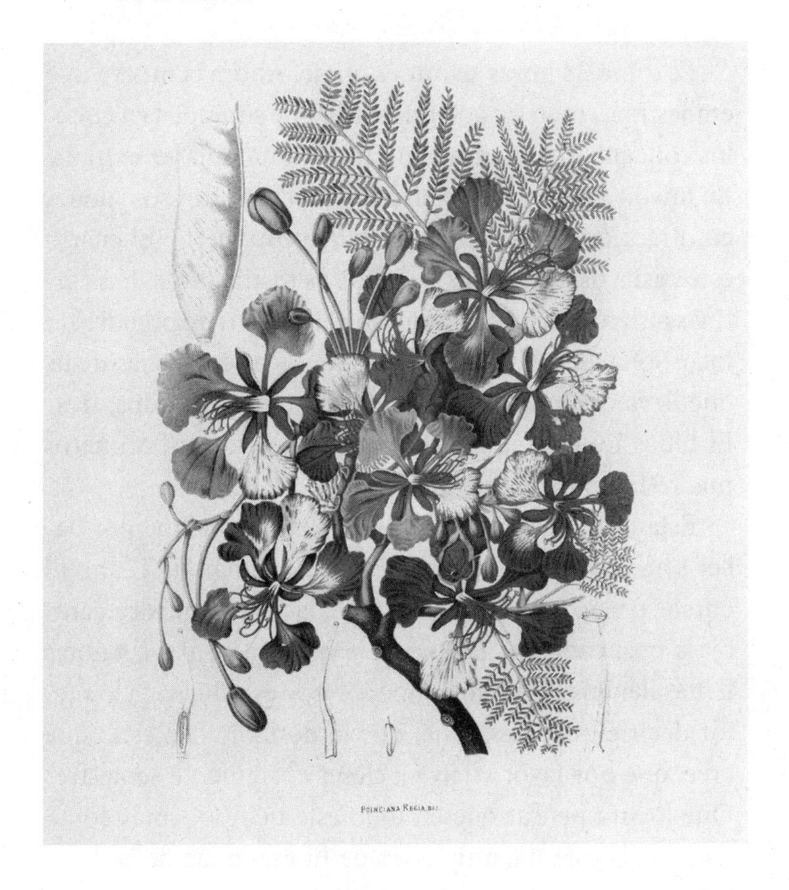

***

Ulani se ha quedado ya sin lágrimas, pero una que otra noche todavía lee en voz alta algunos versos, que poco ayudan al desconsuelo: «Flores de tetefa y capullos de siale,/ Ah, mi querida reina deseando ser exaltada;/Ah, mi corazón está dolido por nuestra separación,/ El propio ser de la muerte no podría ser para mí tan / dolorosa agonía.»

***

Le tomó 24 horas reunir el coraje. Ahora la mueve una embestida, como un golpe al pecho que se amplía en círculos concéntricos. La para en cambio una timidez extraña, un miedo al ridículo que no comprende. Entre esos jalones en dirección contraria, no deja de posponerlo. El cuarto está casi a oscuras a pesar de que es media tarde. Las cortinas aíslan la luz y no ha hecho el esfuerzo de prender un foco. Sofía está rodeada de tazas vacías o semivacías de té, que lleva acumulando varios días, ¿cuántos?, ¿dos, tres? El blues inunda el cuarto y pinta con tonos lastimeros una radiografía exacta de su estado de ánimo.

Está evadiéndolo tanto que incluso se inclina por hacer otra cosa igual de difícil. Teclea el email de Ulani. El cursor parpadea…, los segundos pasan. La música cambia a otra canción. *The sky is crying*, da play y las notas lentas llenan el aire. Sofía no sabe qué escribirle, ¿a lo mejor decirle que la extraña, que lo de Eloísa no es lo que cree, que por favor vuelva a clases el siguiente semestre? Qué locura pensar que en todo este tiempo jamás contó nada de la estatua, muy poco de Eloísa, nada de la desaparición y ni una palabra de Emilio. Cuando era más joven, se había imaginado sacándolo todo, recargando ese enorme peso en los brazos de alguien querido, pero ese alguien no había llegado. Luego apareció Ulani y los recuerdos de Eloísa empezaron a brotar de todas partes. Era el momento esperado, ¿no? ¿Y entonces? No sabe por qué, a pesar de la necesidad de abrirse, no logró hablar con ella. Quizás, en parte, para no borrarle esa inocencia juvenil que de pronto sentía que era su responsabilidad custodiar.

El cursor sigue parpadeando en la ventana de atrás del video. Regresa, escribe «Hola, linda, ¿cómo estás?» Lo borra. «Estimada Ulani...». Lo borra. «Te escribo sin estar muy segura de hacerlo. Me gustaría contarte algo...» ¿Pero qué?

«I've been looking for my baby/ and I've been wondering where can she be...», llora la letra.

La ansiedad crece entre los bucles del pensamiento. No debe seguir esperando. Se para, toma maquinalmente su bolsa. Cuando está a punto de cerrar la puerta, recuerda que no trae llaves. Entra de nuevo, maldiciendo, con el recuerdo de la mañana del sábado en la mente, cuando tuvo que llamar al cerrajero porque al salir a tirar la basura, las dejó adentro. Ya afuera, estira la espalda, siente la tensión de sus músculos y la cabeza apelmazada de tantas ideas que no cierran. Toma el metro, baja en la estación Centro Médico y, aunque no tiene muy claro por dónde salir, se sorprende a sí misma moviéndose sin pensar. Quince minutos de caminar en esa zona poco habitada. Recuerda cómo Eloísa y ella anduvieron unas pocas veces esas calles, muchas menos de las que ella hubiera querido. Los edificios son los mismos, las plantas han cambiado. En esa acera vio con Eloísa los árboles tiernos que, después de la introducción masiva de especies tropicales de los años 2000, llenaron toda la ciudad. Ahora, en época de lluvias, la ciudad parece una selva boyante, cuyo poderío levanta banquetas y llena el pavimento de colores vivos.

Está segura de que se acerca a su destino. Mira los edificios de la calle. Es difícil orientase porque todos han cambiado sus fachadas, ya por el desgaste o por una nueva capa de pintura. Siente su estómago encogido. Ahí está el edificio. Cuando Eloísa vivía ahí, era el más nuevo de la cuadra: hormigón comprimido, masa gris con balcones de madera y cristal. Ahora, un par han sido sustituidos por placas de metal mal puestas. El cristal no es un material muy durable sin mantenimiento y el edificio no parece tener mucho. Se para enfrente. La puerta principal, transparente, está cerrada, y detrás hay una recepción vacía.

¿Y qué hago ahora? ¿Hasta aquí llegaba el plan? Pararme afuera y ver fijamente la fachada. Muy bien. Gran manera de utilizar la tarde.

Los segundos pasan y Sofía está cada vez más nerviosa. Alguien se acerca, está por entrar al edificio. Un adolescente, vestido de negro. Tiene un hoyo en la oreja, vestigio de una expansión ya cerrada, y tatuajes en los brazos. Sofía se acerca, sigue un impulso.

Hola.

Él voltea con cara de pocos amigos y la mira sin bajarse los audífonos.

¿Vives aquí? ¿Sabes si alguien vive hasta arriba, en el techo?

Ella duda que la escuche porque ni parpadea. Un segundo después, él asiente, pero no dice más. Sofía se da cuenta de que la información saldrá, si sale, a cuenta gotas y por petición expresa.

Te lo pregunto porque una amiga vivió aquí hace bastante tiempo y me gustaría saber qué pasó con sus cosas. ¿De casualidad conoces al dueño?

El chico duda, comienza a abrir la boca y la cierra abruptamente mientras la mira como preguntándose si confiar o no confiar. Finalmente se baja los audífonos y dice:

Sí vive alguien.

Sin esperar respuesta, se pone de vuelta los audífonos y se va. *Qué amable, gran ejemplo de laconismo. Información muy útil.*

Mientras se aleja, las bocinas dentro de sí proclaman con voz lastimera la letra de aquel blues, y esta vez también llora por otra cosa. Ulani. Un aguacero amenaza con caer también en el mundo real. Sofía debe decir si intenta subir al edificio. Camina unos pasos, y se da cuenta de que la cerradura de la puerta no está atracada. Entra a toda velocidad, pero cuando escucha pasos que bajan de la escalera, su corazón a mil por hora le indica que es hora de irse. Empareja la puerta, salta a la calle. Ya afuera, con dos metros de paz de por medio, se pregunta por qué lo hizo. No estaba haciendo nada malo realmente, solo quería inspeccionar la azotea y no logró llegar ni al primer peldaño. Se reprocha su cobardía, la misma que la llevó a no salvar a Eloísa. ¿Salvar a Eloísa? Ni que hubiera sido un corderito indefenso y ella una especie de superhéroe con la capacidad de adivinación. Era una adolescente, todavía con grasa en la cara, cerca de los veinte y con una idea muy rudimentaria de cómo funcionaba el mundo. Nadie tenía por qué haberle exigido valor. *Hice lo que pude hacer.*

Se comienza a preguntar si tiene sentido estar ahí, a media calle, mirando un edificio de su pasado con cara de gato que no ha comido. Uno de los cimientos de la persona que es ahora. ¿Qué espera encontrar ahí? ¿La paz? ¿Una máquina del tiempo? Sofía siente la cabeza punzarle y algo peor, una voz que le grita: ¡Idiota, se te olvidó cambiarte el tampón!

Este el corte más anticlimático de una divagación culpígena hasta la fecha. ¿Por qué no me recordaste de algo tan básico, Eloísa? Si sigo así pronto me olvidaré de comer o de respirar.

No es del todo malo: el incidente que está a punto de ocurrir entre sus piernas le da la excusa perfecta para irse. Otro día volverá.

Afuera del metro se detiene. Respira, agarra valor. Piensa en Emilio. Toma su dolor y su sangre y da la media vuelta, bailarina herida por el tiempo.

Amiguito, sabías que… desde hace mucho se sospechaba que los nativos americanos y los polinesios tenían un pasado en común. Y la mayor pista era… ¡el camote! Además de ser un delicioso tubérculo, resulta que es un misterio de la historia cómo los camotes llegaron a lugares tan pero tan lejanos como Toga. Esto porque fue aquí, en América, que se domesticó por primera vez esta suculenta raíz. Además, las culturas prehispánicas del Perú y los habitantes de la polinesia comparten algunas leyendas y hasta objetos arqueológicos. ¿No es eso increíble?

Infografía pegada en el metro de la Ciudad de México, afuera de la estación de la que Sofía acaba de salir corriendo para volver a su misión. A lado de las letras, un conjunto de ilustraciones de dudoso gusto, terroríficas para los niños que pretenden atraer.

Sofía tiene la boca abierta. La mira por atrás: el vestido floreado de manga larga, la estatura, el tamaño de los hombros. Siente que se ha transportado a otro tiempo. Tarda un segundo en entender qué pasa. Parada ahí, en el cuarto que era de ella, hay una chica que se ve igual.

Sofía susurra un «Eloísa», que la chica escucha. Voltea. Sus ojos son oscuros, su nariz, pequeñita, está cubierta de pecas y el mentón es peculiarmente grande; nada que ver con los rasgos más bruscos de Eloísa, con sus ojos azules y enormes. Obviamente, no es Eloísa. No tan obviamente, la conoce.

¿Embleton…?

La chica no oculta su sorpresa. Sofía se muerde el labio para mantener la calma.

Hola, perdón, no sabía si había alguien. Espero no haberte asustado.

No, para nada, solo que nadie sube aquí porque ya sabes, es mi casa. ¿Te mandó la universidad? ¿Hay algo mal?

Sofía se sorprende de que le hable de tú con tanta soltura; la mayoría de sus alumnos no lo hacen y ella misma está casi al borde del tartamudeo.

No, no, nada que ver. Es que, ¿cómo explicarlo?

Ajá…

Primero, ¿cómo te llamas? No recuerdo tu nombre, es que no ibas mucho a clase.

Sí, ya sé, tengo mucho trabajo. Igual creo que la que tiene que contestar preguntas eres tú.

Sí… Mira, es que aquí vivía una amiga muy querida para mí. Entonces, pensé en pasar a ver el lugar.

Yo creo que te confundiste. Vivo aquí desde hace unos meses y antes de eso estaba abandonado.

Sí, sí, no me expliqué bien. Ella vivió aquí hace mucho tiempo.

¿Y visitas los lugares en los que ya no vive la gente que conocías que antes vivía ahí? Qué raro pasatiempo…

A pesar del sarcasmo, Sofía nota que algo cambia en el tono de voz de la chica.

Es un poco más complicado que eso. No quiero molestarte. Solo pienso que…

Duda si decirle algo del vestido que trae puesto,

a lo mejor dejó algunas cosas. Es que nunca supe a dónde se fue mi amiga y a veces pienso en ella y me gustaría buscarla.

Había cosas acá adentro, pero no creo que algo te sirva.

Hace una pausa y luego dice como quien no quiere la cosa.

¿Y quién era esa amiga?

Eloísa, así se llamaba… Llama. ¿Sería posible que viera el cuarto?

La chica duda.

Es que está muy desordenado…

No pasa nada, solo quiero recordar cómo era.

Mejor otro día.

En serio no pasa na…

Mejor

otro

día.

Opinión:

El Índice Internacional de Estatuas (ISR, por sus siglas en inglés), organismo autónomo descentralizado, señala que entre los países americanos con mayor número de estatuas por habitante están El Salvador, Honduras, Nicaragua y México. ¿Quién diría que este recuento coincide con los países que hace apenas 10 años mostraban las más altas tasas de homicidios?

Curioso que estos mismos ahora se encuentran mucho más abajo en los listados de muertes por violencia. ¿Será acaso magia? ¿Será que la fe revelada de los mattangs ha apaciguado el alma antaño brutal de algunos? ¿Estos países se alejaron del capitalismo rapaz que genera ambición y pobreza y con ellas violencia? ¿O será más bien alguna otra cosa? Le dejo la respuesta al lector perspicaz , ya que incluso entre la gente que debería tener una, la negación es lo que prima.

18/07/2025

Entre las manos de Serratos, quien rabia leyendo la nota que se encontró en el escritorio al llegar al instituto.

***

El cabello en ramos de serpientes húmedas crea una mancha oscura en su playera gris. Con un brinco, se pasa los jeans por las caderas. Mete la panza, cierra el botón, respira. Del suelo toma una mochila y le avienta una serie de objetos: cartera, cuaderno pequeño, pluma, paraguas, una chamarra cubretodo. Corre hacia la entrada, no por prisa sino por costumbre, y se da cuenta de que en vez de zapatos trae unas chanclas viejas. Busca entre la ropa del suelo unos calcetines, se los pone, desliza los pies en unos tenis y toma sus llaves. Atrás de la puerta atisba el gris del día. Baja las escaleras de dos en dos y en un redoble casi choca con un adolescente vestido de negro. Él no dice nada, ella tampoco. Evaden mirarse y siguen su camino, como siempre que se encuentran en la escalera. Además de la señora Cortés, es el único vecino al que Ana ha visto desde que se mudó. La puerta del edificio cierra con un estruendo de metal detrás de ella.

Cruza la calle sin mirar y escucha los pitazos de un carro que, aún lejos, le reprocha su falta de prudencia. Hoy irá al trabajo a pie. Son más de cuarenta minutos, pero se siente demasiado ansiosa como para hacerlo de otra manera. La visita de Embleton la puso así y la llevó a leer el cuaderno de la chica toda la mañana, o más bien, estuvo leyendo una línea, una y otra vez:

«Soy mi prisión. Soy mi estar atrapada en mí. Solo por eso soy suya.»

Ana está cada día más intrigada con lo que lee. De repente, ver las letras en el cuaderno no basta, quiere contestarle a la chica, preguntarle, a veces hasta agitarla fuerte por su falta de decisión. Es como una buena novela, pero real. Un pie después de otro, con los sonidos de la ciudad colándose por sus orejas, piensa en la desconocida: ¿cuál era su nombre? ¿Emma? ¿Milena? ¿Luisa? Eloísa, cree que era ese el nombre que dijo Emblenton.

El gris del cielo matiza el asfalto y lo hace siniestro. Marca discordia contra las casas de colores vivos, los edificios de tonos terráqueos custodiados por arbustos de tiaré tahití que crecen, gigantescos y exuberantes, en la calle, llenan las jardineras con sus flores blancas. La Ciudad de México tiene un clima capaz de hacer que cualquier cosa crezca, desde palmeras hasta pinos. Basta con introducir la planta y ver cómo prolifera, mejor o peor. Las canangas amarillas y flamboyanes rojos languidecen en las épocas de frío y conviven con la disímil variedad de plantas que llegaron antes que ellas. Al caer, las flores moradas de la jacaranda se abrazan con montones de adelfas rosadas, y las palmeras, viajeras primigenias, se sienten más acompañadas ahora entre los aromas de la selva tropical polinesia. Ana toma una flor de flamboyán del suelo, los pistilos rojos parecen bigotes erizados. La guarda en un clínex que saca de la mochila y, delicadamente, la mete en su libreta. Es perfecta. La dibujará más tarde, después del trabajo, para Luciano. La flor la guardará entre las páginas del cuaderno de la chica. ¿Emma? ¿Milena? ¿Luisa? Eloísa. Una voz masculina la saca de sí. Camina entre las calles pequeñas que atraviesan la colonia Cuauhtémoc, sintiendo furia por cada mirada que le dirigen y cada palabra que sale de las bocas de los hombres, incluso cuando no están ahí. Si pudiera, los golpearía a todos, pero, en cambio, anda más veloz mientras imagina que le grita a uno y le escupe en la cara, a otro lo golpea en los testículos con su rodilla derecha, al último le rocía gas pimienta directo en los ojos. Cuando se da cuenta, ya tiene la mandíbula tensa y los pómulos contraídos. Sin pensarlo, emprende una carrera que libra sus músculos de la tensión y la lleva a cruzar Bucareli casi de un brinco, casi cayendo, por en medio, entre los autos. ¿Emma? ¿Milena? ¿Luisa? Eloísa. Cuando llega a la otra acera, se siente eufórica y vibrante, con la humedad del ambiente pegada en cada pliegue del cuerpo. Para cuando ve a lo lejos el Paseo de las Estatuas está segura de que va a llegar sudada al trabajo.

Luego, una sombra atrás de ella, pertinaz, cada vez más rápida.

***

Luciano camina por 16 de Septiembre. La calle está desierta y huele a humedad. Entre las sombras del atardecer, intuye a una figura detrás y luego una brisa. A su lado pasa una chica de cabello oscuro y largo en una coleta, corre.

¡Oye!

le grita, irritado por el empujón.

Ella acelera el paso, él también. La chica lo ignora, como es su costumbre en la calle. Entonces ella voltea unos pocos centímetros, casi nada, solo lo justo para que una mejilla esté a la vista. Luciano la reconoce. Ana. Nombre de espejo. La visión lo paraliza un instante y luego le llena las piernas de una potencia desconocida. Corre detrás de ella unos pocos metros, que se vuelven más y más, y así, casi sin darse cuenta, se ve rodeado de estatuas. Sin aliento, se toma las rodillas. Alza la vista. La chica no está por ningún lado, pero Luciano se encuentra con alguien más.

***

Un hombre parado frente a la estatua de una mujer con vestido. Es un poco más pequeña que él, y delgada, tan ligera, piensa, que parecería flotar, aunque esto es, obviamente, inexacto, pues sería imposible despegarla incluso un centímetro del suelo. ¿Cuánto pesará realmente? ¿Una tonelada? Imagina el vestido corto y amplio bajo un vuelo de viento azulado, los colores brillantes que, está seguro, alguna vez adornaron la tela. Imagina que en ese soplo se alza la falda y revela un pedazo del muslo que debió vibrar de piel joven. Imagina la tibieza huidiza de lo que ya no es. El hombre la ve y piensa, solo piensa, en tocarla; intuye la textura pulida, severa y fría debajo de las yemas de sus dedos.

Soñé este momento desde niño, desde que me agarré a ti con todas mis fuerzas ese domingo que vine con mis padres. En el sueño jalaba tu falda dura que era de pronto tela, un mechón se deslizaba sobre tu frente. Tu mirada era tan penetrante que me ponía en pausa. Tus ojos, unas veces cafés y otras azules, parpadeaban en ese momento, y me dirigías la mirada más hermosa que he visto en sueños o despierto.

En medio del idilio, me daba cuenta. Algo estaba raro. Mis ojos se sentían secos, no los podía cerrar. Primero entraba en pánico, intentaba mover los brazos y correr, brincar, lo que fuera. Imposible. Mi grito atorado se volvía placer porque entonces tú parpadeabas y yo ya no necesitaba cerrar los ojos, quería verte sin parar. Ya sólido, me volvía el que adorabas.

En la adolescencia, tuve mil veces ese sueño. Luego se perdió, cuando yo me perdí en navegares erráticos; pero ahora, aquí, lo recuerdo como si me hubiera llegado esta misma noche. Una gran diferencia: en el sueño te podía tocar. No es que aquí no pueda. Eres más cercana que muchas cosas, pero en este lugar es como si fueras una estatua de museo, de miles de años. Es como tocar algo sagrado. Estiro mis manos y se doblan antes de sentir tu piel de piedra. La magia del instante: Este es el Momento. Este es el Sentido. Mana.

El hombre casi espera que la estatua conteste a su monólogo interior. No quiere, como en su sueño, parpadear por miedo a perderse algo. Piedra y carne cara a cara en la misma inmovilidad. Si no fuera por los colores que lo delatan, sería difícil saber quién respira. Tal es la perfección de la estatua.

Entrecierra los ojos. Sabe que en ese instante está en un estado total de percepción, ese que casi no ocurre y que le permite sentir y percibir cosas que normalmente no puede: vibraciones, señales, respuestas. Así es como nota que otra presencia se avecina, aún antes de que sea visible. La quietud se ha roto. La expresión de la mujer que llega por detrás de la estatua declara sorpresa: no esperaba a nadie ahí. Se miran los que pueden mirarse y hacen una mueca con sus labios dúctiles.

¿Qué pasa cuando alguien desaparece? El vacío es imposible de llenar, el vacío es una zona muerta, árida, alrededor de la que prospera la vida. Se pueden tejer hiedras, trenzas de flores e insectos. Se pueden sembrar tomates y amores. Se puede sembrar cuanta vida queda en el vasto mundo. Pero ahí está el hoyo de tierra muerta, pelmaza clara. El que falta siempre va a faltar.

***

No sé cómo diablos pasó, pero terminé aquí, en este café. La ruta era tan simple que nada podía salir mal. Después de todo, la Eloísa-de-piedra está varada ahí para la eternidad. ¿Por qué habría de cambiar cualquier plan que se relacione contigo?

Llegué desde atrás. Iba pensando en Ulani y, cuando me di cuenta de eso, el estómago se me revolvió por ir a verte, con otra mujer (esta sí de carne) en la cabeza. Luego, se me revolvió de nueva cuenta por la primera revoltura. Pensé lo mismo de siempre: que iba a ver nada más que a una estatua, que tú, Eloísa, estás muerta o perdida, que debo asimilarlo ya y seguir. Hasta tu cuarto ya no es tu cuarto y tus vestidos los usa alguien más. Con todo esto llenándome el cerebro, ya estaba muy cerca cuando, desde atrás de la cabeza de la Eloísa-estatua, mi nuevo rincón sagrado, apareció una cabellera rubia y revuelta. Un tipo chaparro, de traje, de unos treinta, niño rico, viéndola como embelesado, con ojitos de becerro. Me dieron ganas de irme, pero la curiosidad ganó. No, la verdad no fue eso. Admito que, como la loca que soy, sentí celos. ¿Cómo carajos?, ¿celos? Me da incluso asco pensar que me he vuelto posesiva de una estatua, porque sí: me tengo que repetir, ya no es automático, querida Eloísa, que es solo una estatua, piedra en medio del Paseo, una entre tantas otras. Ahora revuelvo un té verde en este café que huele a viejo y busco en los pliegues acuosos de la taza una respuesta, como una vil creyente de las señales y augurios, como si le dijera, a ver, tecito, dime quién es este y qué hacía ahí, dime si no es él la razón que te traía loca, aunque afirme no serlo. El té, por supuesto, mira impasible desde su ojo de agua y a mí se me termina el tiempo de pensar.

***

No existen las coincidencias, los caminos se cruzan porque tienen que cruzarse. Estuvimos en ese café una hora. Le calculo unos treintaitantos años, ya se le empieza a notar la edad, pero se ve que de más joven era medio guapa. Dijo que se llama Sofía, y no dejó de sacar humo un solo momento desde que nos sentamos en la mesa de afuera. Hablaba con voz grave y prepotente, como supermasculina. Raro porque sus chinos largos y oscuros, y sus ojos color miel no se me hacían marimachos. Me habló de Eloísa: dice que así se llama. Eran amigas en la universidad, y un día ella desapareció. Nadie supo nada y luego apareció la estatua. Esa, la misma que vi cuando era niño. No necesité ni un segundo para darme cuenta de que eso no podía ser, los años no eran suficientes.

¿Estás segura de que es esa, justo esa, la que tú dices?

Sus ojos lo expresaron todo rotando hacia arriba, en blanco, como diciendo, *Sí, imbécil, tiene la cara de alguien que conocí: estoy segura.* La plática cambió de tono. Yo le dije que no podía ser porque esa estatua, la mía, está ahí desde hace mucho, desde chico, y ya tengo treintaitrés años. Su boca formó un gesto burlón: ahora se reía de mí.

Mira, te aseguro que esa es la estatua de Eloísa Montiel, desaparecida en el 2011, hace quince años para ser exactos.

Petrificada, en todo caso.

Si eso te ayuda a dormir por las noches, ándale, petrificada, entonces. Búscalo, seguro aún encuentras algo en internet.

No llegamos a nada. No me va a arruinar este día glorioso, el reencuentro más significativo. Al final es con ella, «la Eloísa», que estuve soñando todos esos años. La imagen de su cara se ha mantenido como una foto cuando otras cosas desaparecieron. Intenté evitarla, y aun así emergió. No es algo falso porque un presagio tan fuerte como un sueño no puede ser falso, aunque intentes ignorarlo por un tiempo. Más que enojarme con las respuestas, me sentí confundido. Al fin y al cabo, es una antipo, y encima, una académica, de esas tan aburridas que hubiera negado incluso la teoría de Thor en su momento. Quiero saber en qué lugar de mi mattang está Sofía. El de Ana... ya quedó claro. Es el camino que estaba esperando. El encuentro fue gracias a ella, a seguir sus pasos. Que las causas no sean evidentes aún no importa, la respuesta siempre llega al que sabe sentir el mar. Mana.

> Para los que desconocen el funcionamiento del vasto mar, los mattangs son objetos improbables. ¿Acaso la naturaleza alberga esas simetrías? ¿Cómo puede ese pajar de reflejos captar los vaivenes violentos de las aguas? Cuando veo uno, pienso más en el cielo, en las constelaciones que, cada vez menos visibles, han enjoyado el firmamento desde los primeros tiempos. Son más estáticas y tienen cruces más probables que las olas, con su laxitud, que mueven a tumbos la superficie siempre distinta del mar.

El Cuaderno, *páginas iniciales, antes de que empezara todo. Bajo el desastre de Ana.*

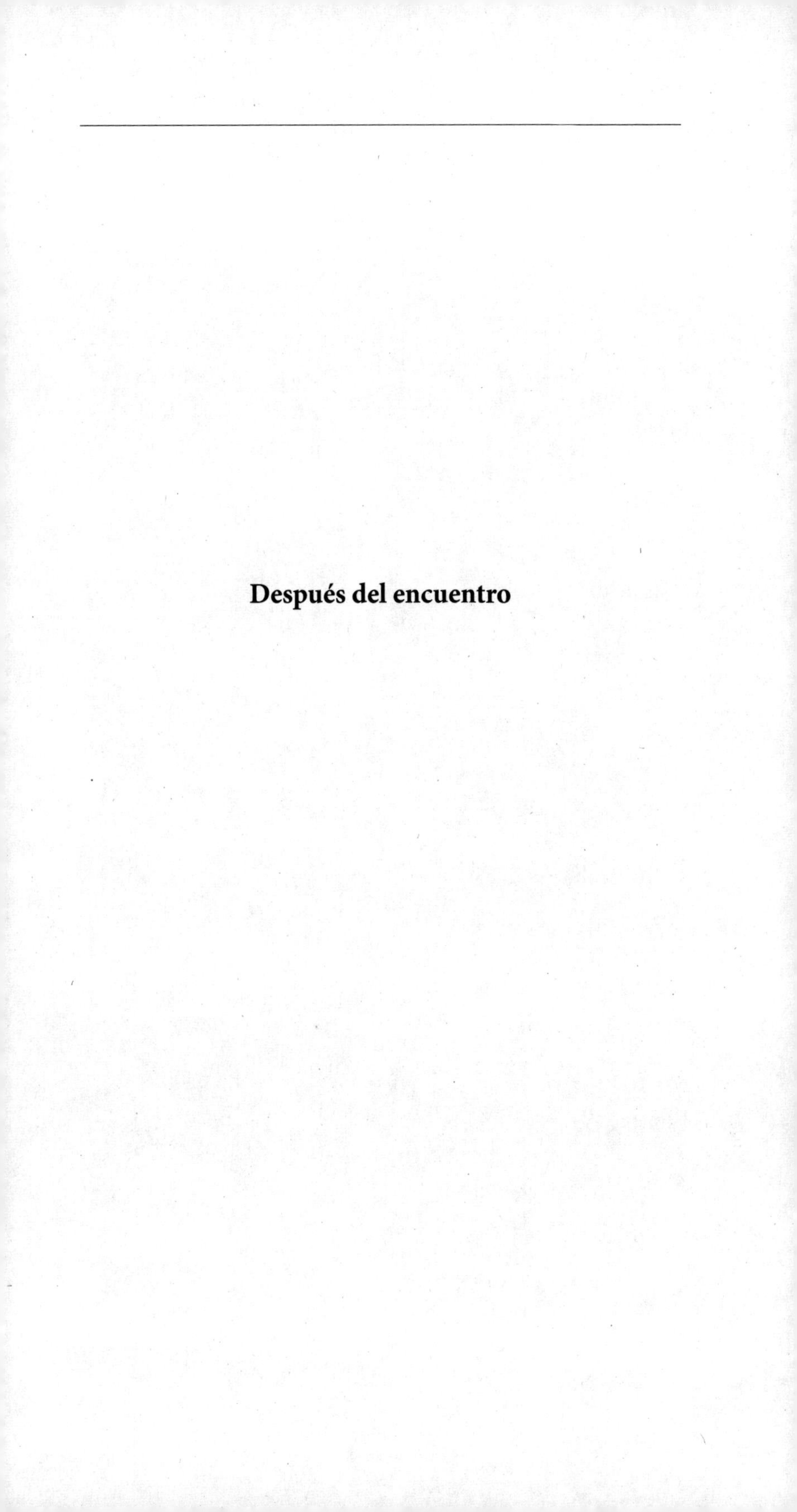

Después del encuentro

Toca el timbre, lo toca de nuevo. Unos segundos después la voz de Teriki, algo irritada.

Soy yo, Luciano, perdón, es que es urgente,

tengo otra asistencia ahora mismo,

no toma nada de tiempo, es que es urgente, te espero a que salga la persona,

silencio cargado de sentido,

vale, en unos cinco minutos.

Luego la Asistente abre la puerta y Luciano entra y suelta sin parar lo de la estatua y los sueños, su encuentro primero con la verdad relevada, su encuentro segundo cuando tocó fondo y dejó de beber, y su encuentro tercero y certero esta vez, frontal, con Ella, la de piedra, una especie de columna vertebral de su vida o una serie de puntos que unidos dan como resultado su historia personal:

ella me enseñó lo divino; cuando la conocí, sentí que el sentido existía e iba a entenderlo con ella. Iris me desvió del camino y dejé de verla, por eso tenía que quitarse de en medio, mana, gracias al cosmos, mana, la sincronicidad. Ahora me reclama de nuevo y es a la vez señalada y señal de...

Luciano no habla de Ana porque recuerda que Teriki la ninguneó, culpó torpemente a aquello que nada tiene que ver, pero él sabe que la chica es señal y señaladora, mana.

Quiere verla ya. Verlas a las dos: a su Ana y a su Eloísa. Para su fortuna Eloísa siempre está ahí para él y hacia allá parten sus pies cuando Teriki cierra.

Ella entra al consultorio, y ya en el resguardo de la puerta atracada, niega con la cabeza, suspira. Saca su telefónico y le marca a Zeus:

> mi amor, tengo que contarte algo, Luciano… estoy harta, ¿me sacas a un lugar lindo?... No, no es tu culpa. Yo quise hacer esto. Me urge salir a bailar, respirar algo, besarte. No sé, me movió feo. ¿Ya vienes?

***

Ana teclea en el teléfono, «Perdón, no puedo, perdón, es que tengo mucho trabajo. Te escribo pronto, ¿sí?»

Luego continúa en la azotea trazando a pastel las líneas rojas de una flor carnívora y recordando la visión de Luciano que corre detrás de ella, pies enloquecidos, corazón salvaje. No importa que le haya dicho que su intención no era asustarla: lo hizo y mucho.

***

Eloísa venía de un pueblo marítimo, respiraba con ritmo de ola y bailaba a brisa suelta. Su papá la amaba mucho, pero podía más su miedo de salir del lugar donde vivió siempre que lo mucho que extrañaba a su hija de ojos azules, la que tuvo con una italiana que luego se fue sin decir adiós. Mandaba cada peso que podía a la ciudad, donde una prima lejana había aceptado a regañadientes recibir a la chica para que estudiara una carrera inútil, pero bella. Su papá tenía la culpa, le había contado Eloísa, porque se llamaba Eulogio y eso quiere decir *el de las bellas palabras*, y bellas eran cuando le contaba historias del mar, del pueblo, de los suyos. Tenía la culpa de que ella se hubiera empacado unas cuantas baratijas y venido a esa boca de lobo que lamía y mordía a la vez, para estudiar más historias y crear las propias. Una vez le dijo a Sofía que ellas eran familia y la familia no se arruina con amor de piel, pero eso, eso era algo que Sofía prefería olvidar, como había olvidado la voz lastimera del padre de Eloísa cuando al fin fue a la ciudad, ya muy tarde, y él sí, el único, se paró frente a la estatua-lápida de su hija con los ojos cortados de sal, y musitó tibiamente un padre nuestro y un adiós de faro antes de volver al pueblo con el corazón hecho trizas.

***

Sal conmigo.

Tranquilo, ¿qué te pasa? ¿Por qué estás tan alterado?

No te lo puedo explicar. Solo sal conmigo, por favor.

Pero…

Nuestros destinos, estoy seguro. Nuestros destinos están conectados. Eres el agua que necesito.

No sé…

Perdón por asustarte, te juro que no me di cuenta.

No vuelvo a hacer nada que no quieras, pero sal conmigo por favor.

Afuera del restaurante, donde él la estaba esperando desde hace horas, Ana le mira los ojos suplicantes que la quieren tanto tanto, que la anhelan tanto tanto, quizás los que más la han llenado de ternura en su vida, y siente a la vez el magneto y el miedo de un corazón perseguido. Se echa a correr.

Cuarenta primaveras y sus inviernos pesaban sobre los hombros de Tupaia cuando trazó los mapas que lo llevarían sobre el lomo vivo del barco del capitán Cook. Sentado en esa misma nave, en la que moriría años después, el navegante recorrió en su cabeza, detalle a detalle, las 130 islas que rodeaban su casa original, Ra'iatea. Con la pluma del soberbio Cook dibujó primero el centro del universo: Tahití.

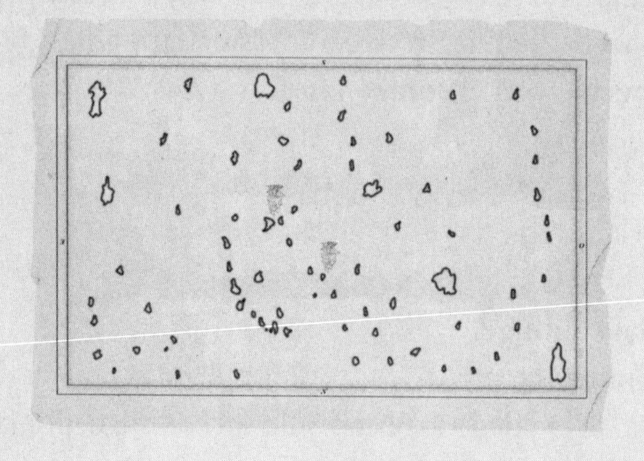

Serratos, Marco Polo, Sofía Embleton, et al., Atlas para entender el mundo: Nuevas leyendas de la Polinesia, *Paidós, 2023, entre las manos de Ulani, que lee y relee el libro de la furia y de la pérdida.*

***

Luciano, sentado en la penumbra de su sala, mira el cuadro gigante, el vacío de grises con un centro azul. Un ojo que lo mira y lo jala a la vez. Intenta con todas sus fuerzas no ver el teléfono, principalmente para no decepcionarse. No importa, parece decirle el vórtice, ven a mí y vivirás. Será la magia de la revelación de Aranda o el kava de a puños que se comió, será el aroma del tiaré o la simple sensación de la derrota, pero piensa que a lo mejor se equivocó y esa mesera no era, después de todo, su destino. Hay que pasar página, ir a otro sitio. Necesita el movimiento. Algo. Luciano insiste, pero ahora a otra persona.

Aunque están acostados en una azotea en medio de la ciudad y, a pesar de los ruidos que llegan desde la calle, ambulancias, ricos y deliciosos tamales oaxaqueños, y charlas desaforadas de borrachos, parecería que solo ellos dos existen. Lameo extiende los brazos hacia el cielo y los pequeños tatuajes detrás de sus codos se hacen visibles. Luciano recuerda cuando abrazó a Zeus, tan nervioso como nunca, mientras su pequeño hijo, entonces de apenas tres años, era tatuado por primera vez entre un llanto que ponía los vellos de punta y daba ganas de abandonar toda convicción. Recuerda cómo sostuvo a su hermano una noche cruel, frente a un wiski, mientras este se cuestionaba si había sido lo correcto tatuar a Lameo, luego de que una mujer lo hubiera detenido en la calle, increpándolo por lo que consideraba un delito desmesurado: marcar a un niño solo por las creencias del padre. Luciano consoló a Zeus diciéndole que no era tan distinto agujerar unas orejas y que sin duda era aún peor hacer una circuncisión, y esas dos costumbres nadie las cuestionaba ya. Poco a poco la gente se abriría a la verdad revelada, a los tatuajes, al cambio de la época, a la evolución. En ese entonces, que se ve ya como otra vida, Luciano le pidió a su hermano que confiara. Aquella época cuando aún le podía pedir cosas a Zeus y no tenía que rogarle por unos pocos minutos, mísero conteo insuficiente, a lado de su sobrino.

Ahora Luciano está hombro con hombro con ese niño de ojos grandes y despiertos, los tatuajes moviéndose a la par que Lameo señala el cielo sobre ellos, en una obra más de imaginación que de realismo, pues en el cielo percudido de la Ciudad de México no hay demasiado que ver y las marcas astrales son más bien borraduras de un sueño que alguien más, acaso un navegante de siglos pasados, tuvo.

Ana muri

Señala hacia Antares

Matari'i

Las Pléyades danzan en el punto en que el niño marca el dedo

Te matau o Maui

La cola del escorpión apuntala el mundo.

Luciano lo abraza. Bajo el tenue resplandor de las Pléyades y el brillo potente y frío de la pantalla del teléfono, Luciano le lee un pasaje del Kon-Tiki a su sobrino:

«... cuando había caído la noche y las estrellas centelleaban en el oscuro cielo tropical, surgía alrededor nuestra una fosforescencia que rivalizaba con las estrellas, y partículas luminosas de plancton tomaban una tan viva apariencia de brasas ardientes, que involuntariamente retirábamos las piernas cuando aquellas brillantes esferas eran lanzadas junto a nuestros pies en la popa de la balsa.»

Lameo jala sus breves piernas cuando Luciano le hace cosquillas que replican el plancton vivo del mar. Ríe y se revuelca, pez resbaloso, estalla en su propio y singular brillo risueño. Luciano siente la calidez de su sobrino, y un deseo creciente de ser mejor, de ser más. Si pudiera se extirparía el pasado de las espaldas, se volvería un ser sólo hecho de futuro. Quiere ser como su sobrino, puro, inocente. Dispuesto a aprender. Lameo lo abraza torpemente, se le lanza encima para inmovilizar sus brazos, Luciano se suelta y sigue con las cosquillas. Ruedan por el suelo entre risas desternilladas, bajo la mirada sagaz de las mismas constelaciones que llevan rigiendo desde que el mundo es mundo. Luciano está tan lleno de amor, tan amante de todo, que puede perdonar lo que sea esa noche, incluso a Ana.

***

Sofía, no empieces con tus opiniones…

Mamá, no son opiniones, hay mucha bibliografía que respalda lo que te digo.

Ya me vas a sacar los PDF…

¿Los PDF?,

Sí, vi en un blog que así se dice.

Estás mezclando mil cosas que no tienen nada que ver. Los mattangs son reales. Está muy padre que creas en ellos como destino o lo que sea si eso te hace feliz, pero no me puedes forzar a que te acompañe a tus rituales en los que mezclan culturas y ritos que no tienen sentido juntos y mucho menos a que me consiga un mattang de «mi destino».

¿No te da miedo estudiar todos esos mattangs? Es como quedarte con la vida entera de alguien. No es cualquier cosa, Sofía, de verdad que no. No entiendo en primer lugar cómo hay gente, como tú, que está dispuesta a ir a un museo a verlos como si fueran obras de arte o lo que sea que hayas dicho que son para ti. Son el destino de alguien que ya no está, y mucho peor si son de algún petrificado. Con toda esa tristeza y mala energía vas a cargar. Alejas al mana de ti.

Ya, ya, no peleen. Sarah, si ya sabes cómo es tu hija para que vuelves siempre a los mismos temas. Y tú, Sofía, no le hables así a tu madre, tan golpeado.

¿Qué no te das cuenta de que este es un tema importante para nosotros? ¿No puedes condescender y ser más delicada?

¿No podemos tener una sola pinche comida familiar en paz, chingado?

Papá espera a que mamá salga del comedor cargando los trastes. Mira a su hija, que para ese momento intenta tapar con su teléfono la tensión de su rostro, muy parecida a un conato de llanto, y, así, sin decir agua va, la abraza y besa en el cabello. Con el olor a cigarro de papá arropándola, sonríe un poco y lo abraza hacía atrás. Ahora sí una lágrima suave le corre por las mejillas.

¿Qué te pasa, mi amor? ¿Estás bien? Te veo muy rara
últimamente,
le susurra papá al oído…

Mamá sale de la cocina y observa el fin de la escena sin saber cómo reaccionar, incluso, piensa Sofía, avergonzada.

***

Pues mañana ya es la cita, después de habérsela cancelado tantas veces no entiendo por qué sigue teniendo interés en mí si se ve que es un tipo que lo tiene todo, guapo y así, y yo jamás he tenido nada de nada más que mi mal humor y mis traumas, lo más difícil es que me siento muy idiota porque en cuanto me tenga enfrente se va a dar cuenta de que soy tonta y que no sé nada y que no he vivido nada, soy como un pollito recién salido del cascarón de valer verga. Si no hubiera faltado casi todo el semestre de mínimo podría soltarle uno que otro dato apantallador que los de la carrera usan para ligar en fiestas pero como ni he ido seguro voy a mezclar todo y se va a dar cuenta de lo que soy en realidad, una mesera que se escapó de su casa porque el pinche novio de su jefa se la agarraba. Estoy dañada y no lo sabe. El pedo es que tengo que admitir que siento una cosa muy rara en el cuerpo, como una emoción que me tiene dando brincos de repente y no me deja dormir de tanto pensar en qué vamos a hacer, ya hasta se me pasó el susto de la corrediza que me metió el muy pendejo. Le conté a Felipe, por chat, porque ya no nos vemos nunca, de hecho ya no veo a nadie casi, me he vuelto muy pero muy solitaria, me dijo que está chido que le haya cancelado varias veces y no me haya visto muy entusiasmada porque luego cuando una se emociona desde el principio el morro pierde interés y que eso pasa siempre, todo el tiempo, y si les das todo desde que los conoces y les dice que sí o, peor, los invitas tú a salir o lo que sea, ya luego te pierden el respeto y te tratan con las patas. Obvio Felipe se la sabe porque ha tenido muchos novios desde que lo conozco y los trae a todos como quiere, al menos el mes que anda con ellos, porque tampoco es que duren: y pues sí, es lo que veo con mi mamá, que les da todo y no le dan nada más que putazos y cerdadas. La verdad me preocupa también qué me voy a poner porque toda mi ropa está bien jodida y no me he comprado ni una pinche blusa en años, seguro va a pensar que soy como pobre o algo, y sí, más bien me voy a tener que poner uno de los vestidos de ella, aunque tampoco es que sean muy elegantes ni nada pero mejor que mis harapos sí están. No sé qué pensar, a lo mejor debería concentrarme en buscar algo que hacer que sí valga la pena en vez de andar sacando teorías sobre amor y eso, dieciocho años, ya una adulta con credenciales y todo, y nada más tengo la prepa abierta toda gacha que hice y el semestre tomado a medias en la universidad. ¿Qué voy a ser mesera para siempre o qué?

Hija, los antiguos indios del Perú, los que llegaron a la Polinesia que tanto estudias, se apoyaron en la experiencia de muchas generaciones. Los incas navegaban en flotillas, siempre había otra balsa para recibirlos si naufragaban. Pero a ti, ¿quién te va a recoger en medio del océano? No seas soberbia, hay más dey una forma de ver el mundo. Te amo.

Borrador de un mensaje de Sarah, segundos antes de que lo mandé ¿o no? a Sofía.

***

Hoy, de nuevo recibí del instituto un bonito correo pasivo-agresivo en el que se me invitaba «de la manera más atenta» a que matizara mis juicios públicos sobre la existencia (o inexistencia) de una relación entre los mapas y las estatuas, y, especialmente, sobre mi vituperio a mis compañeros investigadores y el gobierno de Ordóñez. El instituto está cambiando cada vez más. Les sirvo siempre y cuando sea su mono-investigador que produce textos que sustenten que Rangi y Quetzalcóatl se sentaban en un árbol y acuñaban tiernos corazones en el tronco, y mucho peor, de que no tenemos un problema colosal de desapariciones en este país, de las forzadas, no de las místico-musicales. Todas esas cosas que sirven para legitimar el statu quo de los polinesios de mentiras que somos ahora en este país y, de paso, lavarle las manitas al estado asesino. La función de la universidad es ya una verdadera burla.

Lo único que me salva de ser un payaso maquilador es la curaduría. Ahí, como todo lo que la gente ve es la interpretación final, nadie me la puede hacer cansada. Lo que piense de Kaula Aranda o de las estatuas es muy mío y de mi mala cabeza. Además, soy muy buena en eso. También en lo otro, si consideras que me piden que haga cosas acríticas. Ser crítico es lo más complicado y, quitando eso, hacer investigación es tan mecánico que, ya dominada la técnica, es como hacer un pastel que ya has cocinado antes, varias veces.

Entonces, el secreto consiste en que deje de repelar y enfoque mis energías en otras cosas. Otras cosas como tú, Eloísa… quizá. Critico tanto a los familiares de los petrificados que ni siquiera se molestaron en corroborar que sus seres queridos no estén por ahí en un barranco con el pescuezo cortado, y yo misma estoy aquí, sentadota sin hacer nada por ti. Pero es que ¿qué puedo hacer? No soy policía ni investigador privado como los de las novelas negras; entrar a los sistemas gubernamentales a tratar de investigar algo es como meter la cabeza a un excusado y que luego le jalen.

Lo único que me queda es un tipo que dice que él vio la estatua desde antes, una adolescente agresiva que no me deja entrar a su cuarto, cosa que, por otro lado, seguro tampoco servirían de mucho, y recuerdos vagos de hechos que, si en ese momento no entendí, menos ahora. Y por lo demás, ya ni novia tengo. Lo que sí tengo es este cuchillo para cortar el pastel de tres leches de Rosita, que cumple 50 años, y la suficiente sangre fría para ir a pararme a un salón lleno de investigadores que me ven con la ceja alzada, y para allá voy. Felicidades, Rosita.

Opinión:

Como si excusas y evasiones le faltaran al gobierno de Ordóñez, ahora las estatuas son la salida perfecta para cubrir desapariciones. ¿Por qué esa aversión a investigar o conceder la posibilidad siquiera de que algo esté pasando? Resulta inadmisible en un estado que, al menos en papel, es laico, los gobernantes no cumplan su misión de garantizar la justicia. Es obvio que el monopolio de la fuerza se le escapó al estado entre los dedos, no así el de las mentiras, que tienen bien controlado, como controlan a los medios periodísticos y las universidades.

13/08/2025

Artículo rechazado que escribió Sofía para el periódico La Jornada. *La pobre secretaria de redacción se está mordiendo las uñas porque es ella quien tiene que decirle la noticia, y todos, sin excepción, le temen a la ira de la Emblenton.*

***

Se sientan uno al lado del otro. Sofía no dice casi nada, solo ve los rasgos infantiles de Luciano, su forma exagerada de gesticular. Parecería que no lo escucha, si no fuera porque, cuando Luciano le dice que le pidió a su asistente, la normal, no la que lee el destino, que encontrara una foto vieja, de antes, para ver a «su Eloísa» si es que de verdad era ella, años atrás. Fue, dice, muy difícil, pero cuando se propone algo, siempre lo logra. Lo hizo para él, solo por el recuerdo, pero le pareció que a lo mejor a ella también podría interesarle la foto. Está ahí por deferencia. Así es él. Ella no puede evitar dar un resoplido y hacer los ojos hacia arriba. Luciano detiene su arremetida mental mostrándole una foto. En ella se ve el Paseo de las Estatuas, tal como lo conoce. En primer plano, la espalda de Eloísa. En el fondo, los árboles lucen distintos, más podados, menos salvajes. Es una imagen indudablemente vieja, pero es difícil saber de cuándo.

Están, Sofía y Luciano, frente al museo Tamayo. Fue el último día de trabajo en el instituto antes de las vacaciones. Horas antes, Sofía entró a su casa y tiró las llaves en la mesa. En la mañana, había buscado en la lista de sus alumnos a la chica del cuarto de Eloísa. Tardó un rato en saber quién era. Ulani hubiera sido muy útil para eso, pero el correo que le mandó seguía sin respuesta y Sofía estaba a punto de perder las esperanzas. Prendió la computadora. Tenía un mensaje nuevo y por un momento su corazón brincó de alegría. Luego vio que era de Luciano. No era su primera opción, pero, de cualquier manera, había algo de emocionante en ello. Después de ir al cuarto de Eloísa, no había dejado de acordarse de él. De repente parecía que su amiga era patrimonio compartido entre Sofía, Luciano y, ahora sabía, Ana, aunque esta no hubiera admitido nada. Había algo oculto. Antes de irse del cuarto de Eloísa, le preguntó por el vestido y Ana comenzó a tartamudear.

En su correo, Luciano decía que quería verla para mostrarle «algo importante». Sofía contestó sin pensar: lo citó a lado del museo Tamayo, en una hora. Era apresurado, pero le quedaba bien. Después, iría a conocer a Aranda finalmente.

Mientras salía de su casa, sentía el bombeo veloz del corazón. Ahora, a su lado, sigue sintiendo esa electricidad. No sabe si es causa de la proximidad de su reunión con Aranda, o de la manera en que Luciano dice las cosas, como si le estuviera dando misa, como si pudiera, él sí, explicarlo todo.

Muy bonita la foto, pero ¿y qué?

Hastío.

Pues nada, sólo tú puedes explicarte si algo te dice esta foto. Como se ve que eres de esas muy antipo, quizás te dé igual, pero creo que en el fondo podrás encontrar algo interesante.

Luciano vuelve a explicar lo difícil que fue obtener una foto justo de ese cuadrante del Paseo de las Estatuas, que su asistente escarbó por horas en la colección de un tipo neurótico que guarda un archivo gigantesco, blah blah blah. Es un hecho, esa foto es real, y, según Luciano, en ella se ve la estatua desde cinco años antes de que Eloísa desapareciera.

¿Y cómo la puedes datar con exactitud?

Vas a tener que confiar en mí.

Sofía se enclaustra en sus pensamientos. ¿Y qué? La estatua no eres tú. Tú no eres la estatua. Es solo piedra. Eso ya lo sabía, ¿no? El rostro se torna acre de pronto. Recuerda que está frente a alguien y guarda el sabor amargo para sí mientras la incesante voz habla habla habla.

No tiene por qué estar peleada una cosa con otra, Sofi. O sea, una cosa es que tu amiga haya desaparecido en el 2011 y otra que esa estatua esté ahí desde antes. Es que ¿ves? Es lo que te decía. Yo vi esa estatua cuando era niño, de eso no dudo y tú tampoco deberías. Te confundiste y ya. Es normal, todos somos humanos y cometemos errores. Es otra persona, otra estatua.

Sofía no sabe qué decir, principalmente porque no entiende nada, ni si es cierto, ni si debería importarle, ni por qué ese hombre al que ha visto una vez está obsesionado por convencerla de algo. Entonces Luciano mastica en su boca alusiones al destino, a que *su Eloísa* está en el centro de un mapa que no tiene sentido, pero que lo tendrá. Sofía escapa de sus palabras e imagina pasados y futuros hasta que de pronto, de la nada, ve a Ana acercarse. A lo mejor alguien del museo le dijo que la podía encontrar ahí. La hipótesis se rompe cuando una mueca de sorpresa viste la cara de Ana.

¿Otra vez? ¿Qué, me estás siguiendo?

No, no, ¿cómo? ¿No vienes conmigo?

¿Y por qué vendría contigo?

¿Se conocen?

Luciano se une a la confusión.

Poco

dice Ana, en un tono hostil.

Soy su maestra

apresura Sofía.

Ya me voy, se me hace tarde.

Sale casi corriendo del lugar, como huyendo de un crimen, y ve de reojo las miradas inquisidoras.

***

Un departamento luminoso. La luz del foco blanco no es ideal, parece como de interrogatorio. Se para a apagarlo. Ahora toda la luz viene de una lámpara dc pie que despide un tono azulado. Ana se siente nerviosa, pasa las manos por su falda y se arrincona más en el sillón. Él no sabe qué hacer. Es difícil acercarse. No está seguro de cómo, ¿mejor esperar a que ella tome la iniciativa? Parece poco probable, ¿disimulando, poco a poco?, ¿ser directo y simplemente sentarse donde sus rodillas se rocen? Necesita una excusa. La encuentra sobre la mesa.

> Te gustan las plantas, ¿verdad? Quería enseñarte este libro, es muy viejo, como del siglo XIX, sobre plantas de la polinesia. Lo ilustró un chico que iba con el capitán Cook y resultó ser buen dibujante.

Ana nota la coincidencia de que esa historia la contó Embleton en una clase, de las últimas a las que fue. Pero no era igual. El capitán Cook, para empezar, era del siglo XVIII… o algo… Debería ir más seguido a clases. La verdad es que lo que dice Embleton sí es interesante y lo dice muy bien, pero, por algún motivo, le cuesta centrarse cuando está en la universidad, siempre la distraen los problemas de la vida real. No sirve para estudiante.

Ana no le contesta, toma el libro. Es muy bello. Los grabados son a color, y los detalles de las flores se ven acentuados por los contornos de las líneas oscuras. No entiende bien la letra, reproducida en la manuscrita original, pasa su dedo por encima, para ver si así capta mejor las palabras. De alguna manera, la caligrafía le recuerda a la de la chica del diario, es liviana y caótica a la vez. Piensa que quisiera ver el libro con más detalle. Siente a Luciano a su lado. Él señala con un dedo tembloroso una plumeria roja.

De estas hay varias en la ciudad. De hecho, si revisas el libro vas a reconocer muchas plantas que ves en la calle.

Sus dedos rozan el borde de la página para cambiarla y de paso tocan la mano de Ana.

Yo creo que no es coincidencia, sino más bien destino.

Su rodilla se acerca y un destello hace que ella dude entre dejarla ahí o moverla.

No por nada fuimos los primeros en todo el mundo en tener aquí

el milagro de las estatuas.

Ana lee su cuerpo, la bruma entre sus piernas y las de él. Un soplo bastaría para llevarlos a la cama. Siempre le resulta tan mecánico.

Te quitas la ropa, dejas que te toque el cuerpo, cierras los ojos, te echas, esperas que termine rápido, lo miras en su acto de animal en celo, gime, si no hay de otra gimes también tú para apurar el final, termina. A veces estás, pero seguido más bien te largas a otro sitio. A menos que haya amor, o sea que de verdad te guste el güey, entonces todo se pone difícil, el pinche cuerpo no responde, se pone bien rebelde cuando más lo necesitas.

Pero hoy no. Hoy Ana tiene miedo, pero un miedo distinto. Luciano es tierno, huele bien, y sus movimientos son delicados, como si quisiera cuidarse de romper algo, de romperla a ella. Se da cuenta de que la quiere tanto tanto. La suavidad dentro del cuerpo le revela que algo está moviéndose. Algo pasa adentro. Una nube tibia rodea el corazón, liviandad en el estómago, las manos encendidas y el pecho despierto. La cabeza le dice que huya, que corra hasta su casa, por las calles negras, hasta subir los escalones de dos en dos. Abrazar la almohada y leer el cuaderno, recordar cómo terminó la otra, como dedicó páginas y páginas a odiar. Recordarse a ella antes, con Pepe, con los otros. Sin embargo, no se mueve. Varada en el sillón. Lo único cierto es que no quiere irse.

Luciano mira hacia el frente, no sabe qué decir, bebe de su copa de agua y, al voltear a verla, tira un poco sobre su falda. Ella lo limpia con un dedo y luego regresa a replegarse a su esquina. Frustración. Se queda y hace algo, o se va de una vez.

Él se voltea un momento, respira y se dice que si estuviera borracho todo sería mucho más fácil. Ese reproche es la única constatación que necesitaba para hacerlo. No se va a dejar vencer. Pone una mejilla a un lado de la de Ana y, reclinado al frente, se encuentra con el beso que también ella le está ofreciendo.

Para Ana, ese momento es solo eso: un momento que puede habitar.

***

Es curioso cómo Miguel pierde el control de sus brazos cuando se enoja. Está tan molesto de que Aranda los haya plantado de nuevo, que se olvida de toda su necedad del hawaiano y prefiere un mexicanísimo

¡Este cabrón!

Ese es el Miguel que Sofía ama.

***

Una televisión prendida: en ella, un video de baja calidad retrata un grupo de mujeres que blanden mazos. Furia en sus ojos. Una de ellas, ancha, en pantalones deportivos, respira hondo y toma vuelo. Luego impacta con toda la potencia de sus 1.50 metros bien llevados la estatua que tiene adelante: el rostro de la chica de piedra cae contra el suelo y se despostilla. La mujer llora, las otras la abrazan. Se unen en un grito atronador

¡Por nuestras hijas, la verdad! ¡Queremos la verdad!

Las mujeres y sus mazos corren a otra estatua. Otra mujer alza el mazo, más temblorosa que la primera, cuando de frente llega un grupo de policías. El teléfono que graba la acción tiembla y se hace a un lado. Sigue grabando, pero ahora no enfoca claramente, se olvida a ratos de su objetivo. Encima de la acción, el cintillo del noticiero dice: Mazatlán: mujeres dañan patrimonio público.

Ana-la-madre apaga la televisión. Saca un papel y comienza a escribir la primera versión de una nota que reescribirá muchas veces:

«Ana si no vas a regresar a la casa al menos ven por tu mattang hija o dime donde te lo llevo. Ya se que dices que no crees en eso pero te prometo que si no te lo llevas luego lo vas a lamentar después. También te vuelvo a decir que puedes regresar cuando quieras ya no estoy enojada y tu cuarto siempre va a ser tuyo hija. Hemos tenido diferencias pero estoy segura de que todo lo podemos arreglar porque antes de todo soy tu mamá y tu mi única hija. Que las aguas del tiempo te sean propisias. Te quiero mucho hijita.»

***

En una de sus caminatas sin rumbo, los nuevos amantes ríen por calles azarosas hasta encontrarse en el centro, a pocos metros del Paseo de las Estatuas. Luciano se detiene, intenta dar la vuelta, pero Ana lo jala entre risas, con punk a todo volumen en su teléfono.

¿Qué te pasa, coyón?, ¿te dan miedo los muertitos?, ¿a poco sí crees que son personas?

Él se aguanta la ofensa y la sigue. Ana se lanza a una carrera entre las estatuas, como la primera vez que la encontró ahí. Luciano ve alejarse la silueta negra y la sigue. Por un segundo recuerda a Lameo y cómo lo extraña entonces. ¿Cuánto tiempo lleva sin ir al marae? Minutos después, se siente más libre que nunca, como si rompiera el cerrojo de una habitación prohibida que resulta no tener nada adentro. Juntos se burlan de tal o cual cara de piedra, que es más bien ridícula con su nariz ancha y demasiado cercana a los ojos o tan gorda que parece un balón. Se sientan entre ellas, se acuestan entre ellas, se besan y tocan los cuerpos.

Entre semana, el Paseo de las Estatuas muestra más su esencia: es un cementerio. Solo las flores marchitas y los recuerdos abandonados bajo los pies de roca dan color al lugar. La grisura entra por los ojos de Luciano y las estatuas le parecen por primera vez piedra sin memoria ni pasado. Luciano cuestiona su fe con seriedad, esa que lleva años profesando con diligencia, pero mucho más a raíz de que no bebe. Nunca se consideró a sí mismo un fanático y hay muchas cosas sobre las que tiene reparos. Sin embargo, la sensación de creer en algo está ahí; lo ha acompañado desde su infancia, desde el día en que fue por primera vez al Paseo de las Estatuas, ese momento a los diez años que es el más grande llamado a la divinidad que ha vivido.

Regresan a retozar entre las estatuas un par de días más esa semana. Son esos juegos de niños que hacen que la materialidad de las estatuas se haga demasiado patente como para negarla. El lugar se vuelve cada vez más familiar y menos sacro. Y además, si algo le brinda la sensación de estar completo, es ella; piensa en ese momento que no necesita otro dios además de Ana y que no va a dejar que nadie se la quite.

***

Se harta de leerla, de llorar sobre ella, de la furia que siente. Hace bola la nota que su madre le dejó con Lulú. Ese simple papelito bastó para arruinar la perfección de su mañana. Incluso el olor de Luciano, que venía cargando sobre la piel cuando llegó al restaurante, se evaporó cuando vio la letra jodida de su madre. La avienta lejos y sigue con las fotocopias manoseadas de la mesa. En las hojas, una acuarela de dos hombres, un polinesio y un inglés, que comercian con una langosta. Ana toma aire, está determinada a regresar a clases, aunque sea, se dice, para molestar a Emblenton. Relee algunos párrafos, intentando con todas sus fuerzas olvidar la nota, pero no puede. La frase de su madre irrumpe sin que pueda controlarlo: *hemos tenido nuestras diferencias… nuestras diferencias. Diferencias, le dice a ese hijo de puta y lo que me hizo una diferencia, y quiere… quiere que yo...* El cuerpo de Ana se siente de nuevo chicloso, el asco resuena en lugares que ayer eran placenteros. Ana toma su teléfono y empieza a mandar un mensaje de voz a Luciano. No quiere ver a nadie, tiene que, debe, es necesario, urgente, cancelar con alguna excusa. La que se le venga a la cabeza primero.

***

Ulani recargada en su hombro, con los ojos semicerrados. La música arrullando el aire. Solo falta que un atardecer ilumine el cuarto con notas rosadas para que la escena sea perfecta hasta el ridículo. Sofía besa a Ulani en la frente. Cómo la había extrañado.

Parece increíble pero así fue: tres horas atrás, Ulani entró por la puerta. No avisó que iba, tres toquidos la nombraron furiosa; con todo y el coraje de ella, a Sofía la emoción le revolvió el estómago en una tormenta gozosa. Ese era el momento con el que había estado fantaseando por semanas.

De entre todas las cosas que pudo haber elegido, Ulani le reclamó por ponerle diez. Lo que para Sofía era un regalo generoso, para Ulani era un acto condescendiente para lavar culpas. La explicación moría tan pronto como nacía. No se estaban entendiendo nada entre las espadas de los gritos y ya era absurdo seguir hablando en ese tono. Sofía la tomó por los hombros y la jaló contra sí con fuerza. Luego le dio un beso que se encontró con otra boca móvil de ansiedad, igualmente deseosa.

¿Por qué será que los besos que vienen después de una pelea, todavía salerosos, son los más conmovedores?

Sofía sintió el cuerpo deshacerse al toque de esos labios y notó que el de Ulani se desvanecía también. La saliva exploraba cada vez más rincones, las manos apretaban, y la ropa, como si supiera volar, comenzó a caer por toda la sala. Las cortinas abiertas no fueron impedimento para conquistar el sillón con todo y los papeles que ocupaban la mitad de este. De pronto, ya eran esa fuerza, mitad sensualidad, mitad cariño, que habían sido antes, aunque ahora, como cada vez es más frecuente, no se podía ignorar el refilón doloroso, como una cuchilla fina por la espalda. Había cierta furia en los movimientos, la forma de asir la piel y los cuellos, incluso en las mordidas que, de juguetonas, pasaron a ser de una dureza agradable, que andaba en cuerda floja sobre el dolor.

El teléfono de Sofía interrumpe el cuadro bucólico. Luciano. Se debate entre contestar o no, y al final no lo hace. De inmediato un mensaje:

«Tienes que parar.»

Sorpresa. ¿De qué habla?

«¿De qué?»

De nuevo la llamada. Esta vez contesta. La voz del otro lado del teléfono está cargada de filo.

Ana… deja de acosarla. Ya sé que fuiste a su casa. O controlas tus impulsos o seguramente en la universidad no les gustaría enterarse.

Las palabras le revuelven el estómago.

No sé de qué hablas.

Cuelga.

No entiende nada, ¿qué mierdas pasó? Ha hablado con Ana una sola vez, dos contando el intercambio de dos frases afuera del museo. No la ha buscado. Sofía siente una llaga comenzar a abrirse en su pecho, Ana debe haber dicho algo. Es una injusticia enorme. Y pensar que se sintió preocupada por ella cuando la vio con Luciano, tan mayor, incluso que quiso, por un momento, protegerla.

La mirada de Ulani la saca del ensimismamiento.

¿Quién es Ana?

Estabas escuchando…

Ajá, ¿entonces?

No pasa nada. El tipo está diciendo estupideces.

Ajá.

¿Quién
es
Ana?

¿Conociste a alguien mientras estábamos separadas, verdad?

Sofía se siente tan derrotada que no podría con una pelea más. Desde afuera, observa a su propia boca narrar los sucesos de hace dos semanas, pero luego se detiene cuando un impulso la quiere llevar más atrás, a hablar de Eloísa. Las pocas cosas que alcanza a decir hacen que Ulani suelte lágrimas de impotencia y amor. En el torbellino flotan imágenes de Eloísa y de estatuas, de desapariciones y de años de tristeza.

De repente, Sofía se da cuenta que lleva mucho tiempo hablando sin parar, sin que su interlocutora sea más que un espejo silencioso de su cara. Ulani la abraza y unta el bálsamo de sus manos por la espalda y los hombros de Sofía. Un ridículo rayo rosado limpia el cuarto desde la ventana.

Multitudinaria orgía arioi en un sótano

Redacción. 7 de marzo, 2020.

Sorprendió a la policía de la Ciudad de México encontrarse con decenas de hombres y mujeres desnudos dentro del sótano de un edificio en el Paseo de las Estatuas. El edificio, que está por lo demás abandonado, llamó la atención de una familia que venía de visitar a su petrificado. «Se nos hizo raro que hubiera luz ahí. Cuando nos acercamos también vimos que había música muy fuerte, como de tambores.» La familia, que desea permanecer anónima, llamó a la policía de inmediato y tuvo la mala fortuna de esperar hasta que esta llegara. Cuando abrieron la puerta, se encontraron con la arriba citada escena.

Los participantes del «evento» procedieron a tomar sus ropas y tratar de escapar vestidos a medias, pero los policías evitaron la fuga de los devotos, aunque un rato después dejaron ir a algunos, según afirman testigos. Se desconoce las identidades de los participantes y la policía impidió también las fotografías, por lo que se presume que había gente de importancia involucrada.

Las sectas arioi, que idolatran al dios Oro, son conocidas por sus estructuras cerradas y secretas. Ya en ocasiones anteriores las autoridades se han topado con orgías o ritos con tendencias sexuales claras.

Revista Muy Interesante, *en la mesa de centro de Teriki y Zeus. Se nota que esa página ha sido leída muchas veces. Lo que nadie podría discernir a simple vista, es que su lector número uno es Lameo.*

***

La vergüenza de tener que disculparse una vez más. El miedo de que él al final no la quiera de vuelta. Los silencios, lo que nunca podrá contarle. La certeza de que está rota y nunca podrá armarse del todo. La vergüenza con Sofía, por haber mentido sin entender muy bien por qué. Tiene filo, Ana corta. Todo eso mientras le sirve huevos motuleños a un montón de personas cuyo rostro ni ve, que borraría del universo si pudiera, para llegar a la mesa del fondo en la que siempre, incluido hoy, se sienta Luciano.

***

Necesita corroborar lo de la foto del centro que le mostró Luciano. Aunque aún siente un enorme escozor por Ana, no ha olvidado la imagen de la estatua, mucho tiempo antes de que Eloísa desapareciera, parada en el Paseo. ¿Sería un fotomontaje? ¿Luciano está tan obsesionado por tener la razón que estaría dispuesto a mentir descaradamente? No tiene sentido. En todo caso, perdió la oportunidad de averiguarlo.

Hace tres días Miguel la contactó con Ovidio, el coleccionista de fotos raras «más exquisito que se ha parado en México», según él. Le escribió que Sofía estaba trabajando en la retrospectiva de Aranda y que le habían contado que él tenía fotos inéditas; la idea era que la dejara hurgar un poco en su colección, donde ella podría encontrar algunas similares a las de Luciano.

Ovidio respondió en un lenguaje rebuscado y anacrónico: la atendería en su casa, en la colonia Tahití, para darle, con mucho gusto, unas fotos que «seguramente encontraría de interés».

Sofía va a su casa. Antes de tocar el timbre, nota cómo su cuerpo tintinea por los nervios ante la posibilidad de un hallazgo. La puerta se abre con un sonido de máquina mal aceitada y se encuentra sola en un recibidor. Después de un rato, comienza a ponerse nerviosa, no sabe si esperar ahí parada en lo que alguien baja o aventurarse a explorar. Se decide por lo segundo. Sus pisadas son el único sonido, que, acompasado, rompe el olor a humedad y vacío. La casona es toda blanca, con paredes altísimas, y cadáveres de plantas rodeando el recibidor en sus tumbas de barro cafés. Ve en el fondo de la sala una serie de fotografías enmarcadas en negro: imágenes de la ciudad, sí, pero antes de las estatuas. *Bueno, pues yo quería ver el Paseo como era en el pasado, y sin duda ya lo conseguí. Solo que se me pasó tantito la mano, unas cuantas décadas.* Arriba de las fotos enormes letras de metal forman una frase: «La fotografía es intuición varada en el tiempo.»

Camina, observa. Ya ha recorrido la pared completa, y sigue sola. De vez en cuando escucha algún rechinido, pero son solo esos sonidos que emanan de las cosas viejas, sin motor que los provoque. Se acuerda de las palabras que le dijo Miguel cuando le recomendó que hablara con Ovidio:

Es un freak, makalapua, algo inestable, pero por eso mismo más interesante. ¿Qué sería del mundo sin las personas fuera de la regla, que bailan su propia melodía, por así decirlo?

Entonces, lo que me estás diciendo es que está loco.

En absoluto. Más bien que tiene su propia forma de verdad. Solo no te desesperes, sol.

No me desespero, entonces.

Le manda un mensaje a Miguel:

«Ayuda. Estoy sola en el comedor de Ovidio. Llevo un ratote aquí y no sale. ¿Habrá muerto? ¿Qué se hace en estos casos?»

Mientras espera la respuesta, mira otra fotografía. Esta es más grande, ocupa una doble plana en la pared. El Paseo de las Estatuas visto desde arriba. No está segura desde dónde pudieron tomar esa foto, pero debe ser uno de los edificios decadentes que bordean la avenida. Alguien debió tomar un enorme riesgo para capturarla. Los cuerpos, como el ejército de terracota, arropan el espacio. Son tantas y tantas estatuas. Sofía siente un escalofrío, pocas veces las ha visto desde ese ángulo.

El teléfono vibra.

«Te dije que era raro, sol. A veces hace eso. Ve a la cocina, izquierda, adelante, seguro ahí te dejó un sobre.»

Sigue los pasos y encuentra ahí, en efecto, un sobre manila. Está sellado ¡con cera!

¿Ay, Ovidio, en qué siglo estamos?

Lo abre para darle una ojeada. Sin sacar las fotos por completo, se cerciora de su contenido. Decepcionante. Todas son fotos de Aranda, de muchos momentos de su vida. Como es de esperarse, nada del centro ni de las estatuas.

«Aquí solo hay fotos de Aranda, ni modo que me ponga a buscar más por ahí, yo sola.»

«Típico de él. Me dijo que te abriría la puerta, pero al final es tan celoso, que seguro se echó para atrás. Lo siento.»

«Ni modo.»

«¿Para qué me dijiste que quieres las fotos?»

Sofía guarda el teléfono. Todo por querer jugarle a la espía encubierta y buscar a la hora de la hora lo que necesita en realidad. Cuando le dijo que fuera a su casa, Sofía se imaginó que podrían conversar en persona y que sacar el tema de las estatuas una vez allí sería fácil. Ahora el plan está arruinado y se quedará con la misma duda con la que entró. Da un último vistazo a la sala y a lo que alcanza a ver de las escaleras y se imagina que a lo mejor todo este tiempo ha sido observada por un par de ojos inquisidores, como en una película de terror. Pero nadie mira desde arriba de la escalera y las fotografías no parecen tener esos ojos móviles que el cine nos ha incrustado en el cerebro como los máximos traídores de un visitante en una casa ¿vacía? Abraza el sobre manila y se decide a irse.

Algo la detiene antes de salir por la puerta. Arriba de la entrada, una foto pequeña, casi invisible desde ahí. Sofía toma una silla medio coja del otro extremo del cuarto, la arrima a la pared y se sube en precario equilibrio. Desde ahí, ya más cerca, puede ver con claridad. Las estatuas con muchos paseantes a su alrededor, gente normal que mira el milagro de la Aparición. Año 2000. Sofía se da cuenta de que es una foto histórica, de los días siguientes al evento, cuando el Paseo se transformó en la gravedad del centro de la Tierra y todo el mundo, los padres de Sofía incluídos, fueron a verlo. A ella no la quisieron llevar, temiendo, decían, que hubiera algo ahí que asustara a la niña de 12 años, y seguro era además un gran timo, había que sacarse esa tontería de la cabeza. Sofía siente de nuevo el deseo infantil que fue aplastado por las negativas de su madre. Cómo se quedó todo el día esperándolos, imaginando mil historias de lo que verían y ella no. Armó, recuerda ruborizada, su propio ejército de estatuas con rollos de papel de baño, que formó por toda la sala, con sus rostros dibujados en plumón. Un recuerdo al que no va seguido, que la hace sentir profundamente incómoda. Para evadir las emociones que le reblandecen el pecho, se pone a rastrear una estatua en concreto en la foto. Deja a un lado a los paseantes.

Ante sus ojos, el Paseo. En el paseo, las estatuas. Enfrente de ellas, el vacío. El vacío donde después habría una Eloísa. Otra cosa: unas cuantas estatuas atrás, Sofía ve a un niño rubio, como de diez años, dando la espalda a la cámara. Muy bien podría ser Luciano. Aunque muy bien podría ser cualquier otro niño. Sofía piensa en desmontar la foto, quizás llevársela. Lo estima un momento y al final baja de la silla. Robar así sobrepasa todos los límites de su decoro y no la alcanzaría de todas maneras. O eso se dice. Le basta con lo que ha visto. Luciano no tiene razón.

Tres horas más tarde, con el sobre manila aún intacto sobre la mesa, indaga para entender si lo que encontró en casa de Ovidio es un hallazgo o más de lo mismo. Algo le pica de haber visto esa foto. ¿O es el recuerdo de esa niña que quería creer y no la dejaron? Vuelve a la nada, al maldito inicio de todo, pero ahora una intuición la hace querer mirar a otro lado, como si pudiera sentir cosas que nunca había sentido antes.

Como por un acto reflejo, busca una foto de Eloísa de las que están pegadas en su nuevo pizarrón de búsqueda. Toma una en la que solo salen las caras de ambas, vistas desde arriba. Están acostadas en el pasto de la universidad. Sofía recuerda que el cabello de Eloísa se alzó y dejó al descubierto un moretón verdoso que cubría la parte baja de su mentón. Iba a preguntarle de dónde había salido, cuando notó que este se unía con una línea blanca y queloide, cicatriz vieja. La unión de golpes la desconcertó. Eloísa notó que la miraba y puso su cabello de vuelta en la zona. La explicación vino: le gustaba andar en bicicleta cuando era adolescente; dibujaba en el aire curvas intrépidas y luego holanes amortiguados por la tierra. Un día, se cayó y perdió el conocimiento un par de segundos. Cuando despertó, la sangre nublaba su vista. Al tocar su rostro, se dio cuenta de que algo no andaba bien. Podía sentirse debajo de la piel, tejidos que nunca antes había tocado. La barbilla tenía un corte gigantesco y profundo. La cosieron, pero la cicatriz se instaló en su piel morena.

¿Y el moretón?

preguntó Sofía.

Fue la bici.

Señal de no más preguntas.

Ese día acompañó a Eloísa a su casa, ella le tenía un regalo. Subieron la larga fila de escaleras y, al abrir la puerta, las recibió un nuevo cuadro. Era el mismo que ahora colgaba del baño de Sofía. Mientras se lo ponía en las manos, Eloísa hizo una pausa, como si le quisiera decir algo, pero no pudiera. ¿O eso se imaginaba desde el presente? Al final solo lo dejó entre sus manos y le dio un abrazo. Sofía guardó el marco y salió casi corriendo de ahí. Cuando llegó a casa, no supo qué hacer con él ni qué hacer consigo misma. Derramó lágrimas frente a un espejo, entre acusaciones de toda índole. A la distancia, sus arranques le parecen tan pueriles. *¿Pues cómo iban a ser si tenía 22 años?* Hoy Sofía se siente dispuesta a abrazar a esa niña solitaria que jugaba con su ejército de rollos de papel y a esa chica de veintidós años descubriendo el amor de la peor manera posible: a medias. Se promete en adelante creerse más, ser un poco más suave consigo misma, aunque sepa que será difícil. Camina al baño y ve un momento el cuadrito, en apariencia tan carente de significado. Se le figura un imán que la jala a otro tiempo. Un tiempo que no sabe cómo volver a tomar entre las manos.

***

Un día, mientras juegan en una zona más alejada de lo normal, casi enfrente del palacio blanco, Luciano da una vuelta sin mucho pensar, y termina rostro a rostro con la estatua conocida. De repente vuelve a ser un niño de diez años, de la mano de su débil madre viendo hacia arriba la cara marmórea de la que en ese momento le pareció la mujer más bella. Luciano tiembla ante el recuerdo y los ojos se enganchan de nuevo a los de la estatua. Antes de Ana, jamás pasó por su cabeza que esas moles frías pudieran ser solo objetos. Fue una tontería siquiera pensarlo, aunque fuera por días, aunque fuera por minutos. La Eloísa de piedra lo mira y el mundo da vueltas a su alrededor. Le suplica con la mirada que reviva su fe y ella responde con un silencio contundente.

«El momento en que me di cuenta de que no había vuelta atrás fue cuando sentí algo raro en la mano derecha, un entumecimiento. Luego vino la rigidez de la mitad de la cara, que, como le dije, intenté gritar y no pude.» Esta es parte de la declaración de Heriberto López ante la pregunta de cómo se siente volverse una estatua. «Fue ahí cuando dije, no, yo no me quiero hacer piedra. Luego me enfoqué mucho, con todas mis fuerzas, en no petrificarme.» Heriberto pertenece al grupo de personas cuyos testimonios se recolectan en el nuevo libro de Marco Polo Serratos, *Escrito en Piedra: testimonios cercanos a la inmortalidad,* que será presentado este domingo en la librería James Cook, en la colonia Tahití.

Sofía arranca el flyer, pegado en el corcho de notificaciones del Instituto.

***

Esa noche sueña con ella. En su sueño, la estatua no tiene blusa. Sus pechos grises brillan y Luciano los toca como si los conociera desde siempre. Son tibios y respiran en olas vaporosas. Todo a su alrededor se adormece en ese vaivén sagrado. Luciano besa los labios pétreos y la estatua es ya Iris, el beso se transforma en sus cuerpos unidos y los gemidos de ella. Despierta a la noche fría y la soledad de su cuarto, las sábanas manchadas de semen. Ha pasado, de nuevo, al ver a Iris en sueños; ella es el conjuro que lo hace descontrolarse.

***

Cierra la puerta. Desde que Ulani llegó, Sofía ha pasado por todo el arcoíris de sentimientos: tristeza, claustrofobia, felicidad desbordada, optimismo, pesimismo, paz… La chica no se ha ido en una semana entera, su ropa llena ya dos cajones y el orden de los trastes es distinto. Sofía se está acostumbrando. Al fin y al cabo, hay momento de luz, como cuando Ulani trajo un regalo «para su inauguración», unos aretes verdes, flores preciosas; aunque luego esos mismos momentos se tornen terroríficos, como cuando dijo que los aretes son del mismo tono del vestido que ella misma llevará al evento, para que combinen las dos. Tanta presión. Hoy, la balanza está definitivamente inclinada hacia una sensación de falta de aire.

Sofía había esperado esa noche de soledad toda la semana. Planeaba ver finalmente las fotos del sobre manila que no ha abierto desde el día que fue a casa de Ovidio, pensar un rato, e incluso, secundariamente, llegar a alguna maldita conclusión de cómo es que estaba en el punto en el que estaba. Apenas llevaba media hora en eso, cuando Ulani lo interrumpió todo. Quería ir al cine, salir a dar una vuelta, aunque sabe que a ella no le encanta que estén juntas en público, que siente las miradas de la gente. Quizá estén ahí, quizá no, pero ella las siente.

Parezco tu mamá o tu tía hippie que usa huipiles.

Pareces mi novia hermosa que usa huipiles, que es lo que eres.

Sofía no cedió, necesitaba su tiempo de vuelta. Reafirmar su libertad. Ahora, una tensión pegajosa llenaba el aire del departamento y cada una está en su esquina.

Sofía suspira sentada en el escritorio de madera oscura. Toma una pastilla de kava y se la pasa con refresco; luego piensa un segundo y toma otra.

Está haciendo que su cerebro se vuelva esquizofrénico: la dosis de azúcar y el kava van a echarse un buen round para decidir si está relajada o estresada. Ha tomado dosis de kava cada vez más frecuentes desde hace meses. Una de las consecuencias afortunadas de la cosa polinesia. Mejor que un antidepresivo y solo vagamente perjudicial. Y sí que necesita algo que la relaje.

Abre la pantalla de la computadora y se encuentra con la respuesta de Ovidio a un correo que mandó horas atrás. En él, le decía que quiere su apoyo para un proyecto paralelo al de Aranda.

> «Dispensará usted, querida señora, pero me iré a un viaje del espíritu. Uno que a mí me gusta llamar "capullo" y que demanda la más absoluta reclusión. El proyecto que usted presenta puede realizarse, sí, pero solo después de que el proceso se complete. Le ruego que no se ofenda si demoro en responder de nueva cuenta. Mi cuerpo me exige que adelante el periodo de retiro».

Sofía le escribe a Miguel.

«¿De qué psiquiátrico sacaste a Ovidio? Me acaba de decir que no puede atenderme porque va a entrar a un capullo...»

Contesta, sin muchas esperanzas, el correo. Toma el sobre que le dio en su última visita. No ha tenido tiempo o ganas de revisar bien el contenido. Escucha el teléfono timbrar.

«Te fue advertido. Si te dijo que se va al capullo, no hay nada que hacer».

Sofía deja el teléfono boca abajo y va al sobre, pero no llega a abrirlo porque, entre todo el papelero que cubre el escritorio, se distrae con el flyer que arrancó en el instituto de un zarpazo irreflexivo. La presentación del libro de Serratos es en una hora. Si sale ya, puede llegar lo suficientemente tarde para evadir al autor.

Cruza hacia la puerta en silencio para que Ulani no la escuche.

«Las lágrimas que fueron suaves y cristalinas son ahora protuberancias opacas en las mejillas de la estatua», reza una frase en la página al azar en la que abrió el libro, y a ella las rimas internas la complacen mucho: Serratos nunca ha sabido escribir dignamente. Deja el ejemplar de vuelta en la pila y mira a lo lejos, hacia una aglomeración de personas al centro del lugar. Tal como calculó, la presentación está terminando. La librería James Cook está rebosante de lectores y de simpes curiosos que vinieron a ver el show de charlatanes que hablan sobre petrificaciones imaginarias. Al menos así lo piensa Sofía que, ante todo, no quiere que Serratos la vea, y, ya ahí, hace todo por esconderse detrás de la masa que ahora empieza a pararse de sus asientos. En una mesa arriba de un templete, el investigador habla con Magda, la bibliotecaria del Instituto. A su lado, un hombre y una mujer se levantan de sus sillas de ponentes. Sofía lee el gafete del señor, un bigotón que debe rondar los cincuenta años. Es Heriberto López. Bingo. Ahora que lo ha identificado, pretende esperarlo afuera, rogando que no salga con Serratos y toda oportunidad muera antes de haber nacido. Empieza a dudar, ¿qué hace ahí? Gran estupidez.

Pero el destino (qué ironía) le sonríe y el hombre se adelanta al baño que está muy al fondo de la librería, en un área tan lejana al escenario que no tendrá que preocuparse de ser vista. Lo sigue a unos pasos. *Estoy acechando a alguien, ¿en qué me he convertido?*, se dice con el corazón brincándole del pecho.

Sofía espera afuera del baño frotando sus manos como si quisiera prenderles fuego. Heriberto sale y ella lo ataja de pronto.

Perdón, ¿Heriberto?

Rostro de sorpresa,

Soy Sofía Emblenton, compañera de Marco Polo. ¿Podría preguntarle algo?

Dígame.

Eso que dice en el libro, de cómo poco a poco se sintió de piedra y...

Duda, ¿qué está haciendo? El hombre la mira con rostro amable, no hay necesidad de joderlo.

¿Sí?

Lo que quiero decir, y espero de verdad no ofenderlo, es si lo de la petrificación es una... forma de nombrar que se sentía atrapado o si de veras...

Disculpéme, no sé lo que estoy diciendo.

El hombre la ve con una mirada llena de paz.

Mire, señora, ¿qué le digo?, no es ni la primera ni la última en preguntarme eso. El mundo está lleno de escépticos. Sería una estupidez de mi parte ir por ahí tratando de convecencerlos a todos. Para eso ya están ustedes que nomás su lado de la existencia ven. A mí me habla la milenaria experiencia y solo a ella escucho.

Pero... entonces... es que mire, esto es muy personal para mí.

Heriberto se empieza a abrir la camisa para su desconcierto. Luego le muestra que en la parte superior izquierda hay algo duro y gris, parecido a una costra. ¿Piedra? La parte de piedra borra a la mitad una cicatriz que atraviesa el resto del pecho.

Nunca he vuelto a ser el mismo, pero sí alguien mejor. Querer parar el tiempo, ver la vida como un barril sin fondo, eso no es vivir.

Toca su pecho duro con las uñas, hace el ruido sordo de un puño al golpear el marmol.

Aquí, con esto, me acuerdo de que ya me iba a poner la corona de la eternidad, pero me regresé a tiempo.

Gracias, ya no lo molesto más.

Pero lea el libro de su compadre, no sea floja, ahí dice todo.

Sofía se traga el ¿insulto? y asiente.

Con un pie ya afuera de la librería, recula y vuelve hacia atrás. Va por el libro. Mientras lo paga, sin que ella se dé cuenta, Serratos la mira a lo lejos y sonríe.

***

El departamento se llena de luz desde el amanecer. Olvidaron cerrar las cortinas del cuarto y el calor es insoportable desde las ocho. Los dos cuerpos en la cama. Entre sueños, Ana se acomoda en los brazos de Luciano. Abrazo cálido y volver a dormir, es su día libre en el restaurante. Pero de pronto hay algo que no cuadra: una mano. Primero, clavículas y cuello. La mano traidora recorre los pechos de Ana, aprieta los pezones. Ella se sacude, cada vez más despierta, y la mano sigue. Baja por su vientre, explora. Insiste. La piel se ofende. No. No. No. Su cuerpo de nuevo no es suyo, de nuevo es una pasa seca, una herida sin costra que las manos de Luciano frotan en carne viva. Ana aprieta los muslos, aprieta la vagina lista para defenderse, aprieta los brazos, pero no se mueve de su postura. Solo sus músculos como varas parecen defenderla y hacer contrapeso a la cabeza que no activa movimientos. Siente la violencia física del repudio llenarla. Él no lo nota, sigue tocándola. Le besa la nuca, arrima las caderas coronadas por su erección. ¿O quizá sí lo nota y solo espera a que ceda? Como todos. Ana quiere irse en ese instante. Teletransportarse a su propio cuarto. Cerrar la puerta con llave y repetir *azul* mil veces hasta que su respiración vuelva a ser normal. Se empuja a sí misma fuera de la cama, como un conejo que se hacía el muerto y ahora emprende la huida. Se pone a medias el brasier, se mete la camiseta volteada, los pantalones solo unidos por el botón, con el cierre abajo.

No contesta las preguntas cada vez más desesperadas, toma sus cosas, deja la puerta abierta al salir y corre sin parar la media hora de pasos que la separan de su refugio. Claxonazos y peatones se desvanecen, su propia respiración se desvanece también. Las escaleras no están ahí, solo una cama, que la espera tras la puerta y el cerrojo.

Moiras

Con frecuencia la gente se pregunta:

¿Estoy leyendo bien mi mattang?

Si tú eres uno de ellos, esperamos brindarte algunas respuestas. Partamos de la siguiente pregunta: ¿por qué, aunque leo mi mattang, las cosas no me salen como deberían? El meollo del asunto es que las personas que están obsesionadas con saber cada detalle de su destino actúan más erráticamente que quienes se saben relajar. La clave está ahí. Si te obsesionas con las minucias, cada paso te va a costar, por la posibilidad de que ese paso sea equivocado. Es esencial dejar ir. No seas como esas personas que no quieren cometer falta alguna. Ellos incurren en una paradoja, ya que, si el destino es todo lo que hay para cada uno, nada que hagas puede estar fuera del plan. Hay que entender el destino como los griegos. Muchas veces se habla de las tres Parcas, Cloto, Láquesis y Átropos, pero se mencionan a la ligera y sin entender bien su función. Las Parcas se llaman en griego Moirai, que viene de *moira*, que significa simplemente «porción». Lo que las parcas te dan es un pedazo del gran esquema humano de la existencia, o sea, un bosquejo de la finalidad de nuestra vida. Los que entienden su mapa como una biografía exacta no ven que se trata de llegar a una meta y no de cada paso a lo largo de la carrera.

Edipo fue castigado porque tuvo el vaticinio ante los ojos e intentó escapar de él. Su destino era el que era y no importaba qué pasara, llegaría a él. La diferencia es que, en su afán de evitarlo, terminó con la vida de un pueblo entero, que lo había acogido como soberano.

Si no intentas escapar de tu destino como objeto final, no existe en la vida la posibilidad del error.

En la marae Ori Moiras creemos en una vida libre de miedos, enfocada en el presente y en entender esa porción que nos toca del esquema humano. Queremos que todos nuestros miembros desarrollen al máximo su potencial y exploren su mar de vida llenos de esperanza. Contamos con un Whareniu para reuniones y actividades, y con demostraciones y cursos de baile hawaiano.

Propaganda tirada en el suelo, llena de marcas de zapato, afuera de la refaccionaria Maui.

***

Media botella de vino después, Sofía cierra el libro. Le encantaría pensar que en ese lapso lo ha leído completo o que al menos ha avanzado sustancialmente, pero no fue así. Se frenó una y otra vez, y entre todos esos testimonios de gente que *intentó escapar de su destino* y *casi termina petrificada,* sintió una profunda incomodidad que la expulsó una y otra vez del texto. Eran, por desgracia para

Sofía, muy persuasivos. Casi irrefutables. Una foto en particular, la de una chica muy joven, de ojos grandes y brillosos, la conmovió hasta las lágrimas. La niña se había peleado con su novio, que seguro era un patán, o al menos eso pensaba Sofía, sin pruebas, pero tampoco dudas. Triste y sin poder contarle a su familia de la pelea porque era un amor prohibido con un hombre mayor, la chica escapó y vivió cosas horribles en el momento que se quedó sola en la calle, incluyendo un abuso sexual perpetrado por una mujer que prometió ayudarla. Sin poder confiar en nadie, en el punto más bajo de su vergüenza, caminó al centro histórico y ahí, sin nada encima más que su miseria, se decidió a terminar sus navegares. Hasta ahí leyó Sofía, porque la foto de la mano de la joven se robó toda su atención. Le faltaba una falange en el anular derecho, que era, decía el pie de foto, donde se había roto un fragmento de piedra. No pudo más. *¿Eso te pasó a ti, Eloísa? ¿Te rompiste tanto por dentro que mejor quisiste pararlo todo?*

Abre el cuaderno y escribe unas pocas líneas, en puntos:

1. Emilio existe, Emilio fue asesinado y tuvo estatua a la vez.
2. Estas personas existen también y casi fueron estatuas. (Algo no cuadra y no sé cómo acomodar las cosas cuando no cuadran.)
3. A lo mejor Heriberto tenía razón de decirme que nada más veo mi lado de la existencia.
4. ¿Si ya hasta voy a creer que tu estatua eres tú, qué más da creer también en las corazonadas?

Mira lo que escribió y niega con la cabeza. Dudas, está dudando de lo indudable. *Me urge meterme yo también a un capullo.* Sofía mira sus notas, le parecen tontísimas, pero a la vez iluminadas. *¿Estoy mal, Eloísa?* Hay algo muy liberador en poder dudar de sí misma de vez en cuando y para celebrar ese pequeño hallazgo, se echa otro trago de vino directo de la botella. Todo se le desvanece un poco en el aire.

El día está gris. El aire helado danza entre las estatuas y aúlla el ritmo de una música discreta. Sofía se abraza a sí misma y hace calor con las palmas de sus manos.

Dos semanas sin vernos, querida Eloísa y encima estoy un poco borracha. Quería venir desde hace días, pero eso de andar buscándote quita mucho tiempo. En fin, lo que importa es que ya estoy aquí, otra vez contigo, y que la lluvia no caerá, como parecía hace un rato, pero qué frío más terrible hace. Había extrañado este hábito que ya es como terapia. Confesarle cosas a una roca, y en voz alta, nunca estuvo en mi plan de vida, pero subestimé el poder catártico de ser escuchada sin que te juzguen. Quizá tienes el mismo don que la piedra de Blarney.

Sofía comienza a dar brincos alrededor de la estatua. Mira alrededor para cerciorarse de que no hay nadie cerca y hace unas cuantas sentadillas.

La gente la besa por millares, aunque esté tremendamente asquerosa de tanta saliva, porque cuenta la leyenda (o la mercadotecnia de los dueños del castillo irlandés que la alberga) que te da elocuencia hacerlo. Yo también quisiera besarte, pero ahora me vienen serias dudas sobre el consentimiento, o falta de, que implica besar a una petrificada.

Creo que con esto ya puedes adivinar la pregunta que te traigo hoy, la más importante de todas. Por favor, no me dejes sola en esto. ¿Estás allí? Necesito saberlo, no te voy a culpar ni a juzgar si así es. ¿La tristeza y el aislamiento te trajeron a este sitio?

Dime, querida roca de Blarney, ¿si te beso estaré besando roca o a una mujer vuelta piedra?

Sofía espera la respuesta de la roca con sus labios morados de vino y frío, el viento ulula a su alrededor.

Sería maravilloso que me contestaras algo. Lo que sea. ¿De dónde salen todas esas historias en las que el prodigio llega justo en el momento necesario? ¿Cómo es que no hay una paloma cruzando el cielo o una voz de niño viene del vacío indicándome un norte? Nada de nada, solo tú inmóvil.

Le duelen las piernas de tan helado, necesita guardar calor. Se sienta con cuidado.

Desde esta perspectiva, las copas de los árboles parecen peluquines puestos en las estatuas de allá atrás. Estoy segura de que te hubieras reído mucho de eso. Y tú te ves mucho más alta, casi como Ana cuando usaba tu vestido. Y otra cosa...

¿Qué es?

¿Qué es?

Tu barbilla.

La cicatriz.

Sofía se para de un brinco doloroso y acerca la mano a la estatua. Se detiene un segundo, en lo que se rompe, como cada vez, la sensación de profanar un cuerpo ajeno. La reconforta el frío de la piedra. Acaricia la barbilla, suave, con cariño. La piedra es lisa.

No hay cicatriz, y eso, querida Eloísa, significa que este cuerpo, o este no-cuerpo, no cayó de una bicicleta cuando era adolescente. ¿Por qué lloro? Al menos las lágrimas están calientes, lo más tibio que sentiré aquí.

Tú no eres tú no eres tú. Esa misma verdad, a la vez calmante y perturbadora, encuentra siempre la manera de aparecer cuando es necesaria. La estatua no eres tú. La estatua es nada más una excusa para no buscarte.

***

Mientras entrega sus papeles a Lore, mientras revisa los informes que le entregó, cada segundo de ese día, Luciano no sabe cómo deshacerse de la sensación de que algo horrible ha pasado, como aquella vez que reprobó matemáticas y era solo cuestión de minutos para que sus papás se enteraran, como aquel día luego de lo de Iris. Sus manos recorren expedientes y su mente minutos. ¿Qué falló? La noche había sido tan dulce y, de repente, de la nada, Ana sale corriendo. ¿Qué hizo mal? Pero si él no hizo algo distinto, solo más de lo mismo que llevan unos días haciendo con regocijo común. ¿Qué pasa? No logra trabajar, su cerebro está enganchado en la imagen de Ana azotando la puerta, el rostro que alcanzó a ver de refilón en el espejo, rostro de horror, de miedo. Su mano derecha tiembla, esa señal sutil que le susurra *tómate una copa, solo una.* Busca en el cajón pastillas de kava, se come una, desespera porque no le hace gran cosa, y el susurro inclemente no deja de parpadear en su oído. *Solo una.* Luciano camina por el cuarto, mira los mattangs de la pared y respira. El expediente abierto lo mira salir por la puerta con una premura anómala en él.

En caminata decidida transcurren las cuadras hasta el Paseo, y la búsqueda casi ciega al lugar de llegada. A lo lejos, Sofía llora frente a la estatua. Luciano no quiere que lo vea, no podría con un encuentro con esa mujer antipática en el estado en que está. Espera en el aire gélido. Se da cuenta de que salió sin su saco por el tirón de sus músculos. Espera, espera y casi desespera. Sofía se va finalmente.

Eloísa lo mira a los ojos al fin, bálsamo bendito. Le susurra que todo va a estar bien, que lo que sea de Ana será. Nadie es tan perfecta, al fin y al cabo, como la mujer de piedra que tiene enfrente, y eso nada se lo quita. Y sin embargo, esta vez ese pensamiento no lo llena.

***

A ver, ¿quién está más pendejo, él o yo? Se me hace que yo porque era obvio que no me estaba tratando así de bien por mi buen corazón y grandes sentimientos, porque pues no tengo, sino porque quería cogerme como el pendejo de Rodolfo o el pendejo de Pepe, que al menos preguntaba pero también era bien mierdoso, y no sé cómo pude creer que era por mi arte y no por mis nalgas, y todavía tuvo el pinche descaro de decirme que dibujo hermoso y que debo dedicarme a eso, y que amó el dibujo que le di y me dio el libro ese del siglo XVIII de cuando nos conocimos.

Ana camina por el cuarto, se acerca a la pared y se para frente a una de las acuarelas, un tulipán rojo, diseccionado en varias partes. Lo jala, el diurex truena, y se lleva un pedazo de la hoja. Rompe el dibujo y avienta los fragmentos al suelo.

Si le dibujé pura porquería de florecita y media, que se me hace acabó en el bote de basura o arrugándose en el portafolio ese que lleva siempre como el señorcito todo caguengue que es, y además obviamente las mil horas que me tardé haciéndola, cómo me pasé viendo las flores rojas del flamboyán y estudiando sus partes y los tonos y las pruebas que terminaron hechas bolas en el suelo, nada de eso le importa a él, estoy bien pendeja y por eso me pasan las cosas, yo las provoco, yo me traigo a mi misma este desmadre. Y ahora qué voy a hacer cuando me lo encuentre en el restaurante, o a lo mejor tiene tantita madre y deja de ir tres veces por semana como lo ha hecho este mes y entonces ya no tengo que atenderlo, pero qué tal que no y que nadie me quiere cambiar la mesa y que no me controlo y que me quedo sin trabajo y que me quedo sin casa y todo por la pendejada de confiar.

La ciudad palimpsesto acaba de añadir una capa más a las muchas sobre las que está construida. Entre ruinas prehispánicas y edificios coloniales que perdieron la batalla contra el tiempo para ser sepultados por edificios modernos que luego sucumbirían ante terremotos, la ciudad demuestra su vocación camaleónica. Ahora, la estación del Sistema de Transporte Colectivo Metro llamada Etiopía pierde su nombre para dar la bienvenida a una nueva era. En los años cincuenta, el último emperador de Etiopía, Haile Selassie I, inauguró una glorieta con el nombre de su país, a razón del agradecimiento por el apoyo que México brindó cuando la nación africana fue reclamada por Mussolini durante la Segunda Guerra Mundial. En este mes de abril, tanto la plaza como la estación serán renombradas Kon-Tiki, en honor a la barca que el noruego Thor Heyerdahl construyó en 1947 para cruzar el océano Pacífico desde Perú hasta la Polinesia. Tomado como un loco en su época, el aventurero que los pueblos prehispánicos del Perú navegaron hasta la Polinesia e iniciaron una colonización que llevó el camote al otro lado del mundo y a los pobladores de América a Oceanía. La alcaldesa Ordóñez inaugurará este miércoles el monumento que replica la balsa de Heyerdahl y develará las nuevas placas de la estación del metro.

Zeus lee la nota en su laptop y no se alegra. Otro monumento a un hombre blanco. Mejor deberían hacer una estatua a las mahus anónimas que los europeos masacraron en su afán de imponer la moral puritana de los conquistadores. Todo esto murmura a Teriki, quien lo mira un tanto harta, aunque esté, por principio, de acuerdo con lo que dice. Todo el mundo tiene límites y el amor a Thor Heyendahl es el suyo.

***

En el fondo suena música electrónica a todo volumen. Las voces luchan por alzarse por arriba del ruido. Luciano, sentado solo, mira la pista, donde una pareja baila abrazada, los cuerpos juntos. No deja de revisar el teléfono, aún tiene la esperanza de que Ana llegue. No contestó su mensaje, pero qué más da. Así es ella. Puede llegar, lo sabe.

Media hora después, la espera se vuelca en enojo. Comienza a mandarle un mensaje. Minutos, segundos, no contesta. Lo borra. Manda otro. No contesta. Lo borra. Manda otro. Y otro.

***

Da la vuelta a la página, al cuaderno en el que ha estado juntando sus notas de la investigación de Aranda, esa que empezó como un trabajo cualquiera y ahora ya no sabe qué es. Por algún lado tiene que seguir su búsqueda y su conspiranoia del pasado es un ¿buen? punto de partida.

¿Este es el libro de una loca? Seguro si alguien lo ve, pensaría justo eso, entre esquemas, ficciones, fotos y rayas que los relacionan. Sofía recuerda que no ha abierto el sobre que le, digamos, *dio* Ovidio.

Botella de vino en mano, va al estudio. De camino, escucha que Ulani tiene prendida la televisión en su cuarto, está cantando bajito las letras de Samoa al ritmo de un concierto en vivo. Cree incluso escuchar que Ulani baila. Cómo odia a Samoa, pop meloso e insoportable. Pero qué vieja está, caray, ya no entiende los gustos de los jóvenes. Sofía libera las fotos de su prisión manila, las despliega en el escritorio, encima de los muchos papeles que ya servían de mantel. Cierra los ojos y se lanza a *intuicionar.* Así lo piensa, con esa palabra inexistente, y ríe un poco antes de volver a abrirlos. *A ver*, intuicionamiento, *no me falles.* Mueve los brazos como si leyera una ouija que la lleva a parar sobre una foto. Es otra de El Espectro, pero no es eso lo que más llama su atención. Atrás de Aranda están parados dos chicos, uno de pelo chino y esponjado, muy alto; y otro de ojos diminutos bajo unos lentes muy grandes para su rostro. Un recuerdo. Eloísa y ella fueron esa noche porque vieron anunciado que dos poetas venezolanos recitarían, y al final casi no pudieron contener la risa al escuchar sus versos cursis y de galán despechado. Sofía los recuerda lo suficientemente bien a pesar del tiempo. Fue el tema de conversación que sostuvo su caminata a casa de Eloísa. Aranda no parece estar conviviendo con ellos, pero está parado ahí, en la misma sala. Siente un escalofrío al pensar que estuvo en el mismo cuarto que él. Así que al final sí se conocen, aunque Aranda haya hecho todo por no verla en el presente.

¿Qué estoy pensando?... aceptémoslo, tenías una debilidad por los tipos como él.

Disecciona esa noche, intenta sacarle jugo a cada detalle. Luego de la caminata, se quedaron en el cuarto de Eloísa un rato. Fue uno de los momentos más bellos que tuvieron juntas. Estaban cansadas de tanto reirse de los poetas, casi en un estado de ebriedad por la dosis de dopamina que les regalaron sus pésimos versos. Se acostaron en su cama, con la lámpara que proyectaba figuras tenues en el techo y las paredes blancas.

Sentí que al fin estábamos totalmente cómodas en el mismo cuarto, ya sin esa pastosidad de las primeras veces en las que la intimidad de un sitio hace que el aire se llene de tensiones. Nuestras manos se tocaron y me pareció que irradiaban cariño. Una cercanía tierna. Ese día me di cuenta de que te quería muchísimo. Quise decírtelo, pero me detuve a tiempo. No sé qué hubieras pensado. Nunca te gustó hablar de amor.

Creo que luego de eso no hubo otro momento igual. Poco tiempo después comenzaste a alejarte. La verdad es que me pone triste que el único registro de esa noche sea la foto de Aranda en la que no estamos. Me pone triste, pero, además, me hace pensar cosas que no quiero pensar. Uno líneas en mi cuaderno de señora enloquecida y las direcciones a donde me conducen son cada vez más terroríficas.

Sofía no quiere decir lo indecible, o pensar lo que no tiene prueba ni fundamento. Cierra tras de sí la puerta del estudio y entra a su cuarto, dispuesta a ver el concierto de Samoa y hasta a bailar, si es necesario. Las cosas que una hace por amor.

***

De aquí no me voy, ni lo intentes.

Felipe se sienta en el suelo con las piernas cruzadas. Se hace para atrás el cabello y cruza también los brazos, como para dejar más claro su punto.

En serio no es necesario, me sé cuidar sola.

Obviamente, me acuerdo perfecto cuando golpeaste al *freak* ese en la prepa. Con más razón aquí me quedo. Ya te vi dándole una putiza a Luciano y luego todo se salede control.

Hori se va a enojar si no llegas…

Obvio no, está a dos cuadras, y trae una bandeja de sushi y unas caguamas que me están haciendo babear nada más de pensarlo.

Ana está a punto de insistir, pero luego recuerda que ayer, cuando llegó al restaurante, Luciano estaba parado enfrente y tuvo que esperar en la esquina hasta que se distrajera. Luego, a la salida, cuando creía que no había manera de que la hubiera aguardado todo el turno, Luciano le puso la mano en el hombro y, como siempre, las piernas de Ana reaccionaron más rápido que su cabeza. Corrió con el corazón golpeando las constelaciones de venas de todo su cuerpo. No volteó hacia atrás hasta que estaba muy lejos. Al llegar a su casa, los mensajes y llamadas desbordaron la pantalla de su teléfono.

De todas formas, Luciano no sabe dónde vivo.

Creo que lo que quieres decir es «gracias, Feli, aprecio mucho tu compañía en estos tiempos difíciles».

Gracias, Feli, aprecio mucho tu compañía en estos tiempos difíciles

dice en tono robótico. Risas.

Se abrazan, y en ese abrazo está toda la calidez de años de complicidades. Felipe es la única persona que Ana se siente cómoda tocando. Aunque se le olvide en ocasiones, siempre han sido un equipo. No le viene mal su compañía, ni aunque Hori esté incluido en el paquete.

El teléfono de Felipe suena, y él baja a abrir la puerta principal. Mientras regresa, Ana mira el suyo, abre un par de los mensajes de Luciano.

«Ana, perdón, es que te amo y no quiero perderte, si me das una oportunidad, no te vas a arrepentir. Vamos a ser muy felices juntos. Está escrito. Anda, vamos a vernos. Un amor así se encuentra una vez en la vida.»

Felipe cruza la puerta y, detrás de él, Hori, quien se acerca a Ana y le da un largo abrazo que ella recibe rígida.

Mira lo que te traje.

Hori saca de su mochila un bloc en blanco, con un moño negro hecho con un listón.

***

Otra vez está interpretando el sutil papel de la maestra concentrada mientras su cerebro está en otro sitio. El inicio del semestre llegó como un rayo y toda la mañana pensó en el momento en que entraría a dar clase y se encontraría con Ana, que no pasó la materia y debe, al menos en teoría, repetirla. Por fortuna, Ana es la alumna más irregular de su generación y no hay ni rastro de ella. Aún así, mientras de su boca salen oraciones, quiere creer que articuladas, el sudor de sus palmas es una señal mucho más exacta de su estado de ánimo. Sentada detrás del escritorio, Sofía cruza la pierna y comienza un discurso que ya ha dado muchas veces antes:

¿Alguna vez se han puesto a pensar cómo le hicieron los seres humanos para poblar las islas pequeñitas, de unos cuántos kilómetros cuadrados, que están diseminadas por toda la inmensidad del océano Pacífico? Si no lo han hecho deberían, pues es algo francamente asombroso. Algunas de estas islas, como Pitcairn, la Isla de Pascua, están a tal distancia de cualquier otro pedazo de tierra emergida que, si uno anduviera en una pequeña canoa con buen rumbo, tardaría semanas en ver algo que no fuera el azul del inmenso océano.

Pues bien, los antiguos polinesios navegaban en pequeñas embarcaciones por el océano Pacífico sin más guía que las estrellas, las aves (señal de que hay tierra firme cerca), la temperatura del agua, el viento y la forma de las olas. Esto es conocimiento acumulado por generaciones y generaciones, una capacidad de observación y de agudización de los sentidos formidable. Solo imaginen por un momento lo colosal de esta solitaria expedición. Imagínense la oscuridad del océano por la noche y el sonido de las bestias que lo habitan. Aventurarse en el océano más violento de todos sin nada más que sus sentidos en busca de algo que no saben dónde está o siquiera si existe.

Un mattang es uno de los mapas más antiguos de los que se tiene registro. Este sistema en realidad siguió siendo utilizado por los polinesios hasta mediados del siglo pasado. Para los habitantes de estas islas, lo que los europeos vieron como simples palitos representan patrones de oleaje asociados con las corrientes marinas. Es interesante mencionar que la tierra firme es lo que rompe la continuidad de esos oleajes, por lo que conocer sus movimientos es clave para poder identificar cuando uno se acerca a una roca o a una isla. Sin embargo, a diferencia de los mapas que utilizaban los árabes, los chinos, los turcos o los diferentes pueblos europeos, los de los polinesios eran memorizados por un experto cartógrafo navegante (generalmente la misma persona que hizo el mapa), quien lideraba las expediciones de una docena de canoas.

El Pacífico fue colonizado por nuestra especie con nada más que palitos, conchas y sobre todo la memoria y la paciencia de personas que sabían observar.

Y esto, desde ahora debe quedar claro, no tiene nada que ver con el uso actual que se le da a esta tecnología de navegación derivado de motivos históricos y culturales que estudiaremos este semestre...

Para. Un rostro en la ventana de la puerta casi la hace dar un brinco. Siente el color rojo subirle hasta las orejas.

Regreso en un momento.

Sale tratando de disimular su aprensión.

¿Qué haces aquí?

dice con voz silenciada.

Luciano se ve mal vestido. Tiene los ojos rojos e hinchados. Sofía siente el pulso rebotando en sus venas.

Vengo con Ana.

Tienes que irte. Voy a llamar a seguridad.

¿Dónde está? Tengo que decirle algo, es muy importante.

Luciano rompe en llanto y Sofía no sabe qué hacer. Dice más por lo bajo:

En serio, tienes que irte. No puedes venir a buscarla así.

Luciano solo la mira con ojos de becerro dolido.

Por favor…

Ella traga saliva. Si Luciano no desaparece de su vista pronto, algo malo va a pasar. Un suspiro se le escapa cuando ve que se aleja sin decir nada más.

Llega a casa dos horas antes de lo normal. Canceló sus clases. Era imposible que las diera. Azota la puerta y se tira en el sofá, con la cara entre las manos. No deja de ver la imagen distorsionada y plañidera y, aunque siente lástima por Luciano, siente mucho más miedo por Ana. Ir a casa de la chica no es opción después de todo lo que ha sucedido, y no va a sentirse tranquila hasta que sepa que está bien. Solo queda una opción que no le gusta para nada. Toma su teléfono y teclea:

«Necesito pedirte un favor.»

Una hora después, Ulani está en la sala.

¿Y cómo quieres que le llame? ¿Me saco su número del corazón? ¿La voy a acosar a su casa?

Sofía la ignora:

Tengo su número, lo saqué de la lista que hicieron el año pasado para tareas e inconvenientes.

Ah, perfecto, ya veo que abusas del poder que te da ser maestra también de otras formas. Y yo que pensé que solo lo habías usado para salir conmigo.

Un golpe bajo. Y también extremadamente injusto, ya que ni siquiera fue ella quien tuvo la iniciativa de salir con Ulani. Sofía se rinde. Se sienta en el sillón y siente los caminos de lágrimas recorrer sus mejillas.

Ulani corre a abrazarla.

Perdón, perdón, no quise decir eso…

Sofía no deja de llorar. Su cabeza se llena rápido de objeciones que la llevan a lugares cada vez más oscuros.

Lo siento, Sofi, no llores. La llamo. A ver, dame el número. Es más, yo lo busco.

Toma el teléfono de Sofía y, para su sorpresa, teclea la contraseña. Ulani le lee la mente:

No pude evitar ver que era la fecha de la Revolución francesa. Tan predecible… Suena ocupado.

Vuelvo a marcar.

Ulani camina alrededor de la sala. Le sonríe con el teléfono contra la oreja. Sofía se siente más cercana a la anatomía de un costal de papas que a la de un humano. No tiene energías para moverse ni deseo de hacer nada. La voz de Ulani viene de atrás de ella.

Hola, Ana, ¿cómo estás? Soy Ulani, de la uni… Ah, de la lista del año pasado, donde apuntamos nuestros… Exacto. Solo llamo para ver si estás bien porque no te vi en clase hoy… Lo que pasa es que me dijeron que, este, salías con alguien que… no, no, perdón. No es lo que estoy diciendo. Bueno, pues me alegra que estés bien, cualquier cosa…

Ulani está enfrente de ella, con el rostro contraído.

Me colgó. Qué le pasa y qué te pasa a ti con tus malos gustos. Soy tu mejor elección hasta el momento.

Se ve feliz. Todo el enojo parece haberse transformado en buen humor. Nada que revitalice más a Ulani que una buena pelea.

Pues ahí está, viva, con un carácter horrible. ¿Se le ofrece algo más, mi querida reina?

Sofía solo la mira desde el sillón. Contra su voluntad, una sonrisa se le dibuja en la cara.

***

Luciano llama y llama, y nadie responde. Llama con furia y sin decoro. Busca hasta donde no debe. Pregunta a su mattang y pregunta a la kava, pregunta incluso a un dios en el que no cree desde que tenía diez años. Después de las noches de insomnio una mano autónoma decide por él y, como sin pensarlo, escarba en el único lugar donde aún puede obtener consuelo: regresa al cajón de Iris y esta vez no dejará que la cerradura sea un impedimento. Toma el cuchillo más grande de la cocina y empieza a acribillar el borde. Mete la hoja en el borde de la madera y el metal. Entre menos logra abrirlo, más se empecina. Empuja, jala, golpea. Hasta que, sudoroso y con algunos rasguños sangrantes, logra que el cajón se abra al fin. Atrás de los papeles de Iris está lo que busca. Una botella mínima pero suficiente para el valor que necesita. Amaretto directo en la boca y siente el calor áspero, la erosión de niebla en la garganta. Siente, en fin, la vida que le regresa al cuerpo.

Sobre el destino en Hocus Pocus
de Kurt Vonnegut

En su novela de 1990, *Hocus Pocus,* Kurt Vonnegut presenta GRIOT, una máquina capaz de predecir el futuro de las personas. No se trata de una máquina esotérica ni con inteligencia artificial, a manera de las presentadas en otras obras de ciencia ficción. GRIOT demanda datos concretos: edad, grado de estudios, raza y consumo de drogas o alcohol. Luego, compara esta información con una base de datos reales. Las predicciones a lo largo del libro son casi siempre acertadas.

En el año 1990, la verdad revelada de los mattangs aún no iluminaba Occidente con la misma potencia que ahora, y es notorio en diversos razonamientos del escritor, quien siempre estuvo reacio a la iluminación. Sin embargo, el planteamiento que subyace a la existencia de GRIOT sigue estando vigente. La idea de «destino» es mucho más profunda que un señalamiento místico, como muchos opinan. En primer lugar, sociedad es destino. Si GRIOT puede predecir la vida de los individuos es porque los liga al contexto que los determina. Si bien el enfoque de Vonnegut se podría señalar con el caduco término de «material-determinista», podemos extraer una idea distinta de esto: el destino es aquel que te coloca donde debe colocarte desde el inicio. Naces donde Cloto hila tu hebra de porvenir, y no lo contrario. Láquesis no teje basándose en lo que brindó el azar, sino en lo que Cloto previamente ha dado al hombre. El hombre está indefenso ante su entorno.

Un segundo punto que me gustaría señalar de *Hocus Pocus* es que, independiente de ese contexto asignado «originalmente», la idea de destino se refuerza con la historia misma del protagonista. Si Eugene hubiera introducido sus datos en GRIOT, la máquina no podría haber computado que terminaría en prisión, con tuberculosis. Eugene nos cuenta su historia tras las barras de esa cárcel imprevista. ¿Qué se puede colegir de esto? Si bien todo parecía indicar otra cosa:

su crianza, su vida adulta, ciertas cosas fuera de su control lo llevaron a un rumbo totalmente impredecible para él. De ahí su obsesión con la máquina: se siente timado. El engaño está ligado con la propia frustración de no poder explicar su presente en términos de racionalidad. Los hechos concatenados están ahí: hay una línea de acciones y consecuencias que, vistos en retrospectiva, justifican su fin. Sin embargo, no había forma de que él los captara o previniera mientras sucedían, o, más aún, de que escapara de ellos. Lo que alguien no iniciado podría llamar «azar», es el destino. Con esa fuerza embiste y lleva a los individuos a seguir un camino fijo. Una serie de elementos dentro de Eugene (la barca) y fuera de él (las corrientes) lo condujeron exactamente adonde debía llegar. La meta, aunque imprevisible, era la cárcel, metáfora fulminante.

Marco Polo Serratos (2023, enero-junio), «Sobre el destino en Hocus Pocus *de Kurt Vonnegut».* Acta Poética, *número 50-1, pp. 18-19, como separador en el volumen de Sofía, directamente arrancado de la revista académica, pero eso sí, con algunas frases subrayadas que no le gustaría que nadie viera.*

***

En «El que mira distinto», Marco Polo Serratos dice que Kaula Aranda tuvo toda una serie de trabajos miserables cuando era joven. Eso, y las referencias que Aranda mismo hace a su crianza pobre, son lo único que hace que parezca un humano con un desarrollo normal y no una especie de alienígena que bajó de alfa centauro, ya adulto, a crear arte con alto contenido místico. Pero hoy, Sofía cree haber encontrado un dato nuevo, que no ha visto en ningún estudio o entrevista. Ahora que busca presagios que la ayuden a unir líneas, Sofía se puso a revisar todos los libros de la biblioteca del Instituto que pudieran darle algo. Bajo las largas lámparas blancas, en el sopor cercano al cabeceo de muchas horas de hojear sin objetivo, se detuvo de pronto en algo vagamente familiar. Veía un libro de Yvette Lumbreras, en el que la fotógrafa reunía una miscelánea del mundo del arte de los años dosmil. Le tomó un rato identificar qué era.

Una de esas fotos fallidas. Alguien la tomó en una exposición de arte conceptual y todos salen o borrosos o cortados. Si terminó en el libro es porque hay algo de encantador en la composición involuntaria, que transmite el ambiente del lugar y la emoción en el aire. Lo interesante es que atrás, cortado a la mitad, está Kaula, joven, en sus veintes, al lado de una pintura que no es parte de la retrospectiva ni de alguna colección que conozca. Es la pintura de un ojo azul, que le resulta vagamente familiar. Solo el iris tiene color y eso hace que resalte aún más entre los tonos de gris. Por lo que la mala calidad de la foto le deja apreciar, el manejo de color es excelente, a diferencia del resto de la obra del artista, que casi no presenta el uso de colores y, cuando lo hace, lo hace mal. Le toma un rato. Además de la pintura, que no puede relacionar bien con nadie, el lugar le parece conocido. Cierra los ojos, *dónde es, dónde es, dónde es*, hasta que da con un recuerdo perdido que parece encajar.

Una llamada interrumpe. La ignora.

Otra vez. Mira el teléfono, es Luciano. No le contesta. Lleva un par de días así. Entra de nuevo. Sofía lo apaga.

Necesita concentrarse. Lleva su mente a la casa de los recuerdos.

Eloísa y ella, en un café. Tienen una laptop enfrente y revisan sus trabajos finales de la optativa Relaciones Históricas América-Polinesia. Era la época en la que aún salían varias veces a la semana y se consultaban para las tareas y exámenes. La investigación de Sofía iba sobre Rangi y Papa, y las estatuillas de piedra encontradas en Yucatán cinco años antes. Sofía no tenía idea de lo que estaba haciendo y cada sesión frente a la pantalla terminaba con jalones de cabello. Ese día, llega a su cita un par de horas antes y, para el momento en que Eloísa entra, está lista para hablar de chismes de la farándula o de cualquier cosa que la saque del tema. De todas formas, Eloísa no parece estar ahí: mueve la pierna derecha con tal velocidad que Sofía piensa que quizá saldrá flotando al espacio exterior, y tarda en contestar cualquier pregunta mucho más de lo normal. *¿Me acompañas a algo?* dice de la nada. Sofía está feliz de huir de sus obligaciones, pero preocupada por el tono de la invitación. Caminan unas pocas cuadras a una casona de principios del siglo XX con poco mantenimiento. La concurrencia se compone de gente mayoritariamente vestida de blanco o negro. La música electrónica resuena en los techos altísimos y todos están visiblemente alcoholizados. Sofía está a punto de hacer un comentario burlón sobre la uniformidad de los vestuarios, pero Eloísa está demasiado tensa como para escuchar nada. Ignora a la gente, toma de la mano a Sofía y la lleva a un cuarto cerca de la entrada, donde hay varias pinturas colgando de la pared. Tres lienzos pintados de negro, y una abstracción de cuerpo de mujer que le parece horrible. Eloísa frunce los labios. La conduce hacia la salida. En el camino, para abruptamente y suelta la mano de Sofía. Su mirada se dirige a un rincón detrás de la puerta, algunos lienzos están apilados en la pared. Eloísa se acerca y cuando va a sacar el segundo, del que solo es visible un borde, le dice: *Te veo afuera.*

Sofía se sienta a esperar en un escalón, un poco ofendida. Eloísa salió media hora después, más borracha, a decirle que se adelantara. Ella se quedaría un rato más adentro. Qué humillación. Evadió todas las preguntas. Ni ese día, ni ningún otro, quiso hablar del lugar, de por qué se quedó, de la pintura, de nada. Sofía se enteró luego, por otros amigos, que era un taller/galería contracultural donde hacían open studios con frecuencia. Fue una vez más, solo para tratar de entender qué había pasado esa noche, pero todo era muy distinto, incluyendo a la concurrencia.

La emoción la hace pararse de la silla y caminar de un lado a otro de la sala de la biblioteca, bajo la mirada tiránica de Magda, la bibliotecaria. Ahora cree recordar que esa, la de la foto, era la pintura que vio, o que medio vio, apilada en la pared. Y que ese era un cuarto en el que estuvo, o medio estuvo, en la galería que solo fue eso una noche. No podría pasar ni el más básico *fact checking* y no podrá incluirlo en su curaduría, pero su estómago se contrae con la coincidencia. Por segunda vez, descubrió algo nuevo de alguien de quien se sabe poco. Por un lado, eso sitúa una pintura de Aranda, y a Aranda mismo, en una pequeña galería en la colonia San Rafael, a principios del 2011. A ella misma en esa galería, y Eloísa con ella misma, con él mismo, con la galería y la pintura. El Espectro y la galería, demasiada coincidencia. ¿Causa y efecto? Eloísa fue la que las obligó a ir ahí, la que luego se quedó sola. Causa y efecto. ¿Pero cómo?

***

Para cuando suena el timbre, Luciano ya siente que su lengua va unos pasos atrás de la velocidad de su cerebro. Abre la puerta y Teriki entra, con un vestido largo que acentúa sus caderas, péndulo inclemente que Luciano mira sin disimulo. Sin hablarle, le hace una seña para que pase. Ella tampoco contesta. Luciano espera a que se le adelante para verla por atrás. Observa cómo el vestido se frunce y alisa sobre su trasero conforme camina. Le sirve ron sin preguntar.

No es necesario.

Es más necesario de lo que piensan todos

siempre

balbucea

No tomo, pero te lo agradezco.

No me vas a dejar solo,

¿verdad?

Teriki lo mira sin decir nada, y acepta el vaso. No bebe de él.

¿Qué pasa? Te escuchabas muy alterado en tus mensajes. Solo vine por eso. ¿Cuándo recaíste?

Luciano titubea; se toma de un trago lo que queda de su ron. De inmediato siente un efecto calmante. Teriki lo calma, el ron lo calma, todo está bien. Mana. Estar borracho es como montar una ola. Está en ella, no le importa que lo meza, se relaja y siente el agua moverlo.

Recuerda el momento en que le dejó el mensaje a Teriki. Sus ojos cargados de insomnio y alcohol manoseaban el dibujo de Ana, el flamboyán de trazos de acuarela. Se quedó ahí parado, viendo el dibujo en la mesa, sus líneas translúcidas. No debió habérselo pagado, no se lo merecía con lo ingrata que terminó por ser. Ella quería dárselo gratis, pero es que Ana era tan pobre, tan sin nada, que mejor salvarla con algo de plata, no mucha para él, pero seguro que mucha para ella. Sabiendo lo que sabe ahora, podría haberle aventado el dibujo en la cara, pero en cambio se lo trajo y ahora no sabe qué hacer con él. Las manos de Ana y el pincel, las manos de Ana y su abdomen, las manos de Ana que se extienden por su cuerpo y las suyas sobre ella. Luciano mira el flamboyán y se sirve un ron de la botella, que para ese entonces ya salió a comprar, sin vergüenza, gracias a la caricia alentadora del amaretto. El cosmos le mandaba mensajes encontrados: sincronicidad y a la vez humillación. ¿Cómo se atrevió Sofía a no contestarle el teléfono? Ni hablar de Zeus. Y Ana, tonta y pobre, se largó así nada más. El dibujo estaba bien hecho pero no tenía alma, era como Ana, un cascarón bonito y hueco. Más valía desecharla ahora, antes de perder más el tiempo. Los recuerdos flotan entre la tibieza del alcohol y Luciano mira el brumoso aire que lo separa de Teriki. Los ojos de la mahu son enormes y oscuros; estáticos sobre él, lo guían a una isla de arenas suaves y él solo flota. Mana.

¿Para qué me llamaste?

Entre las palabras y los ojos de hartazgo, Luciano ve una insinuación. Cruza el espacio entre ellos y la besa, tomándola fuerte de la nuca. El encuentro de los labios es violento, los dientes los prensan desde atrás. Entre gritos silenciados, Teriki opone fuerza para mantener la boca cerrada y comienza a empujar a Luciano, que jala con más y más fuerza su cabeza. Siente de pronto cómo la mahu lo golpea en el pecho. Su espalda choca con el respaldo de la silla, un dolor expansivo lo arremete en la columna vertebral.

¡Luciano!

la voz femenina es una distorsión en sus oídos.

Está furioso. Deja que su peso caiga contra ella y los lleve a la pared. La oprime con todas sus fuerzas mientras baja la mano hacia su entrepierna. No logra tocarla, Teriki le da un cabezazo. Por unos segundos el cuarto se le vuelve oscuro a Luciano. Da un paso atrás, se recarga en la mesa y soba su frente.

Encima de que te hago el favor.

Silenciosa, Teriki está parada frente a él y parece debatirse entre varias opciones. Camina con cautela, con las manos enfrente, en posición defensiva, y sin darle la espalda, en dirección a la puerta. Luciano se le lanza encima y los dos van a dar al suelo. Todo se pone negro.

Despierta sin saber bien dónde está. La cabeza le palpita. Poco a poco la luz de la mañana rinde explicaciones: está en su sala, tirado. A su lado, la acuarela de Ana, con manchas de algún líquido (¿ron?) que ha diluido en parte las flores del flamboyán. Vómito en la camisa. Por un momento recuerda aquella vez, la pelea fatal con Iris. La sensación de tocar fondo, de nuevo. Le duele el cuello, ¿un golpe? Estruja su cabeza palpitante para que le dé alguna pista de qué evento lo pudo haber llevado al suelo de esa manera. Lo último que tiene claro es que le llamó Teriki y, a partir de ese momento, solo escenas milimétricas y golpes en el cuerpo. Los segundos de dolorosas imágenes empiezan poco a poco a gotear y se mezclan con Iris llorando, Ana con cara de terror y los gritos y el dolor. Imágenes imposibles de digerir sin ayuda.

***

Ya lo bloqueé de todas partes, pero no contaba con que mi email no se puede bloquear y ni me acuerdo de cuándo se lo di pero resulta que sí lo tiene y ahora hay unos correos que no he abierto pero el último puedo ver que inicia con un «No entiendo qué pasó, pensé que estábamos bien» que me hizo sentir el cuerpo frío, no quiero ser una mala persona y ahora siento que lo traté mal y que le hice daño. Quiero estar sola, es lo mejor para mí y hasta para él, pero no entiende y ya le expliqué de todas las maneras cuando todavía le contestaba los mensajes, los últimos son nada más de que no deja de llorar y de que la vida no tiene sentido y así y cada vez escribe peor, todo chueco y sin sentido, ya no sé si es un psicópata asqueroso o nada más está bien triste y en serio se enamoró como dice de mí y le rompí horrible el corazón, pero pues da igual, el punto es que está orate. Por eso ya mejor le pedí a la señora Cortés si me podía mover a otro de sus restaurantes porque obvio Luciano no va a dejar de ir todo intensote a buscarme y no quiero armar una escenita pedorra frente a todos, y a ver qué tal me va mañana en el nuevo lugar, creo que la señora Cortés ya me agarró cariño desde que la veo más seguido porque me dijo que estaba muy preocupada y que si se aparecía de nuevo el tipo llamábamos a la policía, pero por si acaso mejor me muevo.

***

Un mensaje de Luis:

«Qué decidiste?»

«Nada aún»

«Aunque sea saca tu visa. Tienes el tiempo encima, no mames.»

«Es que puede ser diferente ahora. Lo siento.»

«Vas a perder la oportunidad de irte un año todo pagado a estudiar lo que te encanta por un puede ser?»

Ulani ya no contesta.

***

Ve a la chica por atrás y cuando se acerca hacia ella, ésta voltea lentamente la cabeza. Su perfil queda ante sus ojos. La rodea. Ahora están de frente. El rostro es de Ana, pero Sofía sabe que es Eloísa. El ojo izquierdo está morado y solo deja una rendija mínima. Ambas se miran. Sofía estira las manos para abrazarla, pero no puede. Le pregunta si está bien y ella no contesta nada; en cambio, los ojos de Ana se tornan azules, y agitados. «Eloísa», grita ella. Atrás, Sofía ve el cuadrito de su baño.

***

Luciano camina afuera del restaurante. Revisa su teléfono: ha pasado una hora ahí, con todo y la cruda que el sol de verano multiplica y que intentó apagar con otra cerveza. Ana no ha llegado aún, aunque está seguro de que su hora de entrada ya pasó. Le marcó muchas veces y ella no se dignó a contestar ni una sola. No la entiende, ¿por qué es tan dura con él? Ahora no le contesta ni los mensajes. Tampoco Teriki le contesta. Un golpe frío de preocupación resurge en él cada vez que recuerda cómo despertó. ¿Y si la mahu le hizo algo? O peor: ¿si él le hizo algo a la mahu? Bloquea ese pensamiento al instante. De ahora en adelante toda su concentración es para Eloísa. Pero antes, Ana. ¿Se cree que puede dejarlo así, sin una explicación al menos?

***

El nuevo restaurante está más lejos de su casa. En vez de media hora, debe trotar 45 minutos. Por fortuna, ese día salió con mucha anticipación y tiene un rato para caminar por la zona. No se ha ubicado muy bien, pero algunas cosas le parecen familiares. Se sienta en una banca de parque a esperar la hora. De su mochila saca un cuaderno de hojas blancas y un lápiz HB. Sin pensar mucho, separa las hojas. Se encuentra con un retrato a medias: es la cara de su madre, o al menos una aproximación a ella. La dibujó sin recurrir a fotografías, de memoria. Se da cuenta de que es muy inexacto, pero siente que copiar una imagen le quitaría todo el sentido al dibujo. Piensa en la noche anterior, en ese momento en que se dijo algo que pensaba imposible: *la extraño*. Así, sin más palabras, una voz traidora inauguró una sucesión de tristezas. Pensó en que ya no iba a dormir jamás bajo el mismo techo que ella y la opresión en su pecho se volvió más bien un vacío, de esos que le daban cuando hacía algo mal y sabía que habría consecuencias. El sentimiento de algo irreversible. La verdad es que nunca pensó que irse de la casa era una decisión, más bien algo que tenía que hacer a huevo, no había otra opción porque no podía seguir ahí viéndola todo el día frente a la televisión o en las reuniones de esos locos vestidos de blanco, sentada en la sala al lado de puro pinche borracho. Y luego estaba Rodolfo, las muchas veces que de una u otra manera le intentó contar a su madre lo que pasaba y las reacciones de ella, los castigos a Ana, como si lo que él le hacía no fuera suficiente.

Mamá siempre estaba triste cuando estaba sola. Mamá siempre buscó un centro para su vida y la de Ana. Por un momento, el rostro cansado de Ana-la-madre llenó sus ojos y ya no era la mujer siempre enojada que le gritaba *puta* por las noches sino una mucho más triste que pedía los abrazos que Ana no podía darle. Era demasiado. Prendió la luz y sacó un cuaderno nuevo. Abrió entonces una página al azar y dibujó sin despegar el lápiz el contorno de la cara de su madre.

Ahora sostiene la libreta en sus manos y piensa que para continuar el dibujo lo mejor es tenerla enfrente. La idea suena cada vez más ineludible. Podría llegar con pan calientito y un chocolate del que le gusta a ella. ¿Es una tontería? Tiene media hora solamente, no hay manera de que vaya a casa de su madre y luego llegue a trabajar. Pero sus piernas van más rápido que sus reparos y de repente se encuentra a sí misma golpeando con los hombros a los peatones que no alcanzan a despejarle el paso. No piensa en nada, solo siente el aire entrar y salir de sus pulmones, que duelen, y las piernas como máquinas de calor. Inhala, exhala. Inhala, exhala. La mochila rebota en su espalda y sus manos asen los tirantes.

Para la carrera y el pecho trata de jalar aire de todas partes, desesperado. Está frente al edificio de su madre. Evita la tentación de llamarlo «mi edificio». ¿Qué va a hacer? ¿Decirle que viene por su mattang, como le dijo? ¿Que la extraña? Nunca. Sube las escaleras, con la adrenalina cargándole el cuerpo. ¿Pero y si está Rodolfo? Lo mata y ya, así nomás. Llega al tercer piso, el suyo. Antes de tocar, se para frente a la puerta y escucha. Del otro lado, el ruido de una televisión opaca las voces. Ana intenta dar sentido a los retazos de conversación:

sin excusas, no es cierto, me vale madres, eres una puta, pum, cachetada, pendejo, pum, cachetada, hija de la chingada,

ruido de cosas cayendo al suelo.

Quiere moverse, pero de pronto vuelve a ser la niña hecha piedra que veía cómo algún tipo golpeaba a su madre, esa que si respiraba más de la cuenta recibía también su porción.

¡No te vayas!

La voz se siente más cercana y los pasos que la siguen también. No tiene tiempo. Baja corriendo las escaleras y, cuando está en el siguiente piso, escucha cómo se abre la puerta.

¡Rodolfo! ¡No te vayas!

Corre sin pensar en nada, inhala, exhala.

***

1. Recuerda que sus ojos eran fuego verde que quemaba sus pupilas.

2. Recuerda pláticas larguísimas, hablar de lo que fuera por horas.

3. Recuerda que, al ver el arco de su cintura, sus manos automáticamente se amoldaban.

4. Recuerda que cada anécdota del pasado era parte del rompecabezas que armaba con fruición, ese que ansiaba conocer para conocerla a ella, toda completa.

5. Recuerda que prepararle la cena era un placer en sí mismo, que, con cada ingrediente que añadía, su corazón se entibiaba al pensar a Ulani tomando un bocado.

6. Recuerda el relampagueo de nervios antes de verla.

7. Recuerda, mucho más, el relampagueo de nervios antes de desvestirse ante ella. La piel revoloteando ante su toque, todavía nuevo.

8. Recuerda el ingenio de sus frases, lo nuevas que sonaban sus maneras de articular ideas y esa coreografía propia, que apenas comenzaba a memorizar.

Y tantas, tantas otras cosas, que ahora anhela.

***

Estoy bien pendeja y de milagro me salvé de mi pendejez o más que de milagro fue por el buen corazón de la señora Cortés que no me corrió por faltar al primer día de trabajo, a lo mejor fue porque me encontró llorando y eso le conmovió el alma, y me dijo que por favor no llorara así si todo tenía arreglo, no entendió que yo no lloraba por no haber llegado a trabajar, aunque ya para ese momento se había mezclado todo y lloraba hasta por cosas que no hice o que sí hice pero no con mala intención. Luego me dijo que con ese vestido le recordaba a alguien y yo de imprudente le dije que si a Eloísa, y que qué era de ella, y se sacó mucho de onda de que yo supiera quién es pero luego como que mejor no preguntó nada ni me contestó y me dijo que hacía mucho que no hablaba de ella y que de hecho en su familia estaba como prohibido mencionarla porque cometió un error enorme y fue egoísta, luego usó la palabra «pecado» y yo solo la había escuchado decir a mi abuelita, y que en una de esas me doy cuenta de que la señora Cortés no puede tener menos de 60 años pero que los disimula bien. No sé, fue como una iluminación de que la vi como nunca: solo una señora cansada y no mi jefa la toda perfecta, y ya con eso se me bajó lo nerviosa que siempre me pongo cuando la veo fuera del trabajo y pude hablar con calma de cosas muy locas como cosas de mi pasado, que claro que no le conté completo, pero me dieron ganas, y hasta pensé que a lo mejor algún día, y ella me dijo que cuando quisiera podía hablar y que no estaba sola.

Por ejemplo, Elo se sentía muy sola y poco a poco fue más difícil acercarnos a ella, Anita. La tenía acá arriba, a dos pasos de distancia y ni así logré entender que no se la estaba pasando nada bien. Por eso es importante que tú sí sepas. No solo yo, estoy segura de que tienes amigos y de que tu mamá también te quiere mucho. Mira, no te lo había dicho porque sé que es un tema delicado, pero me buscó en el restaurante el otro día. Me dijo que sabía que no deseabas verla y que lo entendía. Solo quería saber si estabas bien. Cuando te sientas más tranquila, ve a verla.

Se me hizo chiquito el corazón porque ya lo intenté y solo me topé con más de la misma mierda de antes y con mamá como siempre siendo el *punching bag* de algún tipo y no de cualquiera, sino Rodolfo, a veces quiero perdonarla pero no sé si puedo y no sé cómo saber y todo eso me hacia puré el cerebro mientras la señora Cortés hablaba toda buena onda conmigo, luego se fue y mejor saqué papel y lápiz y me puse a dibujar las hojas de unas flores que junté en la mañana, y con ellas hice un jardín en el que estoy yo con el vestido de Eloísa viendo hacia arriba, y cuando me di cuenta ya llevaba horas y horas y el dibujo estaba cada vez más lindo, lo voy a llevar a enmarcar y yo creo que se lo doy a la señora Cortés por ser tan buena conmigo.

***

En dos semanas se termina todo eso, y qué bueno. Desde la semana pasada, los días me han parecido un reloj de arena desquiciante, que va granito a granito. Revisé por vez mil una lista de entregas que me sé de memoria. Básicamente, un montón de fichas, el texto del folleto, las mamparas, todo para hoy. Nunca antes un deadline había sido tan complicado. Y por todas las razones incorrectas. Si hubiera hecho esto como debería, hasta tendría tiempo de ir por un helado, luego por una cerveza, un masaje, un baño perfumado... Pero no, necia, sigo buscando cosas que a la retrospectiva ni le van ni le vienen. Ya no hay linealidad en mis búsquedas, y de nuevo estoy sumergida entre papeles y con la pantalla llena de fotos. Debería ser imposible tener tantas pestañas abiertas. En serio, los desarrolladores de software, tantito más considerados, nos cuidarían de nosotros mismos. Una, dos, tres... ocho... diez pestañas llenas de imágenes. Es un récord. Y encima de todo, solo las dejo abiertas para quitarme una de enfrente que no me atrevo a cerrar, ni a ver: las fotografías de Aranda, o más concretamente la del cuadro que creo conocer o que imagino conocer. Años que lo vi y es posible que la memoria me esté jugando una mala pasada. El punto es que se parecen, creo, y con eso es suficiente, ¿o no? Y luego, qué se hace. ¿Consigo su teléfono y le mando un mensajito?:

> «Camarada, aloha, tuve una amiga hace mucho tiempo que creo que conociste. Me baso para afirmar tal cosa en un cuadro que quien sabe si es el mismo que tú pintaste, dos fotos en las que o no sales tú o no sale ella. Y ya entrando en confidencias, también creo que fuiste un cabrón con mi amiga. No tengo prueba alguna

que presentar, solo mis recuerdos de que la veía bien infeliz. ¿Qué tal si nos vemos para platicar?»

Sofía esboza en el cuaderno de los misterios sus nuevas intuiciones, más para calmarse el cerebro que para otra cosa. Clío entra oronda al cuarto y después de acariciar sus piernas, se posiciona, la mira y le brinca encima, con poco tino. La gata pierde el equilibrio y, para no caer al suelo, se aferra a los pantalones de Sofía y, por consiguiente, a su piel. Sofía grita, se mueve bruscamente. La gata cae, el cuaderno también. Animal peludo y cuaderno despelucado se extienden en el suelo frente a ella. La gata corre a lamerse en una esquina, el cuaderno, naturalmente, no. Sofía recuerda los mil cuadernos que Eloísa cargaba a todas partes. Una vez su bolsa cayó al suelo y vomitó cuatro distintos. Cuando Sofía preguntó para qué era cada uno, Eloísa le dijo que para nada en particular: le gustaban todos, así que los usaba sin orden, cuando quería escribir cualquier cosa, desde notas de clase hasta poemas. Varias veces la vio dibujando en el mismo en que recién había hecho cuentas. En su cumpleaños 20, Sofía le regaló uno que tenía de portada el dibujo de un moái. No había pensado en mucho tiempo sobre eso y ahora la ironía le sabe amarga en la lengua. La aleja.

No hay linealidad en la vida. Se navega en todas direcciones. Se navega con el sol arriba con el agua abajo con el ruido alrededor. No es el plano lo que rige la existencia. La linealidad es una tecnología humana tal como lo es un zapato o un tenedor.

El Cuaderno, *leído desde la omnisciencia de la narradora de esta historia.*

***

Lo vio abajo, está segura, ¿está segura? ¿Era él o era otro? Alguien debió haberle dado su dirección. Ana trata de llorar. Otra vez la ansiedad que lo desborda todo, que está más allá de su control y se cuela en rincones: el cuaderno de dibujo, la revista que ojea, el artículo que debe leer si algún día quiere salir de esa carrera que eligió casi por azar. Dos palabras y brinca al lápiz, dos líneas y brinca a la pantalla, escrolea hasta que le duelen los ojos y lee un párrafo que no entiende, luego una página en blanco rasgada por el lápiz y la pantalla que lo interrumpe todo de nuevo. Ya le duele la cabeza, y siente los ojos agotados. Da un trago de su cerveza tibia, se tira la mitad en un descuido. Cuando empieza a limpiarse, se da cuenta de lo sucia que está, su cabello es una amalgama grasosa, la piel de su cara está llena de cebo y oler sus axilas no es, definitivamente, algo que quiera. Su cuarto tampoco está en mejor estado. Se acuesta en la cama y trata de llorar. Se le atoran las lágrimas.

Me lleva la verga.

El teléfono suena. «Sofía» marca la pantalla. Duda un momento, pero no tiene nada que perder.

No cuelgues. Esto es importante.

...

Sé que me dijiste que no, pero, quiero preguntarte si...

Mmhm.

... en el cuarto de... ¿en tu cuarto no hay algunos cuadernos...?

...

Ana, necesito verlos. Creo que no tuve tiempo de explicártelo cuando nos vimos antes, pero Eloísa era mi mejor amiga y...

Claro, tu amiga.

Se le contrae el estómago.

Sí, ¿por qué dices eso?

Nada, solo que por cómo eres, en una de esas tú eras la que la enloquecía.

Ana suena nerviosa, como si hubiera dicho algo que no quería. Sofía se traga la indirecta, aunque su tráquea está cada vez más cargada de acidez.

¿Quién la estaba enloqueciendo?

Nadie.

¿Por qué te caigo tan mal? ¿Qué te hice?

Ana se queda en silencio. Acostada en la cama, sus pies son la flecha que señala el cuaderno de Eloísa.

Nadie

dice al fin y cuelga.

Pasan los minutos de angustia. Toma un trago de la cerveza que está en el buró y revisa el teléfono. Sabe que no hay nada que ver, Luciano está bloqueado de todas partes. Felipe no contesta, y ahora recuerda que le dijo que estaría en Cuernavaca con Hori. ¿Lo vio afuera o no? La mente traicionera la lleva a pensar en su papá, que se fue por su culpa. O así le ha dicho mamá mil veces. Nunca la quiso por eso, porque cuando nació, el llanto de Ana repelió a su padre. Arruinó otra cosa,a otra persona. Todo lo que toca se destruye.

Manda un mensaje.

«Ven».

No sabe si funcionará, pero no se le ocurre qué más hacer.

***

No se da permiso de sentirse idiota por hacer lo que hace. No aún. Primero tiene que llegar al edificio. Sale del metro con una sensación ominosa, de algo que olvidó hacer antes de irse... ¿quizá dejó prendida la estufa? Debe preguntarle a Ulani. Rebusca en su bolsa su teléfono, no lo trae consigo. Camina, casi corre. En pocos minutos, ve el edificio a lo lejos. Ahora sí ya se puede dar el permiso que esperaba para sentirse idiota. No puede creer que, con solo un mensaje de tres letras, Ana esperara que Sofía fuera; y mucho menos puede creer que de hecho haya funcionado. La duda la enloquece: ¿qué le quiere decir? Entre una orquesta de latidos, llega a la puerta. Esta vez está cerrada con llave. No tiene manera de marcarle a Ana. Se debate entre sus pocas opciones. Decide esperar a que alguien llegue, pero el plan fracasa cuando la taquicardia le impide mantenerse quieta.

¡Ana!

Con todas sus fuerzas, una y otra vez. Parece una tarea inútil; el edificio tiene cuatro pisos. Por la ventana del tercero, se asoma un rostro molesto. Es una mujer.

Oye, pero qué necesidad de gritar así.

Perdón, es que no hay timbre y no traigo teléfono.

¿Con quién vienes?

Con Ana.

La mujer enfoca a Sofía y entonces algo sucede. Se reconocen. Los casi quince años de distancia se borran en el momento en que cruzan las miradas.

¿Sofía?

¿María Fernanda?

¡Ahora bajo!

La mujer le da suficiente tiempo como para pensar cómo es posible que la tía de Eloísa, la única persona de su familia que trató, además de su padre, esté por abrirle la puerta, y luego que no tiene nada de raro en realidad. ¿De dónde había sacado Eloísa un lugar para vivir en una zona que era cara en ese entonces? No trabajaba y no tenía dinero jamás.

La puerta se abre y los ojos que la miran avientan un ¿Qué haces aquí?

Tantos años.

Sí, muchos, como catorce.

Qué gusto verte, Sofía. Te ves muy bien.

Tú también. ¿Aquí vives?

Sí, de toda la vida. No me he querido ir porque... bueno, no sé bien por qué.

Vengo con Ana, ¿la conoces? Es que... es mi alumna y tengo que decirle algo de la escuela.

Los ojos de María Fernanda hacen evidente la duda.

Sí, sí la conozco. Trabaja conmigo. Qué maestra tan dedicada eres.

Suben en silencio la escalera. Sofía no sabe qué pensar: María Fernanda fue quien le escribió que harían una ceremonia a los pies de la estatua. Que si quería ir, podía hacerlo. No fue; la perspectiva de ver extraños la horrorizaba, temía que la culparan. Se quedó en su casa, en una especie de shock que solo le permitía mirar el techo y respirar aceleradamente. Suben tres pisos, dos de ellos en silencio.

Bueno, yo aquí me quedo. Supongo que sabes cómo llegar al cuarto de Ana. Es el mismo que el de Elo.

Da dos pasos, luego regresa.

¿Te digo algo? La verdad es que no me he mudado porque en el fondo esperaba que Eloísa volviera.

¿Pero cómo? Que no tú fuiste la que organizó toda la ceremonia de petrificación, que asumió primero que era la estatua y ya.

María Fernanda piensa un instante, titubea.

Cuando mi primo, su papá, murió de tristeza, me mudé a Polanco, a un departamento hermoso. Mucha luz, plantas, un nuevo aire. Pero algo raro pasó. Con frecuencia me veía cambiando la ruta para pasar por aquí. No resistí vivir lejos ni un mes. Puse excusas, las calles conocidas, el paisaje, pero al final me di cuenta de que, en el fondo, a pesar de todo, tenía dudas. La esperaba.

Si lo hubieras creído desde el inicio, si me hubieras creído a lo mejor...

El hubiera no existe y no voy a tolerar cuestionamientos de algo que lleva más de una década partiéndome el alma. Me tardé lo que me tuve que tardar.

Desde abajo llega la voz de un hombre. Luego su figura fornida que carga una caja de plástico rojo.

¿Esta también, patrona?

Sí, todo se va.

Sofía la mira con cara de duda.

Ahora que vive alguien arriba, ya me puedo mudar.

Nueva veladora.

Nueva veladora.

María Fernanda se aleja sin verla.

Sofía empuja la puerta de la azotea y camina entre cuartos de servicio deteriorados. Rodea el de la esquina. Ana está afuera, apoyada en la barda que da hacia abajo. Seguramente la vio llegar y decidió no abrirle. Cuando finalmente le deja de dar la espalda, ve que sus ojos están hinchados y rojos.

¿Ana? ¿Estás bien?

Sí

dice secamente.

Bueno, pues ya vine.

Te tardaste.

Pordiosera y con garrote.

La chica mira al vacío por un largo momento, y Sofía teme que haya sido un viaje en vano. No sabe qué decir hasta que, de repente, Ana comienza a hablar y eso la perturba más que su silencio. Su voz teje palabras al hilo, una tras otra, frenéticas e inconexas. Se está volviendo loca.

Es que ya desde antes me preocupaba... bueno, su cordura, cuando iba al restaurante siempre me hablaba de una estatua como si estuviera viva, como... todo el tiempo, y luego nos vimos y no quise y... ahora es como mi sombra pero no sé si es mi sombra o no y le pedí al vecino que viera para afuera y me dijera si ve lo que yo veo pero no ve nada de lo que veo, Luciano no está, entonces por qué me siento acechada. Él era bueno conmigo, luego lo rompí, me trataba como nadie me ha tratado, y yo no pude porque estoy rota y jodida y soy la mierda que otro dejó tirada y...

Sofía se acerca, Ana se ve muy mal. Intenta abrazarla con torpeza, pero la chica no deja que la toque.

Eso hago, eso hago con la gente.

Ana se voltea, respira rápido. Sofía está a punto de perder la compostura. Nota que Ana está temblando. Cuando voltea de nuevo, hay lágrimas en sus ojos.

Sofía es ahora la que no puede emitir palabra. Ana entra a su cuarto entre sollozos y no sabe si seguirla. Decide hacerlo: la puerta está abierta y no hizo ademán alguno por cerrarla. Respira profundo. Mientras su pie cruza el umbral, siente como si estuviera rompiendo la telaraña del tiempo. Tantos años sin entrar a un lugar que para ella lo representó todo. Husmea un segundo el espacio. Los muebles son los mismos, pero las paredes están cubiertas por hermosas acuarelas de flores. Le sorprende el detalle y la viveza. Eloísa hubiera amado ese nuevo tapiz. Ana, echada en el colchón, cubre su cabeza con un cojín, los estertores son evidentes. Sofía se sienta en la esquina de la cama. Se debate entre tocarla, decir algo, o solo esperar ahí, en silencio. Cuando la respiración avanza a un ritmo anormal, Sofía reconoce el inicio de un ataque de pánico. Le pone la mano en el hombro con mucha gentileza, casi como si no quisiera tocarla.

Respira hondo, respira.

El cuerpo bajo su palma brinca y se sofoca. Sofía teme no poder parar el ataque. Siente una impotencia enorme mientras Ana jala aire ahora también con la boca abierta. Sofía aleja el cojín y toma a Ana con más firmeza.

Tranquila, tranquila, todo está bien…

Repite, reanuda, repite. El tiempo pasa. Los temblores disminuyen. Baja poco a poco la presión. Sofía hace lo que le parece correcto, le acaricia el cabello grasoso y siente cómo la respiración se normaliza. Ana tiene los ojos cerrados. Sus brazos están cubiertos de pequeñas cicatrices blancas. No lucen recientes, pero Sofía comienza a vislumbrar que hay mucha más historia detrás de la chica de la que hubiera pensado. Cuando parece que está dormida, ella aprovecha para revisar con más detenimiento el cuarto. Se sorprende de que todos esos delicados pétalos de flores, rojos, rosas, amarillos, lilas, con pistilos largos y cortos, arropen así el espacio. Todavía más, que Ana, con su aspereza, los haya pintado. La inspección solo alcanza a pasar por encima de la ropa tirada en desorden y un par de acuarelas antes de toparse con la pintura. Sofía da un brinco en su interior que espera que no se traspase a su ser físico. Siente ganas de vomitar. Un cuadro de un ojo acechante. No está colgado. Se apoya en la pared, por lo que no queda perfectamente recto, sino con un ligero ángulo. Desde donde está, lo que más sobresalen son las pestañas, negras, que se funden en una línea. El ojo tiene un rasgadura en medio, que no parece ser parte de la pintura original. Es como si alguien hubiera pintado encima con un bolígrafo. Recuerda el cuaderno por el que preguntó. Mira a Ana, dormida. No se daría cuenta si revisa el cuarto hasta encontrar lo que necesita. Lo considera. Piensa en tomar una foto del cuadro.

Se detiene. No está bien. Ana empieza a roncar. Sería un abuso. Se permite ver en su teléfono la imagen del otro cuadro. Constata que no es el mismo que tiene enfrente, pero se parece, ¿lo suficiente?

Mueve suavemente a Ana, mira alrededor un momento y lanza un suspiro, la tapa. Cierra la puerta tras de sí.

O me presentas con todos y sales del clóset o ya, fin. No me importa si tengo que dormir en la calle, lo cumplo.

Así sus palabras. Vale, no tan burdas, pero esa era la idea. Pocas veces la había escuchado tan agresiva.

Sofía está sentada en el suelo sobre un cojín que llevó para eso. Come poi con una cuchara de madera. Cada vez está mejor provista para sus pequeñas excursiones.

No entiendo cómo tantas cosas pueden caber en un solo día de tormenta. Primero, Ana perdiendo la cabeza, el cuadro parecido haciendo señales de humo frente a tu cama. Además, un cuaderno que sigo sin saber si existe. Vamos a jugar de nuevo a que eres real y me contestas algo al respecto. ¿No? ¿Más tarde? Muy bien, te espero.

Siguiente tema en mi minuta de mierda. Regreso a casa, con el estómago todavía revuelto y los pensamientos revoloteándome en la cabeza y me encuentro a Ulani, dramáticamente sentada en medio de la sala, sin luz. Tiene una cerveza en la mano, y llamas en los ojos. Con un tono telenovelesco dice:

Estabas con ella.

Ni siquiera intenté alegar demencia. El teléfono delator estaba sobre la mesa. Me debatí un momento entre el cinismo y el espíritu conciliatorio. No me dejó decidir. El aire se llenó de maldiciones antes de que pudiera planear alguna respuesta digna. Me sentí un poco como niña regañada.

Me largo

dijo, pero sin moverse.

Y te juro, Eloísa, que dejé de sentir. Me volví una rama seca que mira desde arriba lo que pasa. Ulani se desesperó, me zarandeó buscando alguna reacción, pero me quedé así, como catatónica hasta el fin. Luego, cuando vio que así me iba a quedar, vino el ultimátum: o la presento con todos y salgo del clóset, abandono mi obsesión por ti, y la que según ella tengo por Ana, o ella se va a la mierda. Nada de lo que pudiera decir explicaba todo lo que estos últimos meses se han vuelto para mí, y de cualquier forma de mi boca no salían más que negativas y barreras.

Me estás volviendo loca, Elo, otra vez, y eso que sé que yo solita me estoy haciendo esto. Pero es que necesito saber. Tengo todo enfrente, pero las acusaciones que pueda hacer son solo una unión de puntos improbables. Literalmente, improbables. ¿Y qué si lo conociste hace mucho?

¿Y qué si tuviste un cuadro suyo o que parece suyo? Falta un eslabón. Soy yo contra el poder. Está todo muy puesto como para que se lo cuente a alguna amiga, y me dé golpecitos en la espalda, pero si se lo digo al mundo, ¿qué pasa? Nadie me va a creer. Y no los culpo, ni yo me creo. Vamos, con lo de Emilio tenía pruebas, físicas, tangibles, tocables, pues. Y ni así. Parece que tu alma está destinada a vagar como el fantasma griego en el mar; aunque tú de plano no te hundes. Las fotos, las imágenes y notas que he acumulado solo crean un álbum de fragmentos.

***

Entre un atardecer rosa y aire frío, Luciano se acerca al marae. Mientras el punto lejano que es la bodega se vuelve cada vez más grande, la cabeza acelera el pulso. Enfrentar, enfrentar lo que hizo, ¿pero qué hizo? Necesita hablar con Teriki, necesita decirle, que le diga, qué ve, qué no ve, ayuda, ayúdame. Los pasos zigzagueantes se acercan a la luz. Desde adentro vienen los cantos. Palabras en coro y destellos de colores, que se cuelan distorsionados por su breve entendimiento etílico. Dime, dime, ayúdame. Decir que va muy borracho es poco. Por eso cuando llega a la puerta y una mano lo toma del brazo pasa un largo momento, o corto, quién sabe, hasta que Luciano entiende qué sucede. Sus reflejos embotados se quieren quitar la mano invasora de encima, pero ya son dos palmas apretando, y en su oído se escucha lo impensable: la voz de Lameo, suavecita y avergonzada, que le dice, tío Luciano, no puedes pasar, perdón. Por favor vete. Entonces Luciano entiende que no es la única voz que le habla y que las manos que lo jalan lejos de la entrada del marae van pegadas a bocas que le gritan lárgate hijo de la chingada, aquí no vuelves nunca, te me vas a la verga por pendejo, por chingar a Teriki. La furia alrededor lo calla, aunque de hecho sí está gritando. Calla y grita a la vez. No saben ni qué pasó, suéltenme, no pueden impedirme la entrada, él fue, ese pendejo fue. Y cuando dice *él*, una mano le responde con un puñetazo en la nariz, que duele poco pero sangra a rayas de fuego. Y luego otra vez la voz de Lameo. El niño ha corrido desde la entrada del marae, aunque su padre le grita que no vaya, que no le hable más a Luciano. Tío, vete, por favor, antes dc que te hagan más daño. Exijo ver a mi hermano, exijo ver a Zeus. Tío, vete. No le peguen, déjenlo ir. Tío, vete. Su cuerpo se siente de trapo, ya no lo controla. El movimiento viene de otro sitio que no es él. Es así que, como por magia, su costado impacta en el suelo y luego todo es oscuridad por unos segundos. Luego, solo es soledad.

***

Ana-la-madre sube. La señora Cortés le abrió la puerta. Trae el vestido verde, se puso el labial cereza y la sombra clara en los párpados. Sus manos sudan a chorros y siente la tensión subir y bajar de garganta a estómago en ciclos imparables. Está lista, con la bolsa en la mano, todas las corrientes la empujan a entrar, pero no se atreve a abrir la puerta. ¿Qué le hizo Ana para que le tenga miedo? Agita la idea de su cabeza. Nada en su mattang indica que debe temer, debe amar. Se muerde el labio por dentro y piensa en tenerla entre sus brazos. Ese sentimiento reconfortante que nadie más le puede dar, ni Rodolfo. Abre la puerta lento, para que no haga ruido, y da dos pasos adentro. El sol quema la azotea gris, el aire le ondea el vestido. Ana-la-madre se siente como su propia titiritera: cada paso tiene que darle la orden a sus pies para que avancen. Pasa entre macetas con plantas muertas y cemento deteriorado. Humedad y polvo. Sin pensarlo, se talla las manos como expulsando la mugre. Llega al final del edificio. La señora Cortés le dijo que solo tenía que rodear un poco para llegar a la puerta de Ana. Se encuentra con que el paso está bloqueado por macetas plásticas. Algunas de ellas tienen geranios rosas y rojos y otras begonias color durazno. Se sorprende: a Ana nunca le gustaron las flores. ¿O sí? Sabe tan poco de ella. No quiere mover nada, así que pasa por un costado, lo que implica embarrar la espalda en el cuarto de servicio. Asqueroso. Se abre ante ella una especie de patio que coincide con la esquina del edificio, y, en medio de él, Ana en traje de baño amarillo, sobre una pañoleta azul rey, con los ojos cerrados. ¿Está dormida? Ana-la-madre la mira: sus piernas delgadas, cubiertas de finos vellos negros, el cabello distinto: ahora le llega al mentón. Se ve en paz. No recuerda la última vez que la vio así, sin estar a la defensiva, relajada, libre. Las lágrimas corren por sus mejillas. Saca un pañuelo de su bolsa, cuidándose de no hacer ruido. ¿Y ahora? No siente que haya un lugar ahí para ella. Dobla sus largas piernas y deja el paquete de Ana en el suelo. Se da la vuelta.

¡Oye!

Ana está ahora sobre sus antebrazos. Se miran. Ana-la-madre camina muy rápido y su movimiento se convierte en un abrazo. Al principio, el cuerpo de Ana está rígido, pero luego se suelta un poco, sutilmente, y de nuevo es su hija.

Aunque son las tres de la tarde, comen pan dulce bajo la sombra de un pequeño toldo. Ana-la-madre nota la suciedad del suelo; respira. Han hablado muy poco, pero se siente más feliz de lo que ha estado en los últimos meses. Ana tiene un cuaderno enorme a su lado y lápices.

¿Sigues dibujando?

Sí, cada vez más.

¿Me enseñas?

Ana duda.

Ven.

Entran al cuartito. Lo primero que sorprende a Ana-la-madre es lo desordenado, hay ropa en el suelo, la cama está sin tender, botellas vacías, platos sucios, envolturas. Está a punto de decirle algo, pero se contiene. Rompería la tregua. Ana se acerca a la pared del fondo y entonces los ve: dibujos y dibujos de flores, acuarelas dispuestas como plumas de pavorreal de piso a techo. Y detrás de Ana, su propio retrato. Las lágrimas regresan. Ana solo la mira con indecisión, aunque Ana-la-madre cree detectar un brillo incierto en sus ojos. Se acerca al dibujo y ve que está incompleto.

¿Por qué no lo acabaste?

Ya no me acordaba cómo son tus ojos.

Ana-la-madre sonríe:

Entonces el destino me puso aquí hoy.

Ana sonríe a medias y le indica que se siente en la única silla del cuarto. Va por su cuaderno y, con las piernas cruzadas sobre la cama, comienza a dibujar.

Tupaia caminó dos horas seguidas. No es que estuviera agotado, solo estaba harto. Llevaba tres meses yendo al mismo lugar exactamente, esperando al mismo hombre exactamente, a la misma hora. Le habían asegurado que así debía ser. Se preguntaba si esta vez sí llegaría. Una obra de paciencia. «Espéralo cuanto sea necesario», le dijeron, «ese es el hombre que ha de enseñarle cómo medir las olas y corrientes.» Tupaia en realidad ya lo sabía. Había navegado desde que era un niño en las canoas que las manos oscuras construyen todavía hoy. Su capacidad de detectar hasta el menor cambio en el aire era ya sobresaliente. Los otros lo sabían. Sin embargo, no podía ascender al grado de jefe sin la aprobación de este hombre. Él debía transmitirle las historias de los viejos, historias arcanas. Finalmente llegó al lugar indicado. Se sentó frente a la choza a esperar. Se quedaba ahí hasta que la luz comenzaba a menguar. Esta vez no fue necesario. El hombre, arrugado y lento, llegó de inmediato.

Serratos, Marco Polo, Sofía Embleton, et al., Atlas para entender el mundo: Nuevas leyendas de la Polinesia, *Paidós, 2023, Magda, la bibliotecaria, lee el relato y suspira pensando en Marco Polo, Serratos, no el italiano, a quien desea en secreto desde hace más tiempo del que puede recordar.*

***

«Ana mandó un archivo.» No ha sabido de ella desde que la dejó dormida en su cama.

Abre la imagen. Es la foto de un cuaderno:

«Solo quiero tus ojos me dijo ayer, y yo sentí mi piel hacerse torbellinos. Su obsesión con el azul supera todos lo límites de lo comprensible. ¿Qué hago? ¿Le doy mis ojos? A estas alturas, ya nada me molestaría. Vivo en un letargo sin fin. Sucesión de días azules también ellos. Páginas transparentes. Me regalé una prisión compacta. ¿Sabes qué más es azul? El aire. No estaría mal evaporarse un poco.»

***

¿Es de día o de noche? ¿Está despierto o dormido? Las capas de agua brotan de todas partes, flota en la cama, la luz se vuelve nacarada en el aire. No hay límite para su cuerpo, no hay límite para él mismo. Él es la completud. Hanau ka po, Hanau ka po (¿es de noche o de día?). El destino lo puso ahí, está sobre su mattang, arriba de sus ramas, recostado como en la tela de una araña. Tan atrapado como una mosca en la superficie pegajosa, pero sin sentirse mal por ello. El destino teje redes poderosas, pero no malvadas. No si eres un elegido. *Soy un elegido. Mana.* No necesita mover el cuerpo para hacer cosas, puede estar en la cama y, de alguna manera, estar en el trabajo, estar en Ana, estar en Sofía y en Teriki. Hasta en Iris, si no le hubieran contado que murió. ¿O que se casó con otro? Qué más da, para él no hay diferencia. Si no hubiera recibido esa llamada desagradable, si su pendejo amigo no hubiera considerado pertinente contarle algo tan tan pendejo. Era el destino y no hay nada que hacer. Él está ahí, vivo, más vivo que muchos porque puede ver. *Mana.* Eloísa lo abraza en la cama, su cabello rojo bajo las manos. No la toca, es muy pura, no debe ser profanada, es distinta a las demás. Se sienta lento y mira por la ventana hacia la refaccionaria de Maui. El sol brilla. Manda con los ojos su poder, está seguro de que algo está pasando abajo. Manda a Sofía ese mismo poder y llama a Ana con la mente. Da dos pasos tambaleantes al escritorio. Toma de su vaso, hasta el fondo, y luego otra pastilla de kava. Mira su teléfono: un error, hay siete llamas perdidas de la oficina. La foto de Lameo lo hace parar un momento. El llanto se aproxima, pero él se lo traga con esfuerzo. Pone la foto del niño bocabajo, para que no lo vea así. Toma su mattang, lo acaricia, siente su fragilidad entre las manos. De repente, no sabe de dónde sale el estímulo que da fuerza a sus dedos, a las palmas de las manos, a las muñecas y antebrazos, los bíceps, los hombros, hasta el cuello, no sabe de dónde, pero entre toda la cohorte de su cuerpo troza a la mitad su mattang. Luego dobla las partes completas una vez más y mira las varitas caer al suelo. Un alarido sale de su boca, y, como danza de brujas en la hoguera muerta, sus pies brincan entre los escombros del aquelarre, transformándolos en polvo.

***

Zeus acaricia las cejas finas de Teriki, limpia con las yemas un golpe arriba de la ceja, la besa en los contornos de su cara. Teriki duerme bajo sus manos amorosas. Zeus está sentada al borde del colchón, con el peso de no haber sido más enfático en decirle que mejor no, que no se acercara a su hermano. Pero es que él también pensó que era redimible, que podía navegar por otros derrotereos, creía con sinceridad que Luciano no era malo... De pronto, sus oídos se ponen en guardia. Atrás de la puerta se escucha un sollozo. Se para con sigilo para no despertar a la Asistente. Alcanza a ver la cabeza de Lameo en medio del sillón. Unos pasos después, Lameo llora en el regazo de su padre. La sala de luz blanca palidece su piel suave, sus ojitos negros y mojados. Zeus lo abraza fuerte y luego le toma la cara. Limpia los caminos que han pintado las lágrimas y los mocos con las mangas de su camiseta.

¿Qué pasa, chamaquito?

Es que eso que dicen de mi tío no es verdad.

Luciano hizo algo muy malo, muy serio.

¿Qué hizo?

Lengua atorada, palabras que se quiebran.

Trató muy mal a tu mamá.

Lola es mi mamá.

También Teriki es tu mamá.

Teriki es mi amiga y tu novia.

Luciano no va a regresar, hijo.

Quiero que regrese.

No puede. Es que… cuando seas grande vas a entender.

Quiero entender ahorita. Si no puede regresar, ¿puedo visitarlo?

Zeus no contesta, ruega con los ojos que el niño no insista.

Papá, ¿puedo visitarlo?

Él niega con la cabeza. Abraza al niño triste, que lo empuja y corre a su cuarto.

Siempre arruinas las cosas, tú y ella.

Lameo azota la puerta tras de sí y Zeus escucha los golpes de sus juguetes al impactar con el suelo. Plástico roto, metal. Toma ahora su propia cara.

***

Hice un esfuerzo titánico por quitarme la pijama. Estaba tibia, leyendo en un sillón; eran las doce del día y la inauguración, a las seis. El traje sastre negro estaba listo en el escritorio. Una cajita sobre él. Adentro, los aretes: dos flores de tiaré hechas de plata pendían de una piedra verde oscuro. La etiqueta familiar: una U ornamentada en tinta azul. Le agradecí de nuevo el regalo y la indirecta. Ulani sabía que soy una idiota para los accesorios. Una vez llegué a otra inauguración con un collar de bolas de colores gigantescas que me pareció perfectamente apropiado para «ponerle color» a mi traje gris. Aparentemente todos pensaron que era el resultado de una vida entera de asesinar payasos y robarme sus narices. Me puse los aretes, se veían preciosos entre los rizos y el traje negro. Cómo la extrañé.

Según mis cálculos, tenía que estar en dos horas en el museo. Dos horas, ya llegando una hora tarde. Daba igual porque todo estaba armado, el presupuesto infinito posibilitó mil achichincles y Aranda obviamente no se dignaría a aparecerse en su propia inauguración, así que podía respirar un poco. Abonando al mito, todos los días de su vida, nunca se había presentado en ninguna de sus exposiciones. O al menos eso se decía.

Tardé un poco en acostumbrarme a la penumbra. Era mucho más densa de lo que esperaba. Recorrí la exposición, que ya había imaginado mil veces y visto entera los días anteriores, con los nervios centelleándome en el estómago. Miguel estaba, como en cada inauguración, particularmente encantador, en un kimono blanco con amarillo, que lograba brillar incluso en la oscuridad del cuarto. Me tomó el hombro haciendo arabescos en el aire y caminamos juntos hasta que se lo llevó Ana María, su esposa fantasma, como se dice ella misma, por lo poco que se aparece en México. Mi papá llegó y me dio un abrazo y el susurro de lo orgulloso que está de mí. No hubo necesidad de preguntar por mi mamá: los dos sabíamos qué pasaba.

Volteaba hacia la puerta sin control, esperando, me repetía, a Aranda, pero en el fondo supe cada vez que no era él a quien buscaban mis anhelos. Imaginé incluso ese momento que antes me aterraba, pero ahora se me antojaba tanto: el de presentarla a mi papá, que, bonachón, caminaba con Miguel fingiendo interés en las piezas. Fantasías que serán solo fantasías. Esa persona no atravesó la puerta, querida Eloísa. Esa persona no va a atravesarla nunca más mientras estés en mi vida.

El que sí lo hizo fue Aranda. El remolino de gente lo cubrió de miradas y susurros, como una capa de santidad. Quizás fue la anestesia del alcohol, pero, parada al lado de un cuadro gris, yo no vi al santo. Vi a un hombre, decepcionantemente hombre, con lentes oscuros en un cuarto oscuro, pretendiendo ser un santo.

En fin. Vi lo que, si lo piensas un poco, se podía esperar.

Su pose galana, su embeleso consigo mismo, el performance de existir bajo una máscara. Era solo un cobarde bien curado.

Pensé en lanzármele encima, en ahorcarlo, en gritar que él hizo algo mortal, violentísimo. Algo impreciso, de lo que no tengo evidencia, de lo que ni yo misma estoy segura, pero ¿para qué? Luego pensé, no sin sorpresa, que, aunque yo *debería* querer hacer eso, clamar por venganza con los pulmones repletos de rabia, la rabia ya no estaba ahí, se había vuelto una pústula impotente. Estaba segura de que si mis manos lo ahorcaran, se encontrarían con roca. Si mi garganta soltara un grito, sus oídos de piedra no dejarían pasar su exigencia. Permanecería ahí, en el mismo lugar que le hemos dado todos, y yo me astillaría los dientes y los puños antes de que nada pasara.

Pero si yo era furia y derrota, él era miedo. Lo sé, porque en un momento sus ojos se toparon con los míos, y el hombre no pudo con ellos, con todo lo que acusaban, y salió del cuarto sin decir adiós.

***

Las estrellas pegadas en el techo del cuarto la están mirando. Resplandecen con el verde mortecino que los años les han permitido conservar. La única luz viene de la ventana: contornea suavemente su cuerpo tendido en la noche calurosa. Mira hacia abajo, y la pijama delgada revela el fantasma de un cuerpo. Corre sus manos indecisas hacia ahí y la sensibilidad enciende todos sus poros. Tocar la propia piel está mal. Sentir bien el cuerpo está mal. Las manos paran, las manos siguen, confundidas, pero el cuerpo húmedo ya no admite ser abandonado. Ana baja una mano a su centro y siente las palpitaciones impregnar sus dedos. Se piensa a sí misma y su cuerpo de repente ya no es tan malo. Es generoso en sensaciones que se pueden medir y modular, que vibran y se extienden en oleadas de placer. De repente el cuerpo ya no es tan malo, y solo importa ese momento y esas sensaciones. El movimiento rítmico y veloz de los dedos acompasa las respiraciones y los sonidos aplacados por labios como prensas entre los dientes. Su cuello se arquea hacia atrás como el tallo de una flor pequeña. De repente el cuerpo ya no es tan malo.

***

Hay momentos que son eternos, pero nunca, piensa Luciano, tan literalmente como ese. Eloísa y él de frente, listos para pasar lo que quede de la historia del mundo juntos. La piedra lo mira con amor; ve, o cree, o entrevé en su mente, que su cabello rojo destila luz. Mientras siente el destino morir en sus dedos (lo primero que se hace piedra), la calidez de las estatuas a su alrededor, la armonía y conexión con el cosmos, una figura de carne y hueso se le pone de frente y lo mira. Una barrera entre él y Eloísa. Lo más llamativo son sus ojos dispares, con una pupila permanentemente dilatada. La luz del anochecer no basta para ocultar su identidad: Luciano lo conoce y lo idolatra. El cuadro enorme que pende de su sala lo dice todo. Luciano se da cuenta de que la sincronicidad está de su lado. No hay otra explicación para el hecho de que, cuando se decide a parar el destino, este le brinca con una opción nueva enfrente, pone ni más ni menos que al gran gurú a centímetros de su rostro. Luciano le pide a su cuerpo que pare, le pide al mana, al universo, que vuelva móviles de nuevo sus miembros. El hombre, de pie frente a él, lo mira sin parpadear. Luciano siente la cabeza embotada del esfuerzo.

Para

Para

Para

Ayúdame a parar

El hombre de los ojos dispares, el gurú afamado, no dice nada. Luciano se da cuenta de que no tiene intención de ayudarlo y por algo debe ser. Se petrifica y ve dos ojos diferentes: un derecho que mira la luz y los contornos del agua, y un ojo que mira a medias la realidad, con el iris rayado. Por su mente cada vez más lenta y dura pasa una frase final: *tiene cabida entre las líneas sucesivas de olas, bailando libremente entre ellas como una gaviota.*

***

En medio de la noche gélida, el traje sastre negro, las flores de tiaré que penden de una piedra verde oscuro, Sofía se acerca a la estatua y ya desde lejos se encuentra con algo distinto: enfrente hay una nueva. Es piedra de un hombre joven, vagamente conocido, entre las sombras y la ebriedad, cuyo rostro triste pinta un júbilo de éxtasis místico. Lo raro es que no mira directo hacia Eloísa sino un poco más a la derecha. No admite que lo conoce: admitirlo sería creer que se petrificó y, quizás, que ella tuvo algo que ver. Por un momento, una vez vencido el desconcierto, Sofía siente celos. Luego siente otra cosa, algo parecido a la derrota, pero más amoroso. Besa la mejilla alta de Eloísa, siente la piedra más tibia que el aire de invierno, y susurra a su oído

lo intenté   y ya   no hay nada más   que intentar.

Sofía tiene el rímel corrido y su caminata gotea irregular hacia la mesa, sobre la que avienta las llaves, la bolsa, el saco. Más gotas hacia el baño, donde se mira, desgarbada y con labios de vino mientras lava su rostro. Trastabilla, no se quita los aretes. Aun chorrea el agua en sus mejillas cuando de un paso decidido se para frente al cuadro, las líneas entretejidas de Eloísa. Aun sintiendo la tregua del alcohol, lo voltea y lo cuelga de nuevo. Ido el papel estraza, mira en cambio la pintura: un par de ojos en tonos grises, el izquierdo que mira el aire y el derecho que la mira a ella con una línea de fuego atravesando el iris. Le da dos segundos de los propios, en los que siente que algo se mueve dentro de ella. Siente lo que se dice una intuición certera, hasta que un bostezo corta el aire solemne que amenazaba con condensarse.

Perdón.

Sofía llega a la cama, se mete en las cobijas, con la cara iluminada en blanco teclea en su teléfono un mensaje breve. Lo mira esperanzada hasta que el sueño la vence.

Sentada en la taza de un baño sucio, con la música estridente bombeando a través de la puerta, Ulani saca el teléfono.

«Estoy lista para dejar atrás. Te amo».

Sus ojos se dilatan con el brillo del mensaje de Sofía, de hace media hora. Piensa un segundo, no más. La respiración se le acelera. Se imagina tecleando que va para su casa, dejando atrás su fiesta de despedida sin decir adiós a nadie, el taxi, la puerta que se abre de un rechinido con las llaves que aún tiene, que de todas maneras serían innecesarias porque Sofía ya estaría ahí esperándola, la manera en que se mirarían como si no lo hubieran hecho nunca, el abrazo de necesidad y llanto, la humedad de sus lenguas juntas, la sensación de paz a su lado, de que algo se acomoda de repente. Se imagina perder el avión mañana. Teclea.

«Voy para tu casa?»

La vibración despierta a Sofía. Sonríe al ver el mensaje y luego, inesperadamente, siente unas violentas ganas de vomitar. Corre al baño. Con la cabeza sobre el excusado, viendo los retazos de vino caer y ya sin el escrutinio del cuadro de Eloísa, Sofía siente una emoción que la desborda. Carajo, está muy borracha.

Mientras, Ulani espera la respuesta a su mensaje, aún encerrada en el baño, y ya con más de una persona tocando la puerta, exigiéndole que salga. Empieza a pensar más claro. Imagina todo de reversa hasta ese momento. Su batería está por terminarse. El destino.

Sofía regresa tambaleante a la cama. Escribe:

«Ven».

Pero el mensaje no llega a ningún lado, ni en ese momento ni mientras Sofía duerme el sueño intranquilo del alcohol, amplia, en forma de tache, abarcando la cama entera. ¿Lo mandó? Pasan las horas, y lentamente mueve a la gata adormilada, la invita a su lado, al espacio que Ulani había terminado por quitarle. Clío se acopla, con la memoria corporal de todos los años que ya han dormido solo ellas dos.

Epílogo

Hay una característica que siempre me pareció fascinante de los mapas polinesios, como objeto. Son tan, llamémoslos, tangibles. A diferencia de la cartografía desarrollada por Occidente, donde el papel asimila todos los elementos, aplanando el mundo, los mapas polinesios se olvidan de la representación figurativa y exacta, pero a cambio crean un objeto tridimensional. Un mattang se puede ver por atrás y por adelante, rotar o mirar desde los lados, y cada ángulo dará un resultado distinto. Esto suscita, según me parece, un problema obvio de interpretación o, viéndolo de manera más profunda, incluso de dogma. Desde el momento en que se parte de que el individuo es el único capaz de leer su propio mapa y de que la forma de interpretarlos es tradicional, humana y por tanto falible, la pregunta lógica es si lo hemos estado haciendo bien. ¿Cómo orientar el objeto para que este, a su vez, oriente la vida? Al final, el mattang permite mover el punto de vista sin que nada esté realmente de cabeza porque nuestro mapa puede elegir un nuevo norte. Una vuelta física de 360° puede erigir todo un nuevo campo de interpretación y un nuevo destino para su lector.

Teriki Flores, Prólogo en «Mapas polinesios: Los márgenes del mundo», Marco Polo Serratos, Paidós, 2024.

Lameo pone una flor de pétalos rojos, voluptuosa manifestación del cosmos, a los pies de Luciano de piedra. Murmura unas palabras lejanas y dulces. A varios pasos, Zeus mira la escena mordiéndose los labios.

Agradecimientos

Comencé a escribir este libro a finales del 2016 con una beca de la Fundación para las Letras Mexicanas y bajo la tutela de Geney Beltrán, quien me brindó los ánimos y consejos que se requería para iniciar este viaje, lo mismo que mis queridxs Mariano del Cueto, Danush Montaño, Olivia Teroba, Emanuel Bravo Gutiérrez, Elisa Díaz Castelo y Diego Rodríguez Landeros. Gracias por leer mil versiones y nunca dejar de fingir que aún les daba gusto. Lxs quiero mucho.

Gracias a Kyzza Terrazas, Emiliano Monge y Paula Canal por ayudarme a cerrar de una vez por todas este recorrido de años. A Kyzza, además, por el amor y el oído siempre listo para intercambiar ideas. A Paula y Andrea por el apoyo en general en esta carrera pedregosa. A Valerie Miles, que me permitió formar parte de Granta, y fue una editora férrea y justa del fragmento de este texto que ahí se publicó. A Blas, por su lectura atenta y afectuosa, y a José Eduardo Latapí Zapata, por todo el trabajo.

Un agradecimiento especial a Sebastián Estremo, a quien le robé un post de facebook para ponerlo en boca de Sofía cuando da clase sobre la Polinesia. Además, esa publicación fue la que me llevó al mundo complejo y hermoso de la navegación por el Pacífico.

Gracias a Bernardo Esquinca, Darío Zalapa, Berenice Andrade y Laia Jufresa por sus lecturas y comentarios durante la beca que el Fonca me otorgó en 2016.

Gracias a Nini por ser mi Clío.

Gracias, como siempre, a Angélica, mi mamá, y a mis queridxs tíxs Moreno, por su apoyo sostenido. A H. Pascal, mi papá, siempre.

Bibliografía muy mínima

Los mattangs existen en el mundo real fuera de esta novela y son igual o más complejos que la versión que me inventé sobre ellos. Sofía, su fan número uno, los llama alguna vez un invento genial: una tecnología de navegación que existió desde antes que los mapas occidentales. Los *mattangs* y los *meddos,* otra forma de mapas, posibilitaron la navegación entre una vastedad de islas en el Océano Pacífico y compaginaron la ritualidad y la praxis como tantos otros objetos emanados de culturas antiguas. Además, son absolutamente bellos. Para escribir este libro leí sobre la Polinesia, Micronesia y demás conjuntos de islas lejanas y fascinantes, y me sorprendí al encontrar más de una relación con América que nunca hubiera imaginado. Comparto aquí algunas fuentes para quien quiera saber más.

Para conocer más sobre la antigua tecnología de navegación de las islas Marshal, como los mattangs, se puede leer esta pequeña introducción: https://blogs.loc.gov/maps/2021/11/the-unique-seafaring-charts-of-the-marshall-islands/. Para lxs Sofías del mundo que quieren entenderlo todo, por aquí hay un estudio sobre cómo funcionaban: http://marshall.csu.edu.au/MJHSS/Issue2005/MJHSS2005_103.pdf

El viaje de Thor Heyendahl, que sí, también es real, se puede leer en su propio recuento de él: «La expedición del Kon-Tiki». De este apasionante libro, que presenta muchos pasajes ultra problemáticos, me robé varias frases para ponerlas en boca de Luciano, Sarah y Teriki, a partir de la traducción de Armando Revoredo.

«We, the navigators: The Ancient Art of Landfinding in the Pacific» de David Lewis fue una fuente imprescindible cuando no entendía nada de nada sobre el tema. También «Polynesian Seafaring and Navigation: Ocean Travel in Anutan Culture and Society» de Richard Feinberg.

Tupaia, el arioi que acompañó, guio y ayudó al capitán Cook, el «Maquiavelo de Tahití del siglo XVII», es uno de los personajes históricos más ricos y contradictorios que he encontrado. Si alguien quiere seguir sus pasos, heridas, sabidurías y argucias, hay amplia bibliografía. Yo leí principalmente «Tupaia» de la escritora neozelandesa Joan Druett, quien ha escrito mucho sobre navegación en el Pacífico. Sus libros, entre la historia y la novela, no tienen pierde.

Las islas del Pacífico tienen una riquísima tradición oral. Para los fragmentos que aparecen en el texto, utilicé las traducciones del inglés de Robert Rivas. Lamento haber recurrido a la traducción de la traducción. Por aquí se pueden ver las compilaciones que él ha hecho a partir de diversos libros: http://inutilesmisterios.blogspot.com/2013/12/mares-poesia-oral-de-las-islas-del.html. Dentro de la novela, Ulani llora con la cadencia isla de Tikopia, de una poeta anónima, el canto de una joven despechada por su amante.

Por último, este artículo de *El País* resume un estudio publicado en la revista Nature en el que se reporta que los habitantes de la polinesia tienen muchos genes en común con los nativos americanos, así que tampoco andaba tan errado Thor, ni quienes ya antes habían lanzado esa hipótesis: https://elpais.com/ciencia/2020-07-08/los-nativos-americanos-y-los-polinesios-entraron-en-contacto-siglos-antes-de-que-llegaran-los-europeos.html